60대!
변화와 성장에
미쳐라

내 삶을 바꾼 열정과 믿음의 힘

60대!
변화와 성장에
미쳐라

진계중 지음

프로방스

들어가는 글

　나의 닉네임은 '복의 통로'다. 축복을 유통시키는 사람으로 살고 싶은 마음에서 지은 이름이다. 구약 성경에 아브라함이라는 인물이 나온다. 하나님은 그를 축복의 통로(복의 통로/ Blessing Pipe)로 사용하겠다고 하셨다. 받은 복을 자기만을 위해 쌓아두는 저수지 같은 인생이 아니라, 흘려보내는 축복의 통로가 되라 하셨다. 축복의 통로가 되면 수많은 사람들을 살릴 수 있다. 이 책은 하나님께서 부족한 나를 '복의 통로'로 부르시고, 나를 통해 일하시는 이야기를 내 인생 시간 궤적을 따라 서술했다. 지난 66년의 삶을 응축한 이야기다. 사람들이 내가 살아온 길을 간접 경험하길 바라는 마음이다. 은퇴를 5년 앞두고 있다. 은퇴 후 뒷방 늙은이로 하는 일 없이 시간 보내고 싶지 않다. 더 바쁜 인생 후반전. 복을 유통시키는 사람으로 살고 싶다. 인생은 만남이고 관계다. 책을 통해 독자들과 만나게 되어 더없이 기쁘다. 한 가지라도 독자 인생에 도움 되길 바란다. 무엇보다, 부족한 남편을 위해 목사의 아내로 평생 뒷바라지해준 사랑하는 천사, 아내 박희옥 사모에게 고마움을 전하고 싶다. 그리고 아들 상욱이와 딸 현아에게도. 끝으로, 지난 29년간 담임목사로 섬겨준 우리 오산새로남교회 믿음의 식구들에게 깊은 사랑의 마음을 전하고 싶다. 이 모든 영광을 하나님께!

2020. 12. 10
진계중 목사

추천사

저자의 이름으로 삼행시를 짓겠다. 운을 떼거라!

진 – 진짜가 나타났다

계 – 계속해서 성장과 성숙을 추구하는

중 – 중심이 흔들리지 않는 사나이, 진계중!

1. 진짜

너무도 편리한 온라인 세상이지만 가짜 뉴스가 넘쳐난다. 보이스피싱 피해에 망연자실한 사람도 보았다. 이른바 짝퉁 상품도 흔하다. 똑같은 사안이라지만 서로가 거짓이라 주장하는 정치와 정당을 보며 최소 50%의 거짓을 확인할 때마다 씁쓸함을 감출 수 없다. 이러한 시대에 진짜와 진정성이 그립다. 때문에 저자의 66년 삶의 모습에 도전과 울림이 있다. 명문대를 나와 안락한 삶을 자발적으로 포기했다. "애비는 종이었다" 시작하는 시가 있다. '섬김'이라는 단어로 그럴 듯 포장되지만 사실 목사님의 신분은 '종'이다. 태생적으로. 진짜다.

2. 계속

2018년 11월 양재나비 독서모임에서 처음 저자를 만났다. 그 연세에 새벽 독서모임에 오신 것 자체가 존경스럽다. 스펀지 같은 수용성이 저자의 나이를 숫자에 불과하게 만들었다. 저자는 책에서 '인생에 가장 중요한 7인을 만나라'고 한다. 놀라운 것은 그 7인 중에는 필자를 포함해 저자보다 까마득한 후배들도 있다. 지극한 겸손과 인격 앞에 절로 고개가 숙여진다. 계속해서 성장과 성숙을 추구하는 청춘 저자에게 늙은 독자들은 무릎 꿇고 배워야 한다. 겸손과 성장이 무뎌진 내가 먼저.

3. 중심

'축복의 통로'라는 말을 좋아한다. 그래서 문자 말미에 '축복합니다'란 인사를 즐겨 쓰고 있다, '축복'도 좋고 '통로'도 좋다. 전장에서 장수의 등급이 있다. 용장(勇將)보다 지장(智將), 지장보다 덕장(德將), 덕장보다 운이 좋은 운장(運將)이란다. 그보다 최상급은 복장(福將)이다. 저자는 받은 복을 자기만을 위해 가두고 쌓아두는 저수지 같은 인생이 아니라, 받은 복을 흘려보내는 축복의 통로가 되길 원한다고 했다. 소유(To Having)가 아닌 존재(To Being)지향의 한평생이 존경스럽다. 은퇴 후 뒷방 늙은이로 하는 일 없이 시간 보내고 싶지 않다며 더 바쁜 인생 후반전, 복을 유통하는 사람으로 살고 싶다고 고백한다. 중심이 흔들리지 않는 저자의 가슴에 파이프(pipe) 하나 보인다. 블레싱 파이프(Blessing Pipe)! 축복의 통로!

진정성을 가지고 계속 성장을 추구하며 중심이 흔들리지 않는 삶을 살고자 하는 분들께 일독을 권한다.

3P자기경영연구소 대표, 독서포럼 나비 회장

독서 혁명가　강규형

제2장 뜻대로 되지 않는 인생

제3장 세상 속으로 뛰어들다

제 4 장 우연과 필연

제 5 장 자기계발과 선한 영향력

제 1 장

유년 시절의 기억

1

뛰어놀고 싶던 날

북큐레이터인 안정희 작가는 「기록이 상처를 위로한다」라는 책에서 "인간은 궁극적으로 작가가 된다"고 했다. 책을 쓴다는 것은 기억을 복원하는 작업이다. 마치 바둑을 두는 기사가 바둑을 두고 난 뒤에 복기하듯이 말이다. 66년의 삶을 살아가고 있다. 유년 시절이 엊그제 같은데 시간이 유수라는 말이 실감 난다. 지나간 나의 이야기를 기록으로 남기기 원한다. 한국 경영학계의 거목인 윤석철 교수는 10년 주기로 저서를 출간하고 있다. 「삶의 정도」라는 책은 윤 교수의 "제4의 10년 주기 작"이라고 표지에 쓰여 있다. 이미 우리 곁을 떠나간 1인 기업의 효시라고 할 수 있는 고 구본형 선생도 그의 책 「나−구본형의 변화 이야기」에서 10년마다 자서전을 쓰라고 했다. 두 거장의 가르침을 따라 진작에 책을 출간했어야 하는데 늦은 감이 있다. 이제라도 책을 세상에 내놓을 수 있어 다행이라 생각한다. 지난

1 안정희, 「기록이 상처를 위로한다」 (서울: 이야기나무, 2015) 11.

세월을 반추하면서 함께 공유하고 싶은 이야기들을 이곳에 쏟아놓기로 하겠다.

나는 나이에 비해 건강한 편이다. 편식하지 않고 뭐든지 잘 먹고 성인병이 없다. 그러나 원래부터 건강한 사람은 아니었다. 부모님께 들은 바에 의하면, 4살 무렵까지 다리 힘이 없어서 잘 걷지도 못하고 제대로 서지도 못했다고 한다. 홍역도 앓았다. 아이들은 주로 밤에 아프다. 나 역시 밤에 홍역이 심해서 거의 죽어갔다고 했다. 내가 살았던 곳은 전라남도 진도군 조도라는 섬이었다. 1950년대 후반이었으니 의료시설이 좋을 리가 없었다. 죽어가는 나의 모습을 보고 아버지는 그 밤중에 한의사를 부르러 가셨다. 한의사를 데리고 왔을 때 어머니께서는 내 몸에 거적을 덮어놓았다고 한다. 죽은 줄 알고 말이다. 아버지께서 그런 모습을 보고 얼마나 충격이 크셨겠는가! 덮어있는 거적을 젖히고 나서 방구석에 있던 한약 그릇을 내 입에 틀어넣으셨다고 한다. "야, 이 놈아, 네가 먹다 남은 이 약이라도 먹고 죽어라!" 하시면서 내 입에 한약을 부으셨다고 한다. 그런데 얼마 있다가 내가 다시 살아났다. 그리고 지금까지 살아있다.

어린 아이들에게 무서운 병 중의 하나가 고열이다. 고열을 다스리지 못하면 뇌 손상을 입게 되어 치명적이다. 어린이들이 잘 걸리는 병이 바로 열성 경련이다. 흔히 경기(驚氣)라고 말하는 이 병을 어릴 적에 걸려서 고생을 했다. 그런데 결혼하고서 두 자녀를 낳았는데 두 자녀(아들, 딸) 모두 경기를 해서 병원에 두 주 이상 입원을 했었다. 고열이 떨어지지 않아

무척 애를 먹었던 기억이 생생하다. 큰 아이의 경우, 서울 강남 세브란스 병원에 2주 이상 입원을 했었는데, 며칠이 지나서도 열이 내려가지 않아 애를 먹었다. 의사들은 증세를 살펴보면서도 병명을 찾지 못했었다. 아들의 체온이 떨어지지 않아 마음이 새까맣게 타들어갔다. 나중에는 열이 잡혔고 병명을 가와사끼병으로 판명했다.

어릴 적에 우리 집은 특별한 종교가 없었다. 보통 사람들처럼 제사 지냈고, 문제가 있으면 무당을 불러서 굿을 하는 가정이었다. 그 당시에는, 나처럼 몸이 약한 아이는 다른 집에 팔아서 되사오면 건강해진다고 하는 풍습이 있었다. 부모님께서는 나를 다른 집에 양자로 파셨다. 그리고 그 집에 돈을 주고 다시 나를 사셨다. 그래서 어릴 적 내 이름은 나를 팔았다고 해서 '판준'이었다.

내가 초등학교 들어갈 때까지 자란 '조도'라는 곳은 논과 밭, 그리고 산이 있는 전형적인 농촌이었다. 60여 년 전의 일이지만 어제 일처럼 추억이 생생하다. 동네 아이들과 논두렁을 지나면서 회초리 같은 나뭇가지를 가지고서 개구리를 때려잡았던 기억이 난다. 그리고 잡은 개구리들을 동네 아이들과 함께 공터에 앉아서 구워 먹었다. 먼저 날카로운 돌을 가지고서 개구리 상체를 끊어냈다. 개구리 다리의 껍질을 벗겨내고 그것을 꼬치에 꿰어 통닭구이처럼 지지대 위에 올려놓았다. 마른 풀들과 나뭇가지들을 주워 모아 불을 지펴서 개구리 뒷다리를 구워 먹었다. 얼마나 고소하고 맛있었는지 모른다.

아버지를 따라 논이나 개울에서 미꾸라지를 잡았던 기억도 난다. 잡은 미꾸라지를 집으로 가져와 통째로 끓여서 미꾸라지 매운탕을 먹었다. 초등학교 운동장에서 야간에 동네 사람들이 함께 모여 영사기로 돌려서 영화를 보았던 기억도 새록새록 떠오른다.

무엇보다도 어제 일처럼 선명한 것은 운동회 날이다. 초등학교를 들어가기 전에도 운동회는 그야말로 동네큰 잔치 중의 하나였다. 운동장에 만국기들이 펄럭였다. 청군과 백군으로 나누어서 하루 종일 운동을 했던 모습이 떠오른다.

그 당시에는 '초등학교'라는 말 대신에 '국민학교'라 불렸다. 국민학교에 들어갈 때에 학교에서 책을 받아왔다. 책가방이 아주 귀하던 시절이라 나를 포함해 대부분의 아이들은 '책보'라고 하는 보자기에다 책을 넣고 말아서 허리에 차고 학교를 다녔다.

또 한 가지 기억이 생생한 것은 미국에서 온 구호물자를 먹고 입었던 것이다. 전쟁 후 우리나라 경제는 세계 최하위였다. 미국 국민들이 전쟁을 치르고 회복 중인 대한민국을 돕자고 너도 나도 옷을 보냈고, 깡통에 든 우유와 초코렛 등을 보내주었다. 7살 아래의 내 동생도 미국에서 보내준 유아용 옷을 입었던 기억이 난다.

과거 어린 시절로 돌아갈 수만 있다면 마음껏 운동장을 달려보고 싶다. 동네 친구들과 해가 지도록 뛰어놀고 싶다. 그러나 돌아갈 수가 없어서 무척 아쉽다. 그러나 추억이 있다는 것은 가슴을 뛰게 하니 감사하다.

2

잿더미와 신문 배달

가을부터 겨울에 이르기까지 우리나라에서 자주 발생하는 것이 화재다. 올해(2020년) 4월 29일에 경기도 이천 물류창고 건설현장에서 큰 화재가 나서 무려 38명의 사망자가 발생했다. 작년(2019년)에는 4월 4일에 강원도 고성군 토성면의 도로변 전선에서 불꽃이 일어나, 고성군에서 속초시 지역까지 산불이 발생하였다. 이 산불로 인해 2명이 숨지고 11명이 부상하는 피해를 입었다.

초등학교 1학년 겨울방학 때였다. 밤중에 우리 집이 몽땅 타버리는 일이 일어났다. 조도에서 살다가 목포로 이사를 온 지 불과 1년도 채 되지 않아서 큰 변을 당한 것이다. 우리 집은 요즘으로 말하면 대형 종합 시장 바로 길 건너편에 있었다. 그런데 그 날 밤, 종합 시장 한 상가에서 발생한 불이 종합 시장은 물론 그 근처에 있는 건물들을 모두 태워버렸다. 설날을 며칠 앞두고 벌어진 대형 화재였다.

어머니께서 나를 깨워 급하게 말씀하셨다. "계중아, 너 빨리 큰아버지 집으로 피신하거라!" 한밤중에 일어나 어머니의 말씀대로 큰아버지 집으로 가려는데 건너편에 불길이 치솟고 있었다. 그리고 하늘을 봤는데 칠흑같이 어둔 밤하늘이 빨갛게 물들어있었다. 그때 그 두려움이란 말로 표현할 수 없었다. 그날 밤 화재를 진압하기 위해서 광주에서 소방차들이 왔다. 그 뒷날부터 우리는 임시거처인 인근 고등학교 교실에서 거주하게 되었다. 이 화재로 인해 우리 집 가세는 급격하게 기울어져 갔다.

내가 초등학교 1학년이었던 1962년, 그 당시 우리나라 경제 상황은 너무 어려웠다. 그래서 화재로 인해서 아무런 보상도 받지 못했다. 우리 가족은 부모님과 위로 형님 두 분, 누님 두 분, 나와 내 동생 이렇게 모두 여덟 식구였다. 목포의 외진 곳, 아주 저렴한 방을 얻어서 여덟 식구가 이사를 했다.

우리 집은 서울로 이사를 오기 전까지 8년 동안 목포에서 살았다. 목포에서 초등학교 1학년 때부터 중학교 2학년 초까지 거주했는데, 이 기간 동안 5번을 이사했다. 1년 6개월에 한 번꼴로 이사한 셈이다.

참으로 배가 고팠던 시절이었다. 초등학교 2학년 때인가 3학년 때인가, 정월 보름날 작은 누나와 함께 소쿠리 하나를 들고 이웃집 여기저기 밥을 얻으러 다녔던 기억이 난다. 말 그대로 거지 같았다.

초등학교 4학년 때 일이었을 것이다. 작은 형은 목포 중학교를 다니고 있었고, 나는 북교초등학교를 다니고 있었다. 형은 조선일보 신문 배달을 하기 시작했는데, 어느 날 내게 같이 신문 배달을 하자고 권했다. 나는 형과 함께 신문 배달을 하기로 했다.

매일 아침, 목포역으로 나갔다. 역전에서 기다리면 서울에서 신문을 실은 기차가 아침 일찍 도착했다. 요즘처럼 보급소가 있지도 않았다. 목포역 한쪽 구석에서 신문을 구역별로 배급을 받았다. 나는 어린아이여서 많은 부수를 돌릴 수가 없었기 때문에 대략 50부를 돌렸던 것 같다.

오토바이나 자전거를 타고 신문 배달을 하는 것이 아니었다. 옆구리에 신문을 끼고 걸어 다니면서 각 가정집에 배달하였다. 당시에는 신문 면수가 4면이었으나 주 2회는 8면으로 두 배가 되었다. 나는 어린이 조선일보도 몇 부 함께 돌렸다. 8면으로 인쇄된 신문을 배달해야 하는 날에는 어린이 조선일보와 더해 무게가 보통 때의 2배가 되어 너무 힘이 들었다.

신문을 배달하면서 여러 가지 에피소드가 있었다. 어린 나이에 신문을 배달하다 보니 집을 혼동해서 엉뚱한 집에 신문을 배달하는 사고가 가끔 발생했다. 개가 있는 집에는 마루까지 들어가서 신문을 놓고 와야 했다. 개 짖는 소리가 천둥소리 같았다.

한번은 추운 겨울날 신문을 갖고 가다가 돌부리에 넘어진 적이 있었다. 내가 갖고 있던 신문지는 온 땅에 흩어져 버렸다. 나는 그대로 엎어졌는데 그때 느꼈던 아픔이 지금도 전해지는 것 같다. 겨울의 매서운 바람보다 내 마음이 더 추웠던 시절이었다.

소풍날에도 여느 때와 다름없이 신문을 배달해야 했다. 집에서 소풍

도시락을 싸주셨는데 반찬 없이 밥만 싸주셨다. 먹을 것이 넉넉하지 않은 살림 형편이었으니 반찬을 싸줄 수가 없었던 것이다. 그날 어느 집에 신문을 넣는데, 아주머니께서 나를 부르셨다. 내가 소풍 가는 것을 아시고 집에서 싸 준 도시락을 보자고 하셨다. 밥밖에 없는 내 도시락을 보시고는 반찬을 싸주셨다. 아주머니의 베푸신 손길이 참으로 고마웠다. 그러나 한편으로는 내 모습이 초라해보였다.

나는 만화 보는 것을 좋아했다. 그래서 신문 배달을 마치고 만화 가게 주인에게 남은 신문에서 한 부를 거저 드리고 만화 가게에서 만화를 공짜로 보았다. 학교에 가 있을 시간이었는데 나는 공부가 싫었다. 그래서 늦장을 부리면서 만화를 보는 재미는 신문 배달을 하며 힘들었던 내 마음과 가난을 달래주었다. 이제는 추억으로 남아있는 일들이지만, 과거의 나에게 말해 주고 싶다. 잘 이겨내 주어 고맙다고.

3

꼴찌 인생에서
교사가 되기까지

내가 태어나기 전에 아버지는 양복점을 경영하셨었다. 양복 기술 중에서도 당고 바지(과거 일제 시대에 일본 군인들이나 순사들이 입던 옷)를 전문적으로 만드는 기술을 갖고 계셨다. 가세가 기울어지고 나서는 아버지는 이렇다 할 직업이 없이 지내셨다. 아는 분들이 찾아오면 가끔씩 옷을 만들어주셨다.

어머니는 요즘으로 말하면 행상을 하셨다. 내가 초등학교 3학년 시절에는 감자떡을 파셨다. 감자를 삶아 절구에 넣어 찧고, 찧은 감자 반죽을 편편하게 펴서 각지게 만든 후, 그 위에 콩가루를 뿌리면 감자떡이 되었다. 나도 감자떡을 만들고 파는 일을 했다.

다른 동네로 이사를 하면서 감자떡 장사도 그만두게 되었다. 그 뒤 어머니께서는 길거리 모퉁이에서 붕어빵을 구워 파는 일을 하셨다. 붕어빵 장사가 잘 되어서 우리가 서울로 이사 가기 전까지 이 일을 계속했다.

우리 집 붕어빵은 맛이 있어서 많은 손님들이 찾아왔다. 작은 누나와 나는, 이른 아침마다 집에서 조금 떨어진 장사하는 곳으로 갔다. 장사하는 곳이란 요즘으로 치면 어묵과 떡볶이를 파는 길거리 모퉁이나 노천을 말한다.

장사하는 곳 옆에 세탁소가 있었는데, 세탁소 주인의 배려로 붕어빵을 굽는 빵틀과 기자재들을 세탁소에 보관해 둘 수 있었다. 매일 아침마다 세탁소에 가서 문을 두드리면 세탁소 아들이 문을 열어주었다. 그러면 붕어빵 틀과 화덕을 길 모퉁이, 빵을 굽는 장소까지 옮겨놓았다. 그리고 연탄불이 들어가 있는 화덕 위에 붕어빵 틀을 올려놓고 가열이 될 때까지 기다린다. 가열이 되면 그때부터 붕어빵을 굽기 시작한다. 학교에 가는 학생들이나 일반 사람들이 붕어빵을 사 먹었다. 어머니께서 아침 식사를 마치시고 붕어빵을 굽는 곳으로 오시면 교대를 하고 작은 누나와 나는 집으로 가서 등교 준비를 했다.

아버지는 6.25 사변이 터지자, 조도라는 섬으로 피난을 가셨다. 이사하기 전에는 목포에서 아주 잘 나가는 양복점 주인이셨다. 당시만 해도 우리 집은 목포에서 다섯 손가락 안에 드는 부잣집이었다고 한다. 그런데 아버지가 술과 도박으로 모든 가산을 다 탕진하셨다.

아버지는 굉장히 엄하신 분이셨다. 그리고 하루가 멀게 술을 마셨다. 나는 아버지 별명을 '술독'이라고 붙였다. 술을 드시지 않을 때는 호인이셨지만, 술을 드신 후에는 밤새도록 주무시지도 않고 가족들을 괴롭히셨다. 동네 사람들과 자주 싸우셔서 공든 탑을 술로 다 허문 분이셨다.

아버지는 노름도 자주 하셨다. 어려운 형편인데도 노름을 했으니 가정이 얼마나 힘들었는지 모른다. 아버지와 어머니가 노름 때문에 여러 번 다투시던 모습을 어린 나이에 목격했다. 어떤 날은 단칸방인 우리 집에 노름꾼들을 데려와서 노름을 하시기도 했다.

1960년 대 당시, 목포에는 학원이 없었고, 사설 강습소가 몇 군데 있었다. 나는 강습소를 갈 엄두도 낼 수가 없었다. 그저 학교 공부로 만족을 해야 했다. 내 성적은 늘 뒤에서 놀았다. 한 반의 숫자가 60명일 때는 57등에서 맴돌았다. 70명이었을 때는 65등 언저리에서 놀았다. 공부는 나와 인연이 없는 것이라 생각하면서 자랐던 것이다. 경제학 용어에 '빈곤의 악순환'이란 말이 있다. 가난하니까 저축을 할 수 없고, 저축을 하지 못하니 더욱 어려운 삶을 산다. 더욱 어렵게 사니까 저축을 하지 못한다. 공부도 마찬가지인 것 같다. 성적 저하의 악순환? 공부를 못하니까 성적이 나쁘게 나온다. 성적이 나쁘니 더 공부를 하지 않는다. 지나고 보니 그 좋은 공부할 수 있는 기회를 놓치고 다른 곳에 한 눈을 팔았던 것이 후회가 된다.

그랬던 내가 고등학교 교사가 되었다. 나의 옛날 상처를 기억하면서, 아이들 인생의 진정한 멘토가 되어주고 싶었던 것 같다. 특히 공부를 잘하지 못하는 학생들에게 나의 과거를 이야기해주면서 '너희들도 잘 할 수 있다'며 자신감을 심어주고 동기를 부여하는 교사로서 삶을 살게 되었다.

고등학교 교사가 되어서 많은 학생들에게 선한 영향력을 미치게 되었다. 자라나는 학생들은 교사들의 가르침이나 영향력이 거의 절대적이라 할 수 있다. 그것이 부정적일 수도 있고, 긍정적일 수도 있다. 우리나라 영화에 한 획을 그었던 〈친구〉라는 영화가 있다. 그 영화에 보면 담임 선생님이 지적받은 학생들을 교실 앞으로 불러내어서 뺨을 때리고 무지막지 하게 구타하는 장면이 나온다. 그런데 그들 중에 몇 명이 선생님의 폭력에 저항하고 교실을 뛰쳐나간다. 이것은 부정적인 교사의 영향이다. 그러나 나는 학생들에게 나의 과거의 실패 이야기, 가난한 환경에서 처음에는 학습부진아였는데 어떤 계기로 공부에 맛을 들이게 되어 대학에서 영어를 전공한 이야기를 해주었다. 그리고 학생들 앞에서 강의하는 교사가 되었다는 것을 이야기해주면 학생들이 강한 동기부여를 받는 것을 보았다. 어렸을 적에 여러 가지로 부족하고 형편 없던 내가 꿈을 품고 열심히 노력했더니 교사가 되었다는 이야기를 해주면, 학생들이 크게 용기를 냈던 것을 기억한다.

4

존재감이 없는 아이

초등학교 6년 동안 나는 학교에서 존재감이 없는 아이였다. 몸이 건강하지 않았고, 공부도 잘 하지 못했고, 가정 형편도 어려웠기에 아무도 나를 주목하지 않았다. 해마다 바뀐 담임 선생님들 중, 나를 챙겨주셨던 분은 단 한 분도 없었다. 1960년대 당시 초등학교는 요즘과 같이 의무교육이 아니었다. 그래서 초등학교를 다닐 때에도 기성회비('육성회비'라고 하기도 함)를 포함해서 학기마다 등록금을 내야 했었다. 고등학교를 졸업할 때까지 학창 시절 내내 제때에 등록금을 내 본 기억이 없다.

초등학교 3학년 때였을 것이다. 등록금을 제때에 내지 않았다고 담임 선생님께서 나를 부르셨다. 물론 그전부터 여러 차례 교무실로 불려 다녔다. 담임 선생님은 언제까지 등록금을 내겠느냐고 물었고, 나는 그때마다 약속날짜를 말했지만 한 번도 약속을 지킬 수가 없었다. 그러면 선생님께서는 나를 공부시키지 않았고, 등록금을 갖고 오라고 다시 집으

로 돌려보냈다. 돈이 없어서 등록금을 못 내는 데 돈이 없는 집으로 돌려
보낸들 하늘에서 돈이 떨어지는 것도 아니고, 어찌 됐든 선생님이 집으
로 쫓으시니 할 수 없이 교문을 나서야 했다. 천금 만금 무거운 발걸음을
집으로 돌렸다.

"선생님이 등록금 가지고 오래요."

집에 계신 아버지도 딱히 줄 돈이 없으니까, 그냥 막무가내로 학교로
다시 가라며 나를 집에서 쫓아내셨다. 일단 집 밖으로 나왔다가 다시 집
가까이 가서 아버지에게 "등록금 주세요!"하고 외쳤다. 그러면 아버지가
막대기를 들고 나오셨다. 그러면 나는 막 도망을 쳤다. 그러다가 다시 집
으로 가서 아버지에게 "등록금 달라고요!" 또 외쳤다.

한번은 대변에 피가 섞여 나온 적도 있었다. 이질에 걸린 것이다. 하루
에 10번 이상, 변소(화장실)를 들락거렸다. 요즘은 잘 들어보지도 못한 병
이지만 내가 어릴 적만 해도 이질이란 병으로 고생하는 아이들이 여럿
있었다. 나는 이질로 한 학기 내내 고생했다. 수개월 동안 무른 혈변을
하루에도 열 번 이상 보면서 생활을 해 나갔다.

먹을 것이 없어서 늘 배골이를 했다. 하루는 중학교에 다니고 있던 작
은 형이 내게 뒷게에 있는 밭으로 가자고 했다. 목포에 뒷게라는 곳이 있
는데, 그 주변에 채소밭들이 많았다. 밭으로 가자는 말에 형에게 물었
다. "뭐하게요?" "응, 배추 실거리를 주우러 가게!" 그 당시 우리나라는
어려운 가정에 구제품으로 밀가루를 배급해주었다. 그 밀가루는 누런
빛을 띠었지만, 어떤 때는 밀가루도 없어서 굶어야 했다. 그래서 형은 나

에게, 채소밭에 있는 우거지를 삶아 먹으려고 주우러 가자고 한 것이다.

형을 따라 나섰다. 채소밭에는 우거지(실거리)가 없었다. 형은, 사람의 이목을 피해서 배추밭에 심겨있는 배추 몇 포기를 뽑았다. 그리고는 배추를 잽싸게 자루에 넣은 다음에 집으로 줄행랑을 쳤다. 그날, 배추를 물에 데쳐서 된장에 버무려 한 끼 식사로 대신 했다.

초등학교 4학년 즈음이었던 것 같다. 그때에는 산정동이라는 곳에서 살았다. 하루는 저녁 식사를 준비하기 위해 어머니께서 보리를 씻어 넣은 솥을 연탄불 위에 얹어놓고 보리밥을 짓고 계셨다. 나는 보리밥이 되기도 전에 솥을 열어서 아직 설된 보리밥을 숟가락으로 퍼먹었다. 당시에는 쌀밥은 구경할 수도 없었고, 보리밥도 먹으면 잘 먹는 것이었다. 요즘에는 주문한 메뉴가 나오기 전에 보리밥과 고추장을 갖다 주는 식당도 있다. 보리밥은 건강식이다. 하지만 나는 보리밥이 싫다. 배고팠던 어린 시절, 보리밥을 너무 많이 먹었다.

전남대 정신과 교수이신 이무석 박사는 자존감과 열등감은 자신을 보는 관점에 따라 결정된다고 했다. 문제는 조건이 아니라 관점이라는 것이다. 그런데 우리는 조건에서 문제를 찾는다. 못생겼으니 자존감이 낮고, 공부를 못하니 자존감이 낮다고 생각한다. 가난한 환경에서 자랐으니 자존감이 낮다고 생각한다. 자신에 대한 부정적인 관점을 바꾸지 않고서는 열등감에서 벗어날 수 없다고 이무석 교수는 말하고 있다. 자존감은 내가 나 스스로를 어떻게 평가하는가이다. 존재감이 없다는 말은 자존감이 낮다는 말로도 이야기할 수 있다.

비록 공부를 못해도, 가난한 집에서 살아도, 못 생겨도 나 스스로를 가치 있는 존재로 생각했다면 어떠했을까? 환경을 탓하며 주저앉아 있기보다, 상처를 원동력 삼아 더 열심히 공부하고 더 열심히 꿈을 향해 달려갔더라면 어떠했을까? 칠순이 다 되어 생각해 본다.

5

어릴 때 놀이 문화

1960년대의 놀이문화는 단순했다. 자치기, 다방구, 사금팔이 놀이, 말뚝 박기, 딱지치기, 땅따먹기, 여자 아이들은 고무줄 놀이, 머리핀 따먹기, 공기놀이 등이 있었다. 겨울에는 경사진 눈밭에서 대나무를 절반으로 잘라서 만든 스키를 타고 놀았다. 방학 때에는 시간 가는 줄도 모르고 늦게까지 밖에서 놀다가 부모님에게 혼이 나기도 했다. 여름철에는 동네 아이들과 삼삼오오 짝을 지어서 부모님 몰래 산을 넘어 목포 해수욕장에서 수영을 하고 오기도 했다. 나중에는 내 몸에 묻어있는 소금기를 보시고 부모님에게 들켜서 야단을 맞기도 했다.

수영하다 세 번이나 죽을 뻔했다. 바닷가에 살았어도 수영을 하지 못했다. 그러다가 우연한 기회에 수영을 배우게 되었다. 하루는 목포 선창가에서 놀다가 물에 빠져버린 것이다. 허우적거리다가 순간, 수영하던 사람들의 모습이 생각났다. 손과 발을 놀리며 그 모습을 흉내 냈는데 신기하게도 몸이 물 위에 떴다. 그래서 수영에 대한 자신감을 갖게 되었고 그때부터 수영을 하기 시작했다. 자신감이 붙으니 부모님의 눈을 피해 친구들과 몇 번 수영을 하러 바닷가에 가곤 했었다.

한번은 방파제를 막아놓은 곳에서 친구들과 수영을 했다. 우리 키를 넘는 수심이 깊은 곳이었으나 거리가 짧아서 쉽게 생각하고 물속으로 들어갔다. 그런데 한 친구가 허우적거리고 있었다. 생각할 겨를도 없이 친구를 구하러 물에 뛰어들었다. 그때만 해도 물에 빠진 사람을 구조하는 요령을 알지 못했다. 친구를 살려야겠다는 생각밖에 나지 않았다. 그런데, 허우적거리던 친구가 내가 가까이 가자 나를 확 껴안아 버렸다. 나는 순간 당황했고, 그 친구를 떠밀어도 놓아주질 않았다. 우리는 함께 물에서 허우적거렸다. 순간, '오늘 죽는 거 아닌가?' 라는 생각이 들었다. 정신을 차렸다. 그리고 친구의 몸과 엉켜있는 상태에서 한쪽 팔을 휘젓기 시작했다. 다행히 물가까지 거리가 얼마 되지 않았기에 빠져나올 수 있었다. 지금 생각해도 아찔하다.

또 한 번은, 목포 해수욕장에 갔다가 변을 당할 뻔한 적이 있었다. 이번에도 친구들과 함께 수영을 하러 갔다. 수영을 하고 있는데 친구 중 한 명이 물에 빠져 허우적거리고 있었다. 그때도 구조에 대한 상식이 없었고, 무턱대고 친구를 살리겠다고 친구가 있는 쪽으로 헤엄쳐 갔다. 이번에도 그 친구가 나를 꼭 껴안았다. 밀쳐내려 해도 소용이 없었다. 우리 둘은 물속에 완전히 잠겼다가 머리만 겨우 내밀기를 반복하며 어찌할 줄 모르고 있었다. 지난번처럼 내 힘으로 어떻게 할 수가 없었다. 시간이 얼마나 지났을까. 어느 순간, 웬 청년이 물속에 빠져있는 우리 옆에 와 있었다. 청년은 우리 두 명을 양쪽 팔로 각각 잡고는 유유히 수영을 해서 물이 얕은 곳까지 데리고 나왔다.

물에 빠져 죽을 뻔했던 세 번의 사건은 50년이 훨씬 지난 이야기인데도 엊그제 겪었던 일 같다.

어릴 적 놀이문화에 또 한 가지가 있는데, 그것은 만화보기이다. 만화 보는 것도 독서라고 하는 분들도 있지만, 어찌 됐든 당시 상당수 아이들과 어른들이 일상 중 놀이로 하는 것 중의 하나가 만화 보기였다. 나 역시 만화 보는 것은 즐겨 했다. 50년이 훨씬 지났지만 지금도 만화 보던 시절이 내 기억 속에 뚜렷하게 남아있다. 그때 읽었던 인기 만화 제목도 생각이 난다. 김경언 만화가가 그렸던 '삐빠', '좁쌀 삐빠'라는 만화책이 있었다. 이 만화를 아주 재미있게 봤다. 또 하나, 이근철 만화가가 그린 '자카르타'라는 만화도 생각난다. 김경언, 이근철 만화가가 그린 만화는 모두 봤던 것 같다.

학교 수업을 마치고 귀가해서는 매일 만화 가게에 가서 살다시피 했다. 요즘은 만화 가게가 거의 종적을 감췄지만 그때에는 동네에 만화 가게(만화방)가 여러 군데 있었다. 내가 자주 들리는 만화 가게의 주인 아저씨는 나를 썩 좋아하지 않으셨다. 내가 보고 있는 만화를 기다리는 학생들이 있었는데, 인기 있는 만화책을 혼자서 오래 붙잡고 있으니 만화 가게 주인이 좋아할 리가 없었다. 그런데 만화를 오랜 시간 동안 보는 이유가 있었다. 만화 장면마다 어떻게 스케치 되어있는지 꼼꼼히 살펴보느라 그런 것이다.

만화를 자세하게 보다 보니 집에 와서 그 만화 내용을 그리고 싶었다. 종이나 공책에다 만화를 그리기 시작했다. 초등학교 4학년 때부터 만화를 그렸다. 내가 그린 만화를 학교 친구들에게 돌리기도 했다. 그렇게 만화를 그리다 보니 '나도 커서 만화가가 될까?'라는 생각을 자연스레 하게 되었다. 그 생각은 시간이 지날수록 '나도 만화가가 될 테야!'로 확고해졌다.

그 당시에는 만화가들이 자신의 만화책 맨 뒤에 예비 만화가들을 대상으로 만화컷을 응모한다는 글을 올려놓기도 했다. 나도 만화컷을 그려서 서울로 보내기도 했었다. 만화 중에서도 사물이나 꽃, 지도 그림을 꽤 잘 그렸다. 학교 친구들은 그런 그림을 그릴 경우에 내게 자주 그려달라고 부탁했었다. 학교 대표로 미술 사생대회를 몇 차례 나가기도 했다. 그런데 색칠하는 것은 완전 꽝이어서 입상을 하지 못했다.

요즘 아이들의 놀이 문화는 우리가 어릴 때와는 판이하게 다르다. 아이들은 너나 할 것 없이 스마트 폰 게임과 PC방에 가서 앉아서 화면을 쳐다보면서 게임에 몰두한다. 우리 시대에는 놀이가 몸으로 움직이는 활동들을 많이 했는데 지금의 아이들은 잘 움직이지 않는다. 아날로그적인 놀이를 이 시대 아이들도 할 수 있다면 감성적으로 더 원만해지지 않을까 생각한다.

6

만화 도둑놈

내 성격은 아주 차분하고 내성적이다. 어릴 적부터 누구를 해코지하지 않았다. 그냥 착한 아이였다. 부모님 말씀에도 잘 순종했다. 공부를 못해서 그렇지, 학교에서나 집에서나 아주 착실하고 조용한 아이였다. 그런데 나에게도 욕심이라는 게 있었다. "견물생심"이라는 말이 있다. 어떠한 물건을 보게 되면 그것을 가지고 싶은 욕심이 생긴다는 말이다. 내게 있어 견물생심은 바로 만화였다.

앞에서도 이야기했지만, 나는 한 마디로 만화광이었다. 학교 수업을 마치고 집에 돌아와서 거의 매일 가는 곳이 만화 가게였다. 그리고 어떤 날은 만화책을 집까지 가져와서 보기도 했다. 주야장천 만화 보는 게 취미고 나의 일이었다. 그러다가 어느 날 이런 생각이 들었다. '만화책을 그냥 집으로 가져가야겠다.' 만화책을 훔치자고 마음먹은 것이다. 단골 만화 가게에 가서 만화책을 보면서 주인의 동태를 살폈다. 주인이 다른 일을 하고 있을 때 내가 갖고 있던 만화책 중에 한 권을 몰래 내 몸속에 숨겼다. 가슴이 쿵쾅쿵쾅거렸다. '이러다 걸리면 어떡하지?' 두려운 생각도 들었다. 하지만, 주인의 눈을 속여서 만화책을 훔쳐 나오는데 성공을 했다. 그 뒤로 만화책을 계속 훔치기 시작했다.

하루는 등굣길에 다른 만화 가게에 들렀다. 그때에는 아침에도 만화 가게 문을 열었다. 만화책을 훔쳐야겠다는 생각이 또 들었다. 그래서 숨을 죽이고, 주인의 눈치를 살피면서 내 몸속에 만화책 한 권을 몰래 숨겼다. 그런데 그 날은 주인에게 딱 걸렸다. 그 만화 가게에서는 처음 훔친 것인데 그만 딱 걸리고 말았다. "너, 이 녀석! 못된 짓만 골라 배웠어? 당장 만화책 내려놓지 못해?" 주인아저씨의 불호령이 떨어졌다. 주인아저씨의 표정은 만화책에서 보았던 숲속 괴물과 닮아 있었다.

그 날 같은 반 여자아이가 현장을 목격했다. 힐끔힐끔 나를 쳐다보는 여자아이의 표정 역시, 주인아저씨만큼이나 무섭게 느껴졌다. 쥐구멍이라도 있으면 들어가고 싶은 심정이었다.

그날 나는 학교에 가지 못하고 우리 집까지 주인의 손에 끌려갔다. 아버지는 만화 가게 주인에게 사과를 했고, 나는 아버지에게 죽을 만큼 두들겨 맞았다. 말 그대로 진짜 죽을 것만 같았다. 그래서 다시는 만화책을 훔치지 말아야겠다고 다짐했다.

작게 시작한 도둑질이었지만, 더 큰 도둑이 될 수도 있는 위험한 행동이었다. 그때 들키게 된 것이 오히려 감사하다. 그 이후로 만화책을 더 이상 훔치지 않았으니까 말이다. 우리 속담에 "바늘 도둑, 소 도둑 된다"는 말이 있다. 똑 맞는 말이다. 내가 처음에 '만화를 훔칠까?'하는 마음을 가졌을 때, 또 다른 생각은 '안돼, 만화를 훔치는 것은 도둑질이야!'하는 소리도 있었다. 그러나 만화가게에 가서 만화를 보다 보면 또 만화를 훔치고 싶은 생각이 나에게 엄습했다. 한 번의 생각이 내 머리에 꽂히니 나중에는 그 생각이 집요하게 나를 사로잡는 것을 느끼게 되었다. 우리가 어떤 사물에 집중하면 주변의 다른 것들이 눈에 들어오지 않는다. 내가 꼭 그랬던 것 같다. 만화를 계속 보고 싶은데, 갖고 있는 돈은 한계가 있었다. 그러니 자연스레 만화를 더 보고 싶으면 만화를 훔치자 하는 생각으로 발전이 되어갔던 것이다. 그리고 처음 몇 번은 두 마음이 내 안에서 서로 충돌하였다. 나중에는 만화를 보고싶은 마음이 강했기 때문에 훔치자는 쪽으로 결론을 내렸다. 정말 바늘 도둑이 소 도둑되는 것은 순간의 결정으로 시작되는 것 같다. 그리고 만화를 첫 번째 훔칠 때는 너무 너무 떨리고 떨렸다. 그러나 만화를 훔치는 횟수가 반복되자 그런 생각은 좀 덜해졌다. 그리고 만화를 훔치는 횟수가 늘어나면서 양심의 가책을 느끼는 강도가 약해지는 것이었다. 성경에 이런 말씀이 있다. 잠언 4장 23절이다. "이 세상엔 지켜야 할 것도 많지. 하나 그 무엇보다도 네 마음을 지키거라. 네 마음을 지키는 것이 생명에 이르는 길이다. 사람을 살리는 길이다."(현대어 성경). 나는 결국 내 마음을 지키지 못해서 만화도둑이 되고 만 것이다. 이만큼 사람의 마음을 지키는 것이 중요하다. 「자조론」을 쓴 새뮤얼 스마일즈가 한 유명한 말이 있다. "생각을 심으면 행동을 낳고, 행동을 심으면 습관을 낳고, 습관을 심으면 성격을 낳고, 성격을 심으면 운명을 낳는다." 처음에는 사소한 생각으로 시작한다. 그러나 그 생각을 계속 하게 되면 그 생각은 이내 행동으로 발전하게 된다. 내가 처음에 '만화를 훔칠까?'하는 생각이 들었을 때, 거부하지 않고 그대로 방치를 하게 되니까 결국은 만화를 훔치는 행동으로 발전하게 되었다. 그리고 만화를 훔치는 것을 단 한 번으로 끝나면 좋으련만 두 번, 세 번 계속하다 보니 결국 만화를 훔치는 습관이 형성이 되어버렸다. 만화 절도범이 된 것이다. 이렇게 생각은 생각으로 끝나지 않고 행동으로 발전하고 그리고 그 행동은 습관을 형성해버린다. 결국 만화를 훔친 습관은 만화가게 주인에게 발각됨으로 일단락 되었다. 그리고 그 주인의 손에 붙잡혀 아버지에게 인계가 되었고, 그날 죽을만큼 매를 맞고 나서야 그 절도하는 습관이 끊어지게 되었다.

오래 전에 읽은 책 가운데 「기도의 사람, 죠지뮬러의 생애」란 책이 있다. 죠지 뮬러는 5만 번의 기도 응답을 받은 참으로 놀라운 분이다. 그는 독일인이었지만 영국에 선교사로 가서 수많은 고아들을 먹이고 입히고 했던 고아들의 아버지였다. 그는 수많은 고아들을 돌보는데 사람들에게 직접 도움을 요청하지 않았다. 대신에 기도를 통해서 하나님으로부터 공급을 받았다. 그런 믿음의 위인도 어릴 적에는 아버지 주머니에서 돈을 훔쳤다. 이렇게 위인들도 어릴 적에는 나와 같이 남의 물건이나 돈을 훔친 전적이 있었다. 나의 뼈아픈 과거이지만, 때로는 이 과거의 부정적인 사건이 오히려 청소년들에게 약이 될 때가 있음을 깨닫게 된다. 지금 방황하거나 나처럼 나쁜 습관에 빠져서 괴로워하고 있는 청소년들에게 나의 과거 이야기가 오히려 그들에게 빛이 되는 것이다. 그래서 그들도 내가 변화된 것처럼 그들도 나의 이 이야기를 통해 변화를 경험할 수도 있는 것이다. 아무튼 어릴 적에 순간적으로 탈선했었지만 다시 본래의 모습으로 돌아서게 된 것이 내 스스로에게도 대견하고 고마웠다.

7

초등학교, 중학교 시절을
회상하며

 2015년 4월 어느 날, 내가 속한 교회의 전국 목회자 연합모임이 전라
남도 목포에서 열린다는 연락을 받았다. 가슴이 뛰었다. 내가 출생한 곳
은 진도군 조도면 섬이지만 어린 시절의 추억이 고스란히 남아있는 곳은
목포였기 때문이다. 몇 해 만에 가는 고향길인가!
 추억을 더듬어 보니, 서울로 이사 온 후로 처음 목포에 내려갔던 때는
고등학교 3학년 3월이었다. 초등학교 졸업 후 입시에 낙방하여 한 해 재
수를 했고, 또 서울로 이사를 와서 중학교 졸업 후에 재수를 했다. 고3인
데 군대 징병 신체검사를 받을 나이가 되었다. 그 당시에는 병역법이 개
정되기 전이어서 고등학교 재학 중이라도 나이가 되면 군 입대 신체검사
를 무조건 받아야 했다. 신체검사를 받은 후 군 입대 영장이 나오면 고등
학교 3학년에 재학 중일지라도 학교를 졸업하지 못하고 군에 입대해야
했었다.

고3 3월 초, 신체검사를 받기 위해 목포로 내려갔다. 본적이 목포로 되어 있었기 때문에 목포에서 신체검사를 받았다. 그 해가 1975년 3월이었다. 서울로 이사 간 지 5년 만에 고향에 내려온 것이다. 다음 해인 1976년 8월 27일에 다시 군에 입대하기 위해서 본적지인 목포로 내려갔고, 목포에서 집결한 뒤에 논산 수용연대로 기차를 타고 갔다.

교회 목회자 연합모임 덕분에 40년 만에 내 고향 목포를 방문하게 되었다. 서울역에서 출발한 기차가 드디어 목포역에 도착했다. 고향에 도착했다는 사실에 내 마음이 흥분되고 설레기 시작했다. 개찰구를 빠져나와 목포역 광장에 섰다. 그 유명한 유달산이 바로 내 눈앞에 보였다. 어릴 적에는 유달산이 멀어 보였는데, 어른이 되고 나서 바라보니 바로 내 눈앞에 보였다.

연합모임 일정 하루 전, 목포에 도착을 했다. 모임이 아침에 있어서 미리 준비하기 위해서이기도 했지만, 내가 늘 자주 가던 거리와 장소를 꼭 한번 둘러보고 싶은 이유도 있었다. 목포역 앞 모텔에 여장을 풀었다. 밤이 늦어서 잠자리에 들었다. 그리고 이른 아침에 기상을 했다. 간편한 복장을 하고 숙소를 나섰다. 너무 신기했다. 어릴 적에 거닐었던 목포역 앞 거리가 내 눈앞에 고스란히 들어왔다. 40년이 지났는데도 옛 거리의 모습은 별로 변한 것이 없었다.

나의 모교인 북교초등학교를 가기 위해 길을 따라 쭉 걸었다. 그 거리들도 별로 변한 게 없었다. 어릴 때의 모습이 떠올랐다. 마음이 이상했다. 내가 어릴 때 놀았던 곳, 내가 거닐던 거리를 걷고 있다는 것이 믿기지 않았다.

지금은 목사가 되었지만 어릴 적에는 종교가 없었다. 그러나 여름이 되면 친구를 따라 교회에서 하는 여름 성경학교를 다녔었다. 주로 다녔던 교회가 북교동 교회였다. 그런데 지금 내가 북교동 교회 앞을 지나고 있다. 옛날 교회 건물이 그대로 있었다. 조금 더 걸어가니 드디어 내가 6년 간 다녔던 나의 사랑하는 모교, 북교 초등학교가 눈앞에 들어왔다. 너무 마음이 설레였다. 이 길은 6년 동안 다녔던 길이다. 등교 길에 걸었던 그 길을 내가 지금 걷고 있다니! 실감이 나지를 않았다. 이게 꿈인가, 생시 인가? 어연히 생시다. 그런데 지금 꿈을 꾸는 것 같다.

학교 정문 앞에 당도했다. 등교 길에 주변 선생님이 정문 앞에 서계신 모습이 눈에 선하다. 그리고 그 옆에 상급생 주변과 규율부 학생들이 서 있는 모습이 머리 속에 떠오른다. 우리가 초등학교 다닐 때에는 왼쪽 가 슴에 구호가 적혀있는 메모장과 같은 것을 부착하고 다녔다. 예를 들면 〈방첩 주간〉이니 〈불조심 강조기간〉 등과 같은 구호들이었다. 이 부착 물을 달지 않고 등교하면 적발했고, 교문에 들어설 수가 없었다. 다시 가 까운 문방구에 가서 그 부착물을 사서 패용하고 등교했던 일도 주마등처 럼 스쳐지나간다. 지금은 불량식품인데 그때에는 학교 주변에 달고나를 파는 아저씨, 아주머니들도 있었다. 그 모습들도 선하다.

초등학교 5학년 때 일이 생각났다. 나는 학교에서 공부도 잘 하지 못 했고, 집도 가난했기 때문에 별로 눈에 띄지도 않은 아이였다. 특히 담 임 선생님에게도 인정을 받지 못했던 그런 아이였다. 그런데 어느날 담 임선생님께서 나를 부르셨다. 그리고 점심시간에 담임선생님 집에 가서 선생님의 점심도시락을 가져오라고 심부름을 시키셨다. 지금같으면 말도 안되는 일이지만, 그때에는 내게 너무 그 일이 영광스러운 일이었다. 그래서 얼른 담임선생님께서 알려주신 사택까지 가서 사모님이 준비해 놓으신 점심도시락을 가져다 주었다. 그때에는 그런 일을 하는 것이 자랑스러웠다. 이런 생각, 저런 생각들이 주마등처럼 스쳐지나갔다.

북교초등학교는 목포에서 가장 오래된 초등학교다. 내가 1968년 2월에 졸업할 때가 59회였다. 올해(2020년) 졸업식이 111회였다. 옛날 기록을 살펴보기 위해 인터넷 검색을 했다. 2017년 4월 학생수는 불과 159명밖에 되지 않았다. 2019년 2월 110회 졸업생은 28명 뿐이었다. 궁금해서 북교초등학교 행정실로 전화를 걸었다. 이렇게 졸업생 수가 적은 이유를 물었다. 행정실 직원이 그 이유를 설명했다. 내가 예측한 대로였다. 과거에는 북교초등학교 자리가 목포의 중심이었다. 그러나 지금은 구도시가 되어서 많은 사람들이 신도시로 이사를 간 것이다. 그래서 적은 수의 아이들이 졸업하게 되었노라고 이야기를 전해주었다. 마음이 안타까웠다.

어릴 때 뛰어놀던 운동장에 어른이 되어서 가본 적이 있을 것이다. 어떤가? "어, 운동장이 이렇게 작았었나?"하고 의아해한다. 내가 본 북교초등학교 운동장도 마찬가지였다. 어렸을 적에는 운동장 입구에서 교실까지 한참을 걸었던 것 같은데, 커서 보니 운동장과 교실과의 거리가 그렇게 멀어보지 않았다.

그 길로 산정동 뒤에 있는 마리아회 중학교를 가기 위해 버스에 올라탔다. 마리아회 중학교는 내가 서울로 올라오기 전에 1년 2개월 동안 공부했던 학교다. 초등학교를 졸업하고 목포중학교 입시에 낙방해서 일 년간 재수를 했다. 다시 목포중학교를 진학하려고 했지만, 신설학교인 마리아회 중학교의 교육 방향이 마음에 들어서 마리아회 중학교에 진학하기로 결정했고, 시험을 치러 전교 4등 장학생으로 입학을 하게 되었다.

마리아회 중학교 앞 버스정류장에서 내렸다. 50년 전에 있던 건물이 그대로 있었다. 학교에 들어서서 선생님들을 만나 뵈었는데, 이제 중학교는 없어지고 고등학교만 운영되고 있다는 말을 듣게 되었다.

마리아회 중학교는 천주교에서 세운 미션스쿨이다. 공교롭게도 나는 중학교와 대학교를 모두 천주교에서 세운 학교를 다녔다. 중학교는 마리아회에서 세운 마리아회 중학교를, 대학교는 예수회에서 세운 서강대학교를 다녔다. 당시 마리아회 중학교에 입학 할 때 2회로 입학을 했다. 그야말로 신설학교다. 1960년 당시 우리 나라 문화시설은 너무 열악했다. 예를 들자면 가정에는 수세식 화장실이 아니라 대부분 재래식 화장실인 변소였다. 그런데 이 마리아회 중학교는 화장실이 모두 수세식이었다. 마리아회 중학교에는 당시 목포 어느 중학교에도 없는 것들이 여러 가지가 있었다. 하나는 상벌 규정이 아주 엄격했다. 입학하면 모든 전교생들에게 수첩을 하나씩 지급된다. 그 수첩에는 상벌카드가 들어있다. 예를 들어서 학교 교내에서 돌을 들어 던지다 교사에게 적발되면 마이너스 점수를 받아 벌점카드를 회수받게 된다. 또한 하교후나 휴일에 극장에 출입하다 적발되면 마이너스 10점을 받아 정학처분을 받았다. 지금은 말도 안되는 이야기지만 그때는 그렇게 규율이 엄격했다. 벌점만 있는 게 아니다. 좋은 일을 하면 플러스 점수를 주기도 한다. 마리아회 중학교만의 자랑거리가 또 있다. 보통 수업을 하면 반에 교과목 선생님이 들어오셔서 강의하시고 수업이 마치면 나가신다. 그런데 마리아회 중학교는 달랐다. 모든 학생들은 매 시간마다 대학생들처럼 학과목 선생님이 있는 반으로 가서 수업을 받았다.

예를 들자면 2-1반 담임선생님 과목이 수학이라면, 수학 시간이 되면 우리 반 모두가 2-1반 교실로 가서 수학과목을 수강했다. 영어 과목 선생님이 1-2반 담임선생님이시라면, 영어 수업 시간 때에는 1-2반 교실로 찾아가서 영어수업을 들었다. 또 한 가지 자랑할 것이 있다. 당시 마리아회 중학교에서는 매점을 운영했는데, 무인 판매를 했다. 학생들이 정직성을 계발시키기 위해서 그렇게 한 것이다. 마리아회 중학교의 또 하나의 자랑거리는 영어수업이 영어회화 중심으로 이루어지는 것이다. 당시 우리 나라에는 미국인들이 그렇게 많지 않았다. 그런데 마리아회 중학교에는 교장선생님을 비롯하여서 외국인 신부님들(이들 모두 교사들이다)과 수사님들이 계셨다. 막강한 영어선생님들이 포진해계셨다.

내가 나중에 고등학교에서 영어교사가 되기 전에 교생실습을 나간 적이 있었다. 그때에 교생들이 수업을 하기도 했는데, 하루는 내가 영어수업을 진행하게 되었다. 교실 뒤에는 영어담당 교사와 나와 함께 실습을 나온 영문과 학생들이 함께 자리를 했다. 수업을 마치고 교생실습을 나온 영문과 학생들이 내게 와서 "와, 선배님, 영어 발음이 너무 좋아요!" 하는거였다. 내가 영어발음이 좋은 것은 바로 중학교 1학년 때에 미국 신부님들로부터 영어를 배웠기 때문이었다. 이러 저러한 생각들이 마리아회중학교 교정에 서있는데 주마등처럼 스쳐지나갔다.

학교를 둘러보고 모임준비를 위해 서둘러서 건물을 빠져나왔다. 오전에 목회자 연합 모임을 갖고 오후에 오산으로 가는 기차에 몸을 실었다. 1박 2일의 짧은 여행이었지만 내 추억을 다시 복기할 수 있는 기회를 갖게 되어서 마음만큼은 세계일주를 한 것 같았다. 추억이란, 참 좋은 것이다.

8

1969년,
빛바랜 나의 일기장

오늘은 1969년 당시, 내가 중학교 1학년 때에 썼던 일기장을 열어봤다. 이 글을 쓰는 중에 바로 내 눈앞에 있는 책꽂이에 꽂혀 있는 일기장이 생각났다. 51년 전에 쓴 일기장이다. 기록의 중요함을 새삼 느꼈다. 청년 시절에 어느 선배로부터 들은 말이 생각난다. "흐릿한 메모가 선명한 기억보다 더 오래 간다." 공병호 소장이 이야기했던가? "기록을 하면 역사가 되지만, 기록하지 않으면 잊혀진다"는 말. 그 말이 꼭 맞는 것 같다. 무려 반 세기 전의 것을 기억하라고 하면 어떻게 그것을 기억할 수 있겠는가? 그러나 흐릿하게나마 연필이라도 기록해놓으면 50년이 아니라 100년이 지나도 그때 그 일들을 다시 끄집어 낼 수 있는 것이다.

일기장을 꺼내어서 뒤적 뒤적 몇 군데를 읽어보았다. 옛날 생각이 그대로 되살아났다. 여기 일기장에서 몇 개를 공개해본다.

1969년 5월 26일 (월요일) 날씨/ 비

일어나는 시간 (새벽 5시 5분) / 잠자는 시간 (오후 10시 45분)

아침에 일찍 일어났다. 사회 백지도를 꺼내어 중간고사 준비를 위해 사회공부를 했다. 5시 45분에 세수하고 어머니가 하시는 풀빵 굽는 일을 돕기 위해 아래 동네로 내려갔다. 집에서 연탄불을 가지고 갔다. 그 연탄을 화덕 아래에 놓고 그 위에 새 연탄을 올려놓았다. 빵 굽는 틀을 내놓고, 포장을 치고 장사할 준비를 끝마쳤다. 오전 7시 40분쯤에 어머니가 내려오셔서 집에 가서 아침밥을 먹고 학교로 향했다. 대성동 파출소 앞을 지나는데 재현이를 만나서 함께 학교로 가는 길에 담임 선생님 댁을 들렀다. 선생님 오빠께서 말씀하셨다. 선생님이 아파서 오늘 학교에 결근하실 것 같다고 하셨다. 오늘 3교시와 4교시는 체육 시간이었다. 학교 건너편에 있는 공설운동장으로 갔다. 100미터 달리기를 했다. 1학년 A반 수칠이가 15초에 달렸다. A반이 모두 달리고 나서 우리 반(B반)이 달릴 차례다. 내 순서가 되었다. 몹시 떨렸다. 체육 선생님의 손이 내려갔다. 4명이 달리는데 내가 1등으로 들어왔다. 결승라인에 들어서자 선생님께서 "15초"라고 외치셨다. 다음 순서는 넓이뛰기였다. 1학년 A반 계평이가 2m 15cm를 뛰었다. B반에서 내 기록은 2m 16cm였다. 오늘 학교 수업을 마치고 집으로 돌아오는 길에 담임 선생님 댁을 들러서 집으로 왔다.

1969년 6월 8일 (일요일) 날씨/ 맑음

일어나는 시간 (새벽 5시) / 잠자는 시간 (밤 10시 20분)

오늘은 아침 6시부터 빵을 굽기 시작해서 아침 9시가 넘도록 빵을 구웠다. 어머니가 내려오셔서 교체를 하였다. 다리가 뻣뻣했다. 어머니께

일기장 표지

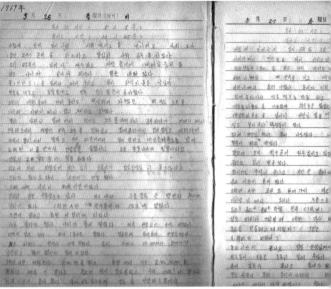

1969년 나의 일기장

서 내게 아침밥 먹고 나서 물을 길어 나르라고 하셨다. 우물에서 물통에
물을 담아 물지게로 져서 우리 집까지 5번 왕복하면서 날랐다. 두 번째
까지는 괜찮았으나 세 번째부터는 어깨가 아팠다.

1969년 7월 20일 (일요일) 날씨/ 맑음

일어나는 시간 (새벽 6시 5분)/ 잠자는 시간 (오후 10시 30분)

오늘은 정말 늦게 일어났다. 그 이유는 어제 해수욕장엘 가서 헤엄을
쳤기 때문이다. 라디오 방송에서는 미국 아폴로 11호가 내일 달나라에

도착한다고 야단이었다. 내일은 인류의 업적으로 임시 공휴일을 정했다고 뉴스를 통해서 들었다.

1969년 7월 28일 (월요일) 날씨/ 맑음

일어나는 시간 (새벽 5시 15분)/ 잠자는 시간 (오후 10시 45분)

아침 일찍 일어나서 밥을 먹고 목포역으로 갔다. 아버지를 따라 목포역에서 일하시는 사촌 형을 만나 인사를 했다. 개찰을 하고 기차에 올랐다. 조금 후에 기차가 출발했다. 목포역을 떠나서 동목포를 지나서부터 느리게 갔다. 리아스식으로 구불구불하기 때문이다. 영산포 역에서 복숭아 1 케이스를 샀다. 120원 주고 샀다.

나주에 들어서니 비료공장이 인상적이었다. 나주를 비롯한 들판이 끝이 보이지 않도록 전개되었다. 수원역도 안 쉬고 곧장 서울역을 향해 달렸다. 영등포역도 쉬지 않고 서울역에서 내렸다. 내리자 눈이 휘둥그레졌다. 서울역에 큰 누나가 마중을 나오셨다. 과연 서울은 대도시다. (여름방학을 맞아서 큰 누나가 살고 있는 서울을 처음 방문하였다.)

1969년 8월 17일 (일요일) 날씨/ 맑음

일어나는 시간 (오전 6시 10분)/ 잠자는 시간 (오후 11시)

오늘은 8월 17일 일요일이다. 오늘은 우리 식구가 창경원에 가는 날이다. 아침에 우리 집은 간밤에 시장을 보고 와서 그것으로 밥하는 소리, 음식을 만드는 소리로 떠들썩했다. 큰 누나께서 김밥을 싸고 계셨다. 아침밥을 먹고 작은 형님과 나와 동생이 먼저 가고, 큰 누나는 교회 갔다가 예배를 마치고 집에 들렸다가 작은 누나와 밥을 싸가지고 오후 1시 30분까지 창경원 입구에서 기다리기로 했다.

먼저 집을 나서서 택시를 잡으려고 하는데 택시가 오지 않아서 40분을 기다려서 탈 수 있었다. 창경원 앞에서 내렸다. 형과 동생과 함께 날짐승부터 구경을 했다. 인도 공작, 수리매, 독수리, 참새 등등 많이 있었다. 그 옆에 하마가 있었다. 옆으로 가니까 물개 6마리가 놀고 있었다. 창경원 기념이라 해서 동물 사진 24장에 100원을 주고 샀다. 입구에서 누나들과 만나 점심을 먹고 놀이터에 가서 비행기, 허니문카 등등 여러 가지 기구를 탔다. 오후 늦게 집으로 돌아왔다.

나의 오래된 과거 역사를 엿볼 수 있는 기회를 갖게 되어서 감회가 새로웠다. 당시 일기쓰기는 숙제였다. 내가 스스로 쓰고 싶어서 쓰는게 아니었다. 억지로 쓰다보니 그냥 하루의 일과를 나열하는 식으로 쓴 것이 역력하게 나타나고 있음을 보게 된다. 그럼에도 불구하고 지나간 역사적 사실을 엿볼 수 있어서 좋았다. 기록은 내용이 어떠하든, 형식이 어떠하든 중요한 것이다. 특히 시간이 지날수록 그 기록은 가치를 발한다. 10년에 쓴 일기와 50년 전에 쓴 일기는 느끼는 감회가 다른 것이다. 그러므로 다시금 기록의 중요성을 뼈저리게 느낀다. 그래서 우리는 일상생활에서 순간순간 깨달은 점을 그냥 흘러보내지 말고, 간단히 메모라도 하는 것이 좋을 듯 싶다. 그리고 나중에 그것을 잘 모아놓으면 훌륭한 내 개인의 역사가 되는 것이다. 50년이 지난 오늘, 나는 매일 일기를 쓰지는 못하지만, 대신 블로그에 나의 일상과 관계된 글들을 적어나가고 있다.

제 2 장

뜻대로 되지 않은
인생

1

꼴찌에서
전교 1등으로

세상에 태어나서 성공할 수 있는 길들은 수없이 많이 있다. 그러나 내가 자라날 때만 해도 세상에서 성공할 수 있는 길은 정해져 있었다. 공부를 열심히 해서 좋은 학교에 들어가는 것이 유일한 방법이었다. 나는 1955년에 출생한 베이비 부머다. 1953년 6.25 전쟁이 휴전되고 나서 2년 후에 태어났다. 폐허가 된 환경에서 잘 살아보기 위해 국가적으로 애를 썼던 시대에 태어나서 성장했다.

요즘은 연예인 되는 것이 성공하고 돈을 버는 길 중의 하나이다. 그러나 우리가 자라날 때에는 연예인들은 딴따라라고 해서 아주 천한 직업으로 인식을 하던 때였다. 실제로 우리 가정에도 그런 일이 있었다.

나는 대학에서 영문학을 전공했고, 대학 졸업 후에 서울에 있는 인문계 고등학교 교사로 수년간 봉직했다. 내게는 두 자녀가 있다. 아들 상욱이, 딸 현아다. 아들은 어릴 때부터 음악에 재능을 보였다. 아들이 아주 어릴 적에 외삼촌이 클래식 기타를 치는 것을 보며 자라났다. 아들이 중학교 2학년이 되자, 전자 기타(일렉 기타)를 사달라고 졸랐다. 아들을 데리고 서울 낙원상가 악기점에 가서 저가 일렉 기타를 사줬다. 구입한 기타를 가지고 혼자서 열심히 연습을 하고, 학원에도 다니고 하면서 실력을 쌓아갔다. 아들이 고등학교 2학년 말을 보내고 있던 어느 날 말했다. "아버지, 저 일렉 기타를 전공하고 싶어요." 나는 일언지하에 거절했다. 아빠인 내가 대학에서 영문학을 전공했고, 고등학교 영어 선생을 하다 그만두었으니, 아들이 나의 뒤를 따라서 대학에서 영문학을 전공하기를 원했다. 그리고 졸업 후에는 더 열심히 노력해서 대학교수가 되었으면 하는 것이 아빠의 바람(욕심?)이었다.

아들의 결정을 반대한 또 하나의 이유는, 클래식 기타도 아니고 일렉 기타를 전공해서는 캬바레나 야간업소에서 기타를 연주하는 것밖에는 할 수 있는 일이 없다고 생각했다. 딴따라가 되는 것이 싫었다. 물론 지나고 보니, 세상 돌아가는 것을 너무도 모르는 아빠의 속 좁은 생각이었음을 알게 되었다.

아들은 내가 반대하자 학교도 안 가겠다고 하고, 방에서 두문불출했다. "이러다가 아들 죽겠어요." 아내가 말했다. 자식 이기는 부모 없다고 아들의 의사를 존중하여 일렉 기타 전공을 허락해주었다. 내가 자라날 때만 해도 성공할 수 있는 길은 오로지 공부밖에 없었기 때문에 그 편견을 버리지 못하고 아들이 음악하는 것을 반대한 것이다.

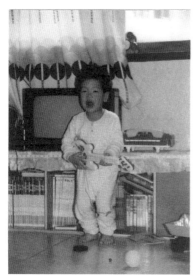

어릴 때 아들 상욱(2세)이 기타치는 모습
- 커서 대학에서 실용음악 전자기타를
전공했다.

MBC 대학가요제 본선 진출한 아들 진상욱
- 위 사진(맨 우측), 아래 사진(뒷열 좌측)

　내가 중학교를 진학할 때만 해도 입학시험 제도가 있었다. 나는 입시에 대해 별로 신경을 쓰지 않았다. 그런데 내 인생에 전환점이 될 만한 사건이 일어났다. 우리 반 꼴찌 그룹에 있던 내가 6학년 1학기 기말고사에서 중간 그룹에 들어가는 놀라운 일이 벌어졌다. 지금은 명확하게 기억이 나지 않지만 아마도 그때 기말고사 시험을 대비해서 공부를 했던 것 같다. 워낙 실력이 없고, 최하위 그룹에 속한 학생이 조그만 공부해도 효과가 눈에 보일 정도로 나타나는 것을 체험했다. 그 한 번의 작은 성공이 나의 인생을 공부하는 인생으로 바꾸어버렸다. 여름방학 때부터 공부하는 것에 집중하기 시작했다. 내가 그렇게 좋아하던 딱지치기, 구슬치기 등 모든 놀이를 그만두었다. 무조건 공부에 몰입했다. 워낙 기초가 없던 터라 기초부터 다지면서 공부를 해 나갔다. 드디어 중학교 입시 날이 다가왔다. 당시 목포에서 제일 좋은 학교는 목포중이었고, 광주에서는 광주 서중이 가장 좋은 학교였다. 전라남도에 있는 수재들이 다 가고 싶어하는 학교가 광주 서중이었다. 나는 광주 서중을 가고 싶었으나 실력이 모자라 목포중학교에 입학원서를 내고 시험을 치렀다. 결과는 낙방이었다. 와신상담의 마음으로 1년간 재수의 길을 걷기로 했다.

다시 마음을 잡고 공부를 했다. 그 당시에는 전과라는 교과서 학습서와 문제집 한두 권 외에 다른 참고서가 없던 시절이었다. 전과를 사는 것도 버거울 정도로 우리 집 형편은 어려웠다. 교과서만 보면서 혼자 몇 개월을 공부했던 것 같다. 그러던 중에 동네 지인의 도움으로 당시 목포에서 가장 잘 가르치기로 소문난 강습소에 무료로 입학하는 행운을 얻게되었다. 가정 형편이 어려운 것을 아시고 강습소 사장님이 나를 장학생으로 강습소를 다니게 해주신 것이다.

이른 아침부터 강습소에 가서 공부에 몰입했다. 열심히 배우고 또 배웠다. 이번에는 목포중학교에 원서를 내지 않고 미래 전망이 밝다고 하는 마리아회 중학교에 원서를 냈다. 이제 개교한 지 1년밖에 안 된 신설 학교였다. 이 학교는 천주교에서 세운 미션스쿨이었다. 나중에 유학도 보내준다는 소문도 있었다. 그리고 무엇보다 미국 신부들이 영어를 가르친다는 소문이 퍼져서 그 학교에 지원을 하게 된 것이다. 요즘은 유치원 때부터 원어민 선생님에게 영어를 배울 수 있지만 1960년대에는 상상도 못 할 일이었다. 그런데 이 마리아회 중학교는 미국 신부들이 영어를 직접 가르친다고 하니 마음이 끌렸다.

드디어 합격자 발표날이 되었다. 놀랍게도 전교 4등, 장학생으로 합격했다는 소식이었다. 하늘을 날 수 있다면 이런 기분일까 싶을 정도로 기뻤다. 공부와는 인연이 없던 내가 이제 공부를 잘하는 학생으로 바뀌어 갔다. 중학교에 입학해서 1년 동안 열심히 공부에 매진했다.

하루는 담임 선생님께서 나를 부르셨다. 이미 가정방문 기간이 끝났는데 우리 집을 가정 방문하겠다고 하셨다. 지금은 교사의 가정 방문제도가 여러 가지 부작용으로 인해서 사라졌지만, 그 당시만 하더라도 새로운 학년이 되면 담임 선생님이 학생들 가정을 방문하는 제도가 있었다. 나는 사실, 우리 집에 담임 선생님이 오시는 게 부담스러웠다. 길거리에서 풀빵 장사하시는 어머니의 모습을 보여주고 싶지 않았기 때문이었다. 그러나 선생님께서는 한사코 우리 집에 가셔야 한다고 하셨다. 우리 집에 오셔서 아버지를 만나시더니 이렇게 말씀하셨다.

"아버님, 계중이가 이번에 전교에서 1등을 했어요!" 나는 내 귀를 의심했다. 내가 전교 1등이라고? 불과 1년 전만 하더라도 꼴찌를 도맡아 하던 내가 전교 1등을 하다니! 이것은 기적이었다. 그리고 어머니가 풀빵을 굽고 있는 곳으로 가셔서 같은 말씀을 하셨다. 우리 담임 선생님은 이화여대를 갓 졸업하시고 목포에 내려오신 배정은 여자 선생님이셨다. 단칸방에서 사는 우리 집 환경을 보시고 선생님은 놀라셨다. 더구나 책상하나 없이 공부해서 전교 1등을 했다는 것을 더욱 귀하게 생각하셨다.

그날 선생님은 나를 데리고 서점으로 가서 영어 콘사이스 사전을 사주셨다. 영어사전도 없이 공부를 하고 있었던 나의 형편을 아시고 사비를 털어 사주신 것이다. 그 이후 선생님은 나를 개인적으로 여러 번 부르셨고 나의 미래에 대해 이야기해 주셨다. 하루는 선생님께서 나에게 질문을 하셨다.

"계중이의 꿈이 뭐야? 뭐가 되고 싶어?"

"예, 선생님. 가난한 이들을 도와주는, 슈바이처 박사와 같은 훌륭한 의사가 되고 싶어요!"

며칠 후, 선생님께서 나를 다시 부르셨다. 그리고 슈바이처 박사 사진을 내게 건네주셨다. 초등학교 6년, 중고등학교 6년, 대학교 4년을 거쳐 오면서 많은 선생님을 만났다. 하지만 지금도 잊을 수 없는 은사님은 중학교 1학년 때 내게 희망을 불어넣어 주셨던 배정은 선생님이다. 지금 생각해 보면 갓 대학을 졸업하고 선생님이 되셨으니 23살이나 24살밖에 되지 않은 앳된 선생님이셨는데도 말이다. 나에게는 지금도 감사하고 좋은 추억으로 남아있다. 배정은 선생님의 기대와 관심에 보답해 드리고 싶은 마음, 그리고 내 꿈을 꼭 이루리라는 다짐으로 중학교 1학년 동안 전교 1등의 자리를 한 번도 놓치지 않았다.

배정은 선생님! 지금 이 글을 읽으실 수 있다면 얼마나 좋을까요? 저에게 베풀어주셨던 사랑, 진심으로 감사드립니다. 선생님의 마음 평생 잊지 않고, 저 또한 배정은 선생님처럼 사람을 사랑하고 위로해주는 스승의 자세로 살겠습니다. 선생님, 보고 싶습니다.

2

도전과 응전

영국의 유명한 역사학자 아놀드 토인비 박사는 문명의 흥망성쇠를 분석한 「역사의 연구」에서 그 유명한 '도전과 응전'이란 말을 했다. 토인비는 인류가 발전한 원동력이 바로 도전과 응전이라고 설명하였다. 문명은 끊임 없이 닥쳐오는 혹독한 도전을 극복함으로써 발전해왔다고 말했다. 북해의 청어잡이 이야기는 토인비의 도전과 응전에 대한 가장 훌륭한 비유일 것이다. 영국 사람들은 청어 요리를 좋아한다. 그런데 영국 근해에서는 청어가 잡히지 않는다. 그래서 어부들은 멀리 떨어진 북해에서 청어를 잡아 런던으로 운반해와야 했다. 북해에서 청어를 잡아 런던까지 가져오면 도중에 청어들이 거의 다 죽어버려 제 값을 받지 못했다. 한 어부가 청어를 산 채로 싱싱하게 운반하는 비결을 생각해 냈다. 그렇게 해서 돈을 엄청나게 많이 벌었다. 그의 비결은 간단했다. 청어가 들어있는 통 속에 천적인 바다 메기를 몇 마리를 집어넣어 넣는 것이다. 물론 청어 몇 마리는 런던까지 오는 도중에 잡아먹힌다. 그러나 나머지 청어들은 잡아먹히지 않으려고 죽을 힘을 다해 도망치다 보니 싱싱하게 산 채로 런던까지 오게 되었다.

이처럼 도전과 응전의 법칙은 인생을 살아가면서 우리를 성장시킨다. 역사상 많은 위인들은 이 도전과 응전을 통해서 자신의 잠재력을 일깨웠다. 그 결과 역사에 길이 남을 위대한 업적을 이룰 수 있게 되었다.

나 역시 이 도전과 응전이라는 틀을 통해서 오늘의 나로 성장 발전하게 되었다고 확신한다. 중고등학교 입시에서 무려 4번이나 낙방하는 실패의 고배는 쓰린 경험이다. 그러나 그 도전에 여러 번 실패했지만 거기 주저 않지 않고 다시 일어나서 응전을 시도했다. 그랬더니 당시에는 다른 학생들보다 1년, 2년이 더 늦게 시작이 되어 안타까웠으나 사회에 나아보니 1년, 2년 늦은게 결코 늦은 것이 아니라는 것을 알게 되었다.

여기서 중요한 것 한 가지를 깨달았다. 실패를 여러 번 반복하다 보면 사람들은 자연히 의기소침해진다. 그리고 자신감도 떨어지게 된다. 그러다보면 스스로 이런 생각을 하게 된다. "나는 해도 안되나 봐!"하고 낙담을 하게 된다. 그러면 그동안 시도했던 것을 포기하게 된다. 그래서 여기에서 중요한 것은 실패를 여러 번 반복했다고 할지라도 생각을 바꾸면 실패는 더 이상 실패가 아닌 것이다. 무슨 말이냐 하면, 실패를 할 때마다 우리의 생각을 이렇게 바꾸는 것이다. "아, 나는 이번에 성공에 이르는 또 하나의 단계를 거쳤다". 실패를 실패로 보지 않고 실패는 성공에 이르는 단계로 이해하면 많은 것들이 다르게 보이게 된다.

신약 성경 갈라디아서 6장에 이런 말씀이 나온다. "우리가 선을 행하되 낙심하지 말지니 포기하지 아니하면 때가 이르매 거두리라"(9절). 그렇다. 포기하지 않으면 실패는 더 이상 실패가 아닌 것이다. 포기하지 않고 다시 재 도전할 수 있는 밑받침이 되는 것이다. 그렇게 차곡차곡 쌓아가다 보면 어느새 성공이 우리 눈 앞에 와 있는 것이다. 어떤 일이든 성공에 이르기까지는 수많은 실패가 따르는 것이다. 우리가 잘 아는 발명왕 에디슨은 무려 2천 번의 쓰디쓴 실패를 경험한 끝에 전구를 발명할 수 있었다. 이렇듯 성공은 실패를 견딘 사람에게만 허락되는 것이다. 결국 성공하는 능력은 실패를 견디고 인내하는 능력이라고 할 수 있을 것이다. 실패를 견디는 능력이 길러지게 되면 도전 정신도 만들어지게 되는 것이다. 우리가 흔히 말하는 천재들도 그 이면에는 발명왕 에디슨과 같은 실패를 견뎌낸 비화가 숨겨져있는 것이다. 천재들이나 성공한 사람들의 위대한 업적에만 주목하기보다는 끈기와 인내를 가지고 실패를 견뎌내며 어떻게 결과를 이루었는지 그 과정에 주목할 수 있어야 하는 것이다. 그런데 실패를 견뎌내려면 실패를 실패로 간주하지 않는 낙천성이 요구된다. 이 낙천성이야말로 실패를 성공으로 이끌게하는 원동력이라 할 수 있다. 이런 낙천성을 가질 때에 실패 앞에서도 주눅이 들지 않게 된다. 이런 낙천성을 발휘하면 어떤 위기나 실패도 모두 극복해낼 수가 있을 것이다.

모차르트는 굉장히 낙천적인 사람이었다고 알려져있다. 한번은 그가 새로 작곡한 곡으로 오페라 공연을 했다. 그런데 그 공연에 관중이 얼마나 참석했는줄 아는가? 겨우 10명의 청중밖에 오지 않았다. 모차르트 입장에서 관중석이 텅비었고, 그 넓은 홀에 아주 소수의 인원만이 참석하고 있었다. 놀라운 것은 모차르트가 부인에게 보낸 편지의 내용이다. 한 마디로 그 편지 내용은 환희로 가득차 있었다. 김상운 작가가 쓴「아버지도 천재는 아니었다」에 이 일화가 이렇게 소개하고 있다. "오늘 공연은 정말 대성공이었소! 오, 내 열정을 쏟아부은 오페라! 난 정말 날아갈 듯한 기분이라오. 참석한 10명의 관객들도 감격의 박수를 보냈다오." 구약성경 스가랴서 4장 10절에 이런 말씀이 있다. "작은 일의 날이라고 멸시하는 자가 누구냐?" 우리는 외모를 중시한다. 그래서 작은 것을 소홀히 하거나 무시하는 경향이 있다. 앞에서도 언급했거니와 경영학에서 작은 성공을 맛보라는 말이 있다. 큰 성공은 작은 성공으로부터 시작되는 것이다. 그러므로 작은 것이라고 우습게 여겨서는 안된다. 작은 것도 소중히 여기는 마음이 중요하다. 우리 나라 사람으로 해외에서 외식 사업으로 가장 성공한 사람으로 스노우폭스 김승호 회장을 꼽는다. 그는 지금의 사업으로 대성하기 전까지 무려 7번이나 사업에 실패를 했다고 한다. 그러나 어느 누구도 김승호 회장을 실패자라고 부르지 않는다. 그는 7번의 실패 끝에 지금의 사업에서 성공을 이루었다. 그리고 지금도 승승 장구하고 있다. 실패했다고 지구가 꺼질 듯이 의기소침해하지 말라. 툴툴털고 다시 시작하는 도전 정신을 기르자. 될 때까지 다시 시작하는 힘을 기르자.

3

서울 구경

목포에서 어린 시절을 보낼 때였다. 방학이 되면 서울에서 살고 있는 친척 아이들이 가끔씩 내려왔다. 서울 아이들을 볼 때마다 부러운 마음과 함께 서울 말씨가 참 고상하게 들렸다. 속으로 이런 생각도 했다. '언제가 나도 한번 서울에 갈 수 있으면 좋겠다.' 생각은 현실이 되는 경우가 종종 있다. 나도 이런 생각을 하고 잊어버렸는데 1969년 중학교 1학년 여름방학 때 서울에 갈 기회가 생겼다.

우리 형제는 4남 2녀, 6남매다. 작은 형님은 집이 가난해서 중학교 3학년 과정을 다 마치지 못했다. 졸업을 얼마 앞두고 돈을 벌기 위해 서울로 상경을 했다. 작은 형님은 배움에 한이 생겼다. 서울에서 밑바닥 생활을 하면서도 검정고시를 준비했다. 주경야독으로 중학교 검정고시와 고등학교 검정고시까지 치렀다. 뒤이어 큰 누나도 직장을 따라 서울 상경을 했다. 그리고 몇 년 지나 작은 누나도 큰 누나와 함께 일하기 위해 서울로 올라갔다. 큰 형님은 군대에 장기 하사관으로 복무하다가 전역을 하면서 작은 형님이 하는 일을 함께 하게 되었다. 그렇게 형님들과 누나들이 모두 서울에 정착하게 되었다.

초등학교 시절 동안 편지를 참 많이 썼다. 부모님이 쓰라고 해서 마지못해 쓴 것이다. 군대에 있는 큰 형님에게도 편지를 썼고, 서울에 있는 큰 누나와 작은 형님에게도 편지를 썼다. 이렇게 책을 쓰게 될 줄 알았더라면 그때 형님과 누나와 주고받은 편지들을 모아놓았을 텐데 하는 아쉬움이 남는다. 이렇게 편지를 쓰다가 중학교 1학년 여름방학 때 처음으로 내가 그렇게 가고 싶었던 서울에 가게 되었다.

1969년 7월 28일. 월요일 아침에 목포역에서 동생 계현이와 함께 서울행 기차에 몸을 실었다. 이때 기록한 일기를 펴보니 이렇게 적혀있었다. '백마호 36 열차 서울행 특급 36 열차.' 이 기차를 타고 쌩쌩 달려서 그렇게도 보고 싶고 가고 싶었던 서울에 도착을 했다. 만화에서나 보던 서울역 광장을 직접 보니 너무 신기했다. 사람들이 과연 많기는 많았다. 큰누나가 역에 마중을 나오셨다. 큰 누나를 따라간 곳은 서대문 독립문 근처에 있는 한옥 기와집이었다. 큰 누나와 작은 누나 둘이서 이 기와집 문간방에 세를 얻어 살고있었다. 짧은 방학 기간이었지만 서울 생활을 만끽할 수 있었다.

큰 누나는 자수 놓는 일을 했다. 하루 종일 앉아서 자수를 놓으며 금강산 12폭을 화려하게 만들어나갔다. 그 수고로움이란 이루 말할 수가 없는 일이었다. 작은 누나도 큰 누나가 하는 자수 일을 함께 하고 있었다. 작은 형은 청계천에서 건설현장과 연계하여 설비 일을 하고 있었다. 작은 형은 나중에 설비 회사를 차려서 늙을 때까지 설비업에 종사하였다. 큰 형도 작은 형 밑에서 설비 일을 함께 했다.

서울에서 첫날을 보내고 새로운 아침을 맞았다. 작은 형이 동생과 나를 서울 구경 시켜주기 위해 누나가 살고 있는 집으로 왔다. 학생복을 잘 차려입고 형을 따라나섰다. 동생과 한없이 걸었다. 도착한 곳은 광화문 네거리였다. 사진에서만 보았던 광화문 네거리에 우리가 서 있다니, 실감이 나지 않았다. 이순신 장군동상이 위엄한 자태를 뽐내고 있었다. 사진에서 많이 보았던 중앙청도 있었다. 중앙청 앞에 있는 문이 뭐냐고 물었더니 작은 형은 "응, 그건 광화문이야!"라고 했다.

우리는 시민회관에서 상영하고 있는 장편 만화영화 〈홍길동 장군〉을 감상했다. 참고로 이 시민회관은 나중에 화재가 나서 다시 지었다. 새로 지은 건물 이름은 시민회관에서 세종문화회관으로 변경되었다. 그 날 내가 쓴 일기를 읽어보니 시민회관에서 본 영화를 관람하기 전에 대한 뉴스를 봤는데 '아폴로 11호'에 대한 뉴스를 봤다. 1960년, 70년대에는 영화관에 가서 영화를 보기 전에 반드시 '대한 뉴스'라는 뉴스를 먼저 보아야 했다.

영화를 보고 나온 우리는 택시를 타고 서울 운동장(과거 동대문 야구장이 있는 곳)을 경유하여 고가도로를 질주하였다. 평화시장 위를 택시가 달렸다. 평화시장은 규모가 엄청나게 컸다. 남산 근처에 있는 자유센터를 지나 케이블카를 타는 곳까지 이동했다. 한참 기다려서 케이블카에 몸을 실었다. 요즘 같으면 실내 방송 장비가 설치되어서 안내음성이 나왔겠지만 그 당시에는 케이블카 안내원이 함께 타고 가면서 가이드를 했다. 안내원은 케이블카를 타고 가는 그 전체 길이가 260미터이고, 케이블카는 초속 2.4m로 달린다고 했다. 팔각정이 있는 곳까지 케이블카를 타고 갔다.

1969년 7월 28일부터 8월 24일까지 약 한 달 가까이, 방학이 끝나갈 때까지 서울에 머물렀다. 어떤 날은 서울의 거리를 무작정 걸어 다니기도 했다. 건물 하나하나가 새로웠다. 서울의 길거리에 내가 서 있다는 것이 신기했다. 꼭 서울 사람이 다 된 기분이 들었다. 서울에 있는 동안 여러 날을 사직 도서관에 가서 공부를 했다. 집에서 나와 5분 정도 걸으면, 사직터널이 나왔다. 터널을 지나면 바로 사직공원이 나오고 그 공원 내에 사직 도서관이 있었다. 도서관에서 방학 숙제도 하고, 책을 빌려 보기도 했다. 서울 생활에 많이 적응이 되어갔다.

8월 25일. 목포로 내려가는 날이었다. 오후 3시 기차를 서울역에서 타고 밤 11시경에 목포역에 도착했다. 어머니께서 역으로 마중을 나오셨다. 집에 도착해서 새벽 1시까지 서울 다녀온 이야기로 꽃을 피우고 잠자리에 들었다. 이렇게 서울 구경이 재미있는 추억으로 남을 수 있는 이유는 뭘까? 사랑하는 가족들과 함께 했기 때문일 것이다. 앞으로도 사랑하는 가족들과 좋은 추억을 쌓을 수 있도록 서로를 배려하며 살아가야겠다.

4
이제는 나도
서울 사람

1970년 5월 4일. 내 생애에 있어 역사적인 날이다. 1969년 7월 28일부터 한 달 가까이 동생과 함께 서울에 있는 누나네 집에서 방학을 보냈다. 그리고 채 1년도 못 된 1970년 5월 4일에 온 가족이 서울로 이사를 하게 되었다.

"사람은 나면 서울로 보내고 말은 나면 제주도로 보내라"라는 말이 있다. 조선 시대에도 교육이나 성공의 문이 한양(서울)에 몰려있었다. 다산 정약용도 유배지에서 아들들에게 보낸 편지에서 한양(서울) 사대문 밖으로 벗어나지 말라고 당부했다고 한 것을 보면 그 말이 틀린 것 같지는 않다. 우리 부모님들은 정약용과 같은 생각 때문에 서울로 이사를 한 것 같지는 않다. 형님들과 누나들이 모두 서울에서 자리를 잡고 보니 가족 모두 서울에서 생활하시고자 했던 것 같다.

제일 서운했던 것은 학교를 옮겨야 한다는 사실이었다. 중학교 2학년 생활을 2개월만 하고 서울로 가게 되었다. 나의 기억 속에 가장 많이 간직하고 있는 선생님 두 분은 마리아회 중학교 1학년 담임 배정은 선생님과 2학년 때 담임이셨던 김준섭 선생님이시다. 김준섭 선생님은 체육을 가르치시면서 동시에 생물도 가르치셨다. 배구를 아주 잘하셨다. 당시 우리 학교는 다른 학교와 여러 가지 면에서 차별화되는 것이 있었다. 그중에 하나는 점심 식사를 할 때에 담임 선생님과 함께 교실에서 식사를 하는 것이었다. 그때 선생님께서 우리에게 밥을 먹을 때는 음식물을 꼭꼭 씹어먹으라고 하셨다. 담임 선생님을 평소에 존경하고 있었기에 선생님의 말씀을 마음에 두었다. 그래서 그때부터 음식을 먹을 때 여러 번 씹어 먹게 되었다. 50년이 지난 지금도 음식을 꼭꼭 씹어먹는 좋은 습관을 유지하고 있다.

이렇게 훌륭하신 선생님을 떠나 서울로 이사 가는 것이 무척 아쉬웠다. 마리아회 중학교 2학년에 올라와서 나는 반장에 선출되었다. 그때만 하더라도 학급 임원들은 담임 선생님 댁을 드나드는 것이 다반사였다. 그래서 4월에 봄 소풍을 갔다가 귀가하기 전에 반 임원들이 담임 선생님 댁을 방문했던 기억이 난다. 사모님께서 우리들을 아주 잘 섬겨주셨다.

서울로 이사하게 된 첫 집은 서울 서대문구 불광동에 소재한 단독가구였다. 경제적으로 넉넉한 상태가 아니었기에 사글세로 입주한 것 같았다. 대문을 열고 들어가면 가운데 조그만 마당이 있고 우측은 주인댁, 좌측은 우리 집이었다. 우리 집은 조그마한 마루가 있고 좌우로 방이 한 칸씩 있었다. 두 방에서 부모님과 6명의 형제들, 모두 8명이 기거하게 되었다. 그동안 따로 살고 있던 형님들과 누나들이 모두 이 집에서 함께 생활하게 되었다.

나는 독립문 근처에 있는 대신중고등학교에 가서 학교 배정 추첨을 했다. 종로에 있는 '수송중학교'를 배정받게 되었다. 추첨을 진행하시던 시교육청 관계자께서 수송중학교가 좋은 학교라고 말씀해주셨다. '학교 이름이 무슨 수송이냐?' 하고 생각을 했다. 나중에 그 학교 주변이 종로구 수송동이어서 학교 이름이 붙여진 것을 알았다.

주말을 지내고 월요일에 학교에 가기로 했다. 5월 둘째 일요일(5월 10일)이 돌아왔다. 큰 누나와 작은 누나는 서울에 와서 예수를 믿어 교회를 다니고 있었다. 큰 누나가 내게 주일에 교회에 가자고 했다. 누나에게 잘 보여야 용돈을 잘 받을 수 있겠다 싶어서 그렇게 하겠다고 했다. 5월 둘째 일요일에 누나를 따라 불광동에서 버스를 타고 종로구 내수동에 있는 내수동 교회로 갔다.

내수동은 세종문화회관이 있는 근처에 위치하고 있다. 내가 처음 교회에 간 그 주일은 어머니 주일이었다. 지금은 어버이 주일로 바뀌었지만 그 당시에는 매년 5월 둘째 주일은 어머니 주일로 지켰다. 내수동 교회 가까이에 갔는데 양쪽에 중고등 학생들 여러 명이 줄지어 서 있었다. 나중에 안 사실은 매년 어머니 주일은 중고등부 학생들이 예배에 참여하는 어른들에게 카네이션을 달아주기 위해 그렇게 한다는 것이었다. 교회 정문 앞에 가까이 가자 한 남자 학생이 내게 다가왔다. 누나가 나를 소개하자 그 형(한양공고 3학년 한상문)이 손을 내밀어 악수를 청했다. 그러면서 내가 교회에 온 것을 크게 환영해주었다. 목포에서 올라온지 며칠이 안 된 시골뜨기인 내게 와서 친절하게 대해주니 마음의 문이 확 열렸다. 나중에 안 사실이지만 한상문 형은 중고등부에서 아주 신앙심이 깊고 열심인 학생이었다. 그때부터 교회를 열심히 다니게 되었다. 특별히 신앙심이 있어서가 아니라, 누나에게 잘 보이기 위해서였다. 아직 신앙이 없었기에 예배드리고 분반 성경공부를 마치면 부리나케 집으로 갔다.

1970년 5월 11일. 서울 학교에 처음으로 등교하는 날이었다. 수송중학교 2학년 7반에 배정이 되었다. 2학년은 1반에서 7반까지 모두 일곱 반이었다. 나중에 안 사실이었지만 7반은 공부를 제일 못하는 열등생들만 모여있는 반이었다.

당시만 하더라도 고등학교가 1류, 2류가 있던 시대였다. 그래서 좋은 고등학교에 많은 학생들을 진학시키기 위해 중학교 2학년 때부터 성적순에 따라 우열반을 나누어서 공부를 시키고 있었다. 학교 선생님들은 내가 시골(목포)에서 올라와 공부를 못할 것이라고 생각하셨었나 보다. 그래서 나는 7반에 배정이 되었다. 당시 우반은 3, 4, 5반이고, 열반은 1, 2, 6, 7반이었다. 최고로 공부 잘하는 학생들이 3반에 배치되었고, 그 다음 성적순으로 4반과 5반에 차례대로 배정되었다. 열반도 석차 순대로 1반, 2반, 6반 그리고 마지막 7반까지 배정되었다. 7반 학생들은 공부와는 담을 쌓은 학생들의 집합소였다. 매일 한 건 이상 싸움을 하는 곳이었다.

여름 방학이 돌아왔다. 방학 때 공부를 열심히 해야 했다. 왜냐하면 2학기 개학을 해서 시험을 치르고 다시 우열반이 갈리기 때문이다. 개학해서 시험을 치렀고, 나는 4반에 배치되었다. 4반에 들어가니 학생들의 공부하는 태도가 7반과는 하늘과 땅 차이였다. 2학기가 되었는데 수학은 벌써 중학교 3학년 과정을 나가고 있었다. 그리고 선생님께서 일본 입시 문제를 구해다가 번역을 해서 문제 풀이도 해주었다. 서울 학생들이 지방 학생들과 다름을 여실히 알게 되었다. 요즘 말로 하면 선행학습을 학교에서 시키고 있었다. 나는 이렇게 서서히 서울 사람이 되어갔다.

5

영어 정복에 나서다

서울로 전학을 와서 제일 문제가 되는 과목은 영어였다. 목포에서는 천주교 학교를 다녀서 미국 신부님에게 영어를 배웠다. 미국 신부님은 주로 회화 위주로 영어를 가르치셨다. 처음부터 원어민에게 영어를 배워서 영어 발음은 아주 좋은 편이었다. 그러나 문법 위주의 학습을 하지 않아서 영어공부를 별도로 해야 했다. 작은 형은 내게 단과반에 가서 실력을 쌓는 것도 좋지만 무턱대고 학원에 가지 말라고 하였다. 우선 학원에 가서 어느 강사가 잘 가르치는지 알아보고 그 강사가 사용하는 교재를 구입해서 혼자 공부를 해본 후 학원에 다니라고 했다. 내가 중학교에 다닐 당시에 전국에서 가장 유명한 입시학원들이 우리 학교 근처에 모두 몰려있었다. 그래서 도보로 5분에서 10분이면 모든 학원을 갈 수가 있었다.

당시 고입 전문 입시 단과반으로 가장 소문이 난 곳은 EMI라고 불리우는 학원이었다. 우리 학교 근처에 는 중동중고등학교, 숙명여자중고등학교가 담 하나 사이로 붙어있었다. 아침 등교 시간에 학생들이 엄청나게 몰려들었다. 학교 앞에 학원을 홍보하는 전단지를 배부하는 사람들이 즐비하게 서 있었다. 학원에 가지 않더라도 각 학원의 홍보 전단지를 보고 공부과정이 어느 정도 파악이 되었다.

모든 학원에서 매월 1일이 되면 무료로 공개강의를 진행했다. 여러 강사의 강의를 듣고 내게 가장 맞는다고 생각하는 강사를 찾아서 수업을 들었다. 내가 선택한 영어 과목은 〈중학 영어정해〉였다. 이 책으로 강의하신 강사님이 아주 열정적으로 강의를 해서 이 분의 강의를 듣기로 하고 먼저 집에서 그 책으로 처음부터 끝까지 개인 학습을 했다. 그리고 그 강사의 반에 들어가서 2개월 연속으로 강의를 들었다. 강사 선생님은 120개의 영어 구문을 인쇄하여 나눠주시고 그 문장의 뜻과 각 문장의 문법을 설명해주셨다. 구문을 매일 5개씩 외워오게 하셨다.

당시에는 일요일만 빼고 주 6일을 수업하였다. 학원에서 수업이 시작되면 강사 선생님은 들어오시자 마자 영어로 외치셨다. 그러면 우리 학생들은 그 문장을 우리 말로 이야기했다. 또 그분이 우리 말로 문장을 이야기하면 우리는 그 문장을 영어로 말해야 했다. 매일 그렇게 영어 구문을 정리해주었다. 50년이 지난 지금도 복습을 하지 않았지만 그때 여러 번 반복을 했기에 120개 구문 중에 앞의 몇 개 문장은 지금도 술술 입에서 나온다. 이렇게 두 달을 다니고 나니까 영어에 자신감이 붙었다. 그리고 학교 영어성적도 많이 향상되었다.

고등학교 1학년이 되었다. 영어 시간에 영어 교과서 2종과 참고서(영어 구문 독해집) 한 권을 배웠다. 영어과는 세 분의 선생님들이 수업에 들어오셨다. 세 분 선생님들 모두 영어 실력이 아주 탁월하신 분들이었다. 세 분 중에서 두 분은 서울대를 졸업하신 재원이셨다. 한 분은 서울대 법대를 졸업하신 분이셨고, 또 한 분은 서울대 문리과 대학 영문과를 졸업하신 분이셨다. 중학교 시절에 배웠던 내용과 질적으로 달랐다. 1학년 학기 중에 교과서 2권을 두 분의 선생님에게 배웠다. 나머지 한 분은 교과서가 아닌 별도 영어 학습서를 채택해서 공부를 진행했다. 이 학습서는 교과서보다 훨씬 어려운 책이었다. 주로 문장을 읽고 독해하는 구문이 중심이 된 책이었다. 입시에 대비해서 1학년 때부터 지문을 읽고 해석하는 실력을 길러주고자 하는 선생님들의 배려였다.

영어 참고서가 이 당시에는 그리 많지 않았다. 초급 영어 참고서로 유명한 책이 안현필 선생이 저술한 「영어실력기초」가 있었다. 이 책은 저자의 잔소리로 유명하다. 잔소리라는 뜻은 영어뿐 아니라 공부에 대한 동기부여의 글을 말한다. 표현을 잔소리라고 했지, 사실 그 글 내용은 마음잡기에 아주 도움이 되는 글들이었다. 「영어실력기초」가 기초과정이라면 중급 정도의 과정의 책이 있었다. 「기초 오력일체」라는 책이었다. 인터넷 서점에서 검색을 해보니 놀랍게도 「영어실력기초」가 「21C 영어실력기초」와 「안현필의 New 영어실력기초」라는 제목으로 지금도 출간되고 있었다.

인문계 고등학교 학생들은 일반적으로 대학 입시를 준비하는 학생들이다. 그러다보니 영어 공부를 무한정 할 수만 없다. 고3이 되어서는 전 과목을 고루 공부해줘야 하기에 영어에만 집중할 수가 없었다. 그래서 일반적으로 영어공부는 고등학교 2학년까지 많은 시간을 투자했다. 나는 고등학교에 들어가서 작은 형이 공부했던 책을 물려받기도 했다. 그 중에 「삼위일체」라는 영어학습서를 1학년 때에 별도로 공부했다. 1학년 겨울방학 때에 영어의 실력을 더 높이기 위해 「정통 종합영어」 책을 구입했다. 당시 서울의 인문계 고등학교뿐 아니라 전국에서 영어를 좀 공부한다고 하는 학생들이 보는 책이 바로 이 「정통 종합영어」였다. 이 책은 지금도 출판되어 나오고 있다. 이 책은 「성문 종합영어」로 이름이 바뀌었다. 저자 이름이 송성문이어서 책 제목을 이름에서 따온 것 같다. 인터넷 서점에 가서 이 책을 조회했더니 아직도 건재하게 판매되고 있었다. 시세의 흐름에 맞춰 이 책은 내용에 변화를 준 것이 책 소개에 나오고 있었다. 토익과 토플을 준비하는 학습자들에게도 도움이 되는 지문들을 실었다고 소개했다.

「정통 종합영어」를 2학년에 올라가기 전 겨울 방학부터 공부를 개인적으로 했다. 1페이지를 공부하는데 1시간이 걸렸다. 왜냐하면 영어 지문에 모르는 단어들이 많이 나와있어서 그 단어들을 일일이 사전에서 찾아서 기록하다보니 시간이 의외로 많이 걸렸다. 요즘은 학생들이 나처럼 생고생하면서 시간을 들이지 않도록 미리 단어들을 모두 찾아주는 책들이 출판되기도 한다. 고등학교 2학년을 마치기 전까지 「정통종합영어」를 2번 반 정도 보았다. 2학년 여름방학 동안에는 영어만 하루에 8시간씩 공부를 했다. 말이 하루 8시간 영어공부지, 정말 나와의 싸움이었다. 모든 공부가 그렇듯이 인내와 끈기가 없이는 할 수가 없다. 요즘처럼 에어컨이 있는 것도 아니고, 무더운 여름철에 하루에 8 시간 영어를 붙들고 영어에 몰입하였다.

고 2학년 5월과 6월, 두 달에 걸쳐서 서울 장안에서 「정통 종합영어」를 가장 잘 가르치는 강사의 강의를 수강했다. 이 강사는 YMCA 학원에서 강의를 했다. 이 강의에 수강하는 학생들이 굉장히 많이 몰렸다. 강사는 서울대 문리대 영문과 출신이었는데, 얼마나 이 책으로 많이 반복해서 강의했는지, 그 어렵고 긴 영어 지문들을 거의 보지 않고 줄줄줄 외우면서 강의를 진행해나갔다. 고 2학년 11월에 「영어 1200제」라는 책을 갖고서 하는 강의를 한 달 단과반에서 수강했다. 이 「영어 1200제」는 「영어정해」와 더불어 고등학교 참고서 중에서 가장 어려운 책이었다. 그 다음 아래 단계가 「정통 종합영어」였다.

대학은 서강대학교를 지원했다. 서강대학교 영어 시험 문제에서 영어 지문 하나가 「정통 종합영어」에 있는 지문과 똑같은 본문이 나와서 깜짝 놀랐다. 한번 생각해보라. 내가 공부한 데서 똑같은 본문이 그대로 입시 문제에 출제가 되었다니! 그때 기분이 얼마나 짜릿했는지 모른다. 이렇게 영어에 많은 시간을 들여서 그랬는지 몰라도 대학에 영어영문학과에서 4년간 공부를 하게 되었다. 결국에는 고등학교 영어교사가 되어서 학생들을 가르치는 교사가 되었다.

6

8전 4승 4패

나는 초등학교 시절에는 열등생 중의 열등생이었다. 공부와는 상관이 없는 학생이었다. 그러나 6학년 1학기 말 고사 결과, 반에서 중간 정도의 성적이 나왔다. 늘 꼴찌 그룹이었던 내게 놀라운 일이 일어난 것이다. 경영학 이론 중에 "작은 성공을 맛보게 하라"는 말이 있다. 나는 이 말이 정말 맞는 말이라 생각한다. 내게 있어서 이 한 번의 성적이 일생을 변화시키는 작은 성공이 되었다. 나는 부정행위를 하지도 않았고 순전히 내 실력으로 시험을 치렀는데, 내 성적이 꼴지 그룹에서 중간그룹으로 껑충 뛰어 올라간 것이 학습에 대한 자신감과 강한 동기를 부여한 결과를 낳은 것이다.

그 일 이후로 나는 열심히 공부하기로 마음먹었다. 당시에는 초등학교를 졸업하고 나서 중학교 진학을 추첨으로 가는 것이 아니고, 입학시험을 치루고 들어갔다. 목포라는 작은 도시에도 속칭 일류 중학교가 있었고, 2류, 3류 중학교가 있었다. 나는 일류 중학교인 목포중학교에 가겠다고 마음을 먹었다. 그때부터 자치기, 딱지치기, 다방구 놀이 등 내가 좋아했던 놀이들은 물론이고, 만화 보기와 만화 그리기도 하지 않았다. 오로지 공부하는 것에만 무섭게 매달렸다.

1960년대 당시 우리나라는 경제 후진국이었다. 전기 공급 시설도 아주 열악했다. 그때에는 일반선과 특선이 있었다. 지금 젊은이들은 무슨 말인지 모를 것이다. 특선은 하루 24시간 계속 전기가 들어오는 것이고, 일반선은 아침에 전기가 끊어졌다가 저녁이 되면 전기가 공급되는 것이다. 경제적으로 여유가 있는 집만 특선을 사용했고, 대부분의 가정은 일반선을 사용했다. 우리 집도 일반선을 사용했다. 그런데 일반선은 밤중에도 수시로 정전이 되었다. 그래서 늘 공부하는 책상 옆에는 호롱불을 준비해두었다.

나는 원래 공부를 못했고, 또한 기초가 없다 보니 남보다 더 많은 시간을 들여서 공부해야 했다. 밤 늦은 시간까지 공부에 매달렸다. 공부하다 졸리면 밖에 나가서 찬물로 세수를 하고 들어와서 다시 공부했다. 밥을 먹을 때에도 한 손에 책을 들고 보면서 밥을 먹었다. 화장실(그때에는 변소라고 불렀다)에 갈 때에도 책을 가지고 가서 용변을 보면서 공부했다. 이 습관은 50년이 지난 지금까지 몸에 배어있다.

이렇게 공부에 매진하다 보니 2학기 학교 성적이 쑥쑥 올라갔다. 1학기 기말고사를 치루기 전까지 꼴찌 그룹이었던 내가 기말고사에서 중간

30등 정도로 쑥 올라갔다. 방학을 마치고 2학기 들어서 시험을 볼 때마다 성적이 올라갔다. 나중에는 10등 안까지 들어갔다. 공부가 너무너무 재미있었다.

입시가 다가왔다. 당연히 나는 목포중학교에 원서를 제출했다. 목포중학교에 가서 입학시험을 치렀다. 결과를 기다렸다. 결과는 예상 밖으로 낙방이었다. 크게 실망을 했다. 그러나 나는 다시 공부하기로 결심하고 재수생 1년의 길을 걷게 되었다.

목포는 후기 제도가 없어서 입시에 떨어지면 재수를 하든지 아니면 정원미달인 학교에 지원해서 들어가야했다. 나는 다른 학교에 가고 싶지 않았기에 재수의 길을 걸었다. 집안 형편이 좋지 못해서 혼자서 공부하다가 이웃집 어른의 도움으로 강습소를 소개받았다. 당시 목포에서 가장 유명한 사설 강습소였는데 주인의 배려로 장학생으로 강습소에 다닐 수 있게 되었다. 이른 아침부터 저녁까지 하루종일 강습소에서 공부를 했다. 그동안 미진한 과목을 더 꼼꼼하게 공부를 했다. 기초를 하나하나 다져가면서 공부를 했다.

목포중학교에 가고 싶었으나 그 당시 새로운 신설학교가 생겼다. 천주교에서 운영하는 미션 스쿨인데 이름이 마리아회 중학교였다. 이 학교에서 공부를 잘하면 외국 유학까지 보내준다는 소문이 있었다. 또한 학교 시설은 최고급이었다. 당시 우리나라에는 수세식 화장실이 있는 학교가 하나도 없었는데, 이 학교가 화장실이 수세식이었다. 또한 미국 신부님들이 영어를 직접 가르쳤다. 이러 저러한 이유로 목포중학교 대신에 마리아회 중학교에 원서를 제출했고, 입학시험을 치루었다. 그리고 합격 소식을 기다렸다. 당시만 하더라도 합격자 발표는 학교 현장에서도 했지만, 라디오 방송을 통해서도 합격자 발표를 했었다. 목포 MBC 라디오 방송인지, 아니면 KBS 방송인지 지금 기억이 잘 나지 않지만 합격자 발표를 방송을 통해서 듣게 되었다. 내 수험번호는 8번이었다. "8번, 전교 4등 장학생"이라는 말이 흘러나왔다. 믿기지 않았다. 장학생이라니! 그렇게 중학교 생활이 시작되었다.

중학교 2학년이었던 1970년 5월 4일에 온 가족이 서울로 이사를 오게 되었다. 그리고 배정받은 학교가 종로구 인사동 근처 수송동에 위치한 수송중학교였다. 이 수송중학교는 구 일본대사관 길 건너편에 위치하고 있었다. 요즘 말로 하면 강남 8학군인 셈이다. 수송중학교는 고등학교와 함께 있었다. 고등학교는 전기공업고등학교였다.

수송중학교는 시설이 아주 좋았다. 1970년 중학교 2학년 때였는데, 그때에 우리 학교는 학생들이 하교시에 교실 청소를 하지 않았다. 학교에 청소하는 아줌마들이 있었다. 한 학기에 딱 한번 자기 책상을 사포로 문지르고 니스 칠을 하는 것이 전부였다. 아무튼 좋은 시설에서 공부를 했다. 중학교 3학년 때에도 죽어라고 공부했다.

중학교 2학년 때, 서울로 이사를 와서 누나의 권유로 교회를 다니기 시작했다. 그해 여름에 중고등부 여름수양회에 가서 예수님을 개인의 구주와 주님으로 영접하게 되었다. 그러면서 내 신앙생활은 물론 일반 삶에도 많은 변화가 나타났다. 아주 성실한 학생으로 변해갔다. 예수를 열심히 믿기 시작하였다. 신앙이 깊어지면서 매일 성경 말씀을 읽었다. 예수를 열심히 믿으면서 내가 왜 살아야 하는지, 왜 공부를 해야 하는지 목적이 분명해졌다. 그러니 공부하는 것이 더 재미있고 좋아졌다.

중학교를 마치고 고등학교 진학 시험을 치루게 되었다. 고교 평준화가 되기 전이었기에 중학교마다 흔히 말하는 일류고등학교에 학생들을 많이 들어가게 하려고 애를 썼다. 당시에 서울에는 인문계 고등학교에 5대 공립학교와 5대 사립학교가 있었다. 이 5대 공립과 5대 사립이 서울뿐 아니라 전국을 통틀어 최상위학교들이었다. 5대 공립학교는 경기고등학교, 서울고등학교, 경복고등학교, 용산고등학교, 서울사대부고였다. 5대 사립학교는 중앙고등학교, 휘문고등학교, 배재고등학교, 보성고등학교, 양정고등학교였다. 나는 서울사대부고에 원서를 냈다. 그리고 시험을 봤지만 낙방하고 말았다. 후기를 지원했다. 신설동이 있는 대광고등학교에 원서를 접수했다. 또 고배를 마셨다. 중학교 입학할 때에도 재수를 해서 들어갔는데, 이번에도 또 한 번 재수의 길을 걷게 되었다.

이번에도 어려운 경제 형편 때문에 초반부터 재수생 입시학원에 다닐 수가 없었다. 그래서 사직공원에 있는 사직 공립도서관에 가서 공부를 했다. 공부가 잘 되지 않을 때에는 내가 다니는 내수동 교회에 가서 기도하고 찬양하는 시간을 갖기도 했다. 우리 교회(내수동 교회)는 사직도서관에서 도보로 10분 이내의 가까운 거리에 있었다.

그 해가 1972년이었다. 9월부터 재수생 종합반에 등록을 해서 4개월 정도 다녔다. 재수생 종합반에서 시험을 치루면 1등을 했다. 이번에는 한 단계 급을 올려서 5대 공립학교 중에서 우리나라에서 세 번째로 좋다고 하는 경복고등학교에 원서를 냈고 시험을 치렀다. 아쉽게도 또 고배의 잔을 마셨다. 그리고 후기인 5대 사립고등학교 중의 하나인 휘문고등학교에 원서를 냈다. 당시 휘문고등학교는 내가 다녔던 수송중학교에서 그리 멀지 않은 곳에 있었다.

내 수험번호는 101번이다. 드디어 합격자 발표일이 돌아왔다. 집에서부터 걸어서 휘문고등학교까지 갔다. 정문을 지나 본관 앞으로 가는데 사람들이 많이 모여있었다. 본관 벽 대자보에 합격자 명단이 게시되어 있었다. 내 수험번호를 바로 찾아볼 용기가 생기지 않았다. 97번, 99번, 101번! 101번이 또렷하게 한자로 적혀있었다. 나는 합격했다는 것이 실감 나지 않았다. 가슴이 쿵쾅거리기 시작했다. 주머니에서 수험표를 꺼내 들었다. 그러면서 한 자 한 자 확인했다. (一)(○)(一) 일 영 일! 분명히 101번이었다. 그 자리에서 환호성을 질렀다. 그리고 모교인 수송중학교로 단숨에 뛰어갔다. 수송중학교는 휘문고등학교에서 도보로 15분 정도면 갈 수 있는 곳에 있었다. 수송중학교 교무실로 헐레벌떡 들어갔다. 방학이었지만 선생님들이 나와계셨다. 3학년 때 담임이셨던 김용근 선생님께 90도로 절하고 "선생님, 이번에 휘문고등학교에 붙었습니다. 감사합니다!" 인사드렸다. 선생님께서 대단히 기뻐해주셨다. 더 이상 그곳에서 지체할 수 없었다. 다시 감사하다는 인사를 드리고 학교를 나왔다. 그 다음으로 달려간 곳은 우리 교회(내수동교회) 근처에 민병운 산부인과였다. 산부인과 민원장님과 합정동에 있는 서현 교회에 출석하시는 강흔순 권사님은 우리 큰 누나와 가까이 지내는 사이였다. 그리고 내 입시를 위해 열심히 기도해주셨기에 감사의 말을 전하기 위해 산부인과로 달려갔다. 수송중학교에서 20분 정도 가면 민 산부인과가 나온다. 병원문을 열고 들어가서 원장님과 권사님께 "저, 고등학교 입시 합격했어요! 기도 해주셔서 감사합니다!" 하고 인사를 드렸다. 두 분들도 나의 합격 소식에 대단히 기뻐하셨고 축하의 말씀을 건네주셨다. 지난 1 년동안 나를 위해 수시로 기도해주신 두 분들의 은혜를 잊을 수 없다. 이제 우리 교회로 갈 차례다. 민병운 산부인과에서 3분 정도 가면 우리 내수동 교회가 나온다. 산부인과를 나와 교회로 향했다. 교회문을 열고 들어가서 사택에 계신 목사님께 합격 소식을 알려드렸다. "목사님 계중이 왔습니다. 휘문고등학교에 합격했습니다." 목사님께서 너무 너무 기뻐하셨다. 고등학교 입시를 4번이나 치루면서 연거푸 세 번을 낙방했다. 그리고 드디어 네 번째에 붙게 된 것이다.

고등학교에 진학해서도 3년 동안 열심히 공부했다. 1류 대학교에 가기 위해서였다. 우리가 학교 다닐 때만 해도 본고사와 예비고사가 나뉘어있었다. 요즘 보는 수학능력고사(수능)가 바로 우리가 봤던 예비고사였다. 당시에는 대학교마다 입시전형이 달랐지만 기본적으로 예비고사 성적의 10%가 입시성적에 반영이 되고, 나머지 90%는 본고사 시험에서 반영됐다.

본고사를 대비해서 마지막까지 최선을 다했다. 나는 당시 동급생에 비해 두 살이 더 많았다. 중학교 입학할 때 한 번 재수했고, 고등학교 입학할 때 또 한 번 재수의 길을 걸었기에 고3의 나이가 벌써 21세 성인이 되었다. 나는 마음이 다급해졌다. 이번에 떨어지면 대학도 못가고 그냥 군에 입대를 해야 한다. 그 당시에는 병역법이 개정되기 전이어서 대학생이면 얼마간 입대를 연기할 수 있지만, 대학생이 아니면 무조건 나이가 되면 군대를 가야했다. 그래서 더욱 열심히 입시 공부에 매진했다. 고등학교 2학년 말에는 선배들이 입시를 치르는 입시 현장에 갔다. 그 이유는 입시현장의 분위기를 느껴보면서 공부에 대한 동기부여를 받기 위해서였다. 고3 때에는 시간을 쪼개면서 공부에 매진했다. 심지어는 학교에서 화장실 가는 시간까지 아껴가면서 공부를 했다. 얼마나 애썼는지 고3 때에 무려 몸무게가 7kg가 빠졌다. 고3 초까지만 하더라도 서울대를 가려고 했으나 시험성적이 그만큼 나오지 못해서 연세대학교 영문과로 목표를 바꾸고 공부했다.

그러나 주님께서 서강대학교로 인도해주셨고, 서강대학교 입시를 보게 되었다. 이렇게 고3 말에 가서 이렇게 가야 할 대학을 바꾼다는 것은 사실 어려운 일인데 그렇게 바뀐 사연이 있다. 고 3 후반기가 되면 선배들이 학교로 찾아와서 자기 대학을 홍보를 하곤 했다. 그래서 나는 몇몇 대학에 다니는 선배님들의 학교 소개 시간에 들어가서 탐색을 했다. 그러던 어느날 서강대학교에 다니는 선배님들이 와서 학교 소개하는 시간을 가졌다. 그날 한 선배님께서 학교에 대한 소개를 하신 후에 마지막에 이렇게 말을 하고 끝을 맺었다. "우리 서강대학교는 실력으로는 서울대학교보다 조금 못합니다. 그리고 우리 서강대학교는 정말로 열심히 공부를 하고 학교에서도 열심히 공부를 시키는 대학입니다. 대학교의 낭만은 노는 것이 아니고 공부하는 것입니다. 그러니 놀려면 연세대학교나 고려대학교를 가고, 공부하려면 우리 서강대학교에 오십시오" 나는 이 말이 그렇게 인상적으로 들릴 수가 없었다. 내가 서울대를 가려고 애썼는데 갈 실력은 안되었다. 그러나 연세대학교나 고려대학교에는 갈 수가 있는 실력이었다. 나는 공부를 아주 잘하지는 못했으나 공부하는 것은 너무 좋아했다. 그래서 그 말이 내 마음을 크게 출렁거리게 만들었다. 그리고 고민을 한 후에 연세대학교에 가려는 생각을 접고 서강대학교로 선회를 했다. 그리고 서강대학교 입시문제를 구입해서 새로운 패턴으로 입시준비를 했다. 나는 이것을 내 생각도 생각이지만 하나님의 선하신 인도하심이라고 확신한다. 이번에는 중학교와 고등학교 입시 때와는 달리 재수하지 않고 한 번에 합격의 영광을 얻게 되었다. 대학교까지의 입시전적은 중학교는 2번 쳐서 1번, 고등학교는 4번 쳐서 1번, 대학은 1번에 합격했으니 7전 3승 4패의 전적을 갖게 되었다. 나의 학교 성적은 더 나아져 갔다. 그 이후에 또 한 번 시험을 치렀다. 신학대학원 시험이었다. 이 시험까지 합하면 모두 8번의 입시를 치루게 된 것이고, 8전 4승 4패를 기록하게 되었다. 신학대학원을 졸업할 때에는 차석으로 졸업하는 영광을 안게 되었다. 참으로 공부와 담을 쌓고 살았던 나의 어린 시절, 그러나 갈수록 공부를 잘하는 사람으로 발전하게 된 것은 나의 노력도 있겠으나 신앙의 힘이 크게 작용을 했다. 공부를 못하던 존재감 없는 아이에서 이렇게 남들을 가르치는 위치에 설 수 있도록 도와주신 하나님께 감사와 영광을 돌린다.

7

학창시절 필살기

학창 시절, 경제적으로 참 가난한 삶을 살았다. 1963년 1월, 내가 초등학교 1학년 때 우리 집에 발생한 화재로 가난은 나를 늘 따라다니는 단어였다. 집이 가난한 경우에는 대개 부모들이 삶의 여유가 없었기 때문에 자녀들의 교육에 많은 관심을 쓸 수가 없었다. 그러다 보니, 가난한 환경에서 공부를 잘하는 것이 쉽지 않았다.

나는 초등학교 4학년 시절부터 신문 배달부 일을 시작했다. 여름 방학 때에는 제과점에 아르바이트생으로 취직했다. 내 몸집만 한 아이스케이크 통을 메고 다니면서 아이스케이크를 팔아서 가세에 보탰다. 앞에서 이야기했던 것처럼, 우리가 초등학교를 다닐 적에는 의무교육이 아니었다. 기성회비를 1년에 4차례씩 내야했고, 극빈자였어도 기성회비를 면제해주지 않았다. 나는 고등학교를 졸업할 때까지 수업료를 제때 내지 못했다. 가난은 상처와 아킬레스건이 되어 자괴감으로 돌아왔다.

서울로 이사와 우리 집 형편은 조금 나아졌지만 가난은 아직도 떨칠 수 없었다. 중학교 시절과 고등학교 시절 6년 동안 수업료 때문에 늘 마음고생을 해야 했다. 교무실로 오라는 호출을 받기도 하고, 칠판에 등록금 미납 학생 명단에 내 이름이 올라가기도 했다.

고등학교 2학년 5월경, 아버지께서 뇌졸중(중풍)으로 쓰러지셨다. 그때 아버지 연세가 68세였다. 요즘 같으면 젊은 나이였지만 1970년대에 60대는 노인에 속했다. 당시 우리 집은 서울 서대문구 녹번동 산 밑 단칸방에서 살고 있었다. 형님 두 분은 다른 곳에서 생활하고 계셨고, 큰 누나는 결혼해서 독립을 했다. 나머지 식구 5명이 조그마한 단칸방에 살고 있었다.

큰 누나와 알고 지내는 강흔순 권사님께서 우리 집 사정을 들으셨다. 어느 날, 강 권사님께서 연락을 하셨다. 자기 집에서 거주하면서 학교 다니며 막내딸 지은이의 과외 선생을 하라고 하셨다. 선택의 여지가 없었다. 어머님께 말씀드리고 마포구 서교동에 있는 강 권사님 댁으로 들어갔다. 권사님 막내딸 지은이는 당시 중학교 3학년이었다. 그리고 나는 고등학교 2학년이었다. 나는 고등학교 2학년 때부터 과외 선생을 하게 된 것이다. 나중에 안 사실이었지만 강 권사님께서는 나를 사위로 삼으려는 계획을 갖고 계셨었다고 했다. 지금 생각하면 웃음이 나온다. 강 권사님 댁에서 1년 정도 거주를 했다. 너무 고마운 분이시다.

1년 후에 다시 집으로 돌아왔다. 고등학교 3학년에 올라와서는 더욱 더 공부에 매진했다. 그래서 학교 수업이 끝나면 부리나케 학교 도서관으로 향했다. 그리고 밤 10시까지 학교 도서관에서 열심히 공부에 매달렸다. 거의 매일 도서관에서 가장 늦게까지 남아서 공부를 했다. 집에 와서는 몸을 씻고 나면 대략 밤 12시가 되었다. 그때 취침에 들어갔다. 그리고 새벽 4시경에 기상을 했다. 4당 5락이라는 말 때문인지 몰라도 4시간 이상 자지 않으려고 애를 썼다. 기상해서 세면을 한 후에 책상에 앉아서 학교 가기 전까지 아침공부를 했다. 너무 비좁은 단칸방에 다섯 식구가 살다보니 매일 어머니와 작은 누나는 가까운 교회에 가서 밤기도를 하시면서 교회 기도실에서 주무셨고, 새벽기도 마치고 집으로 돌아오셨다. 나는 머리가 그렇게 우수한 편이 아니다. 순전히 노력형이다. 남들보다 뒤처지지 않기 위해서 내가 할 수 있는 최선의 방법은 남보다 더 노력을 하는 것이었다. 그렇게 하다보니 지금까지도 책상에 오래 앉아있는 것이 습관이 되었다. 아침밥을 먹고 학교에 등교할 때에는 집에서 학교까지 차를 타고 가는 경우도 있었고, 때로는 걸어다니기도 했다. 걸어다닐 때에는 단어장을 만들어서 외우면서 학교에 까지 갔다. 시간을 아끼고 시간관리하는 것이 몸에 배어있었기에 1분 1초를 아끼려고 애썼다. 드디어 대학시험을 치뤘고, 정말 감사하게도 낙방하지 않고 대학에 한번에 합격하는 행운을 얻게 되었다.

서강대학교에 들어가면서 또 한번 집 이사를 했다. 대학에 들어가서도 우리 집 형편은 나아진 것이 없었다. 대학교 시험은 합격했지만 등록금이 걱정되었다. 입학금까지 합해서 1학기 등록금은 29만원 정도 되었다. 금액을 어렵게 집에서 마련해주셨다.

대학에 다니면서 아침에 라면을 먹고 다녔다. 그리고 간간히 점심을 굶기도 했다. 물로 배를 채우기도 했다. 우리 집은 또 한 번 더 이사를 해

1976.2 - 고3 졸업식 때 - 교회 친구들과 함께

졸업식 - 휘문고 정문앞에서

야 했다. 그때까지 아버지는 뇌졸증으로 거동도 못하시고 하루 종일 누워계셨다. 시간이 지날수록 병세가 호전되기보다는 더 악화되어 가셨다. 어머니는 이사를 가야 하는데 새로 입주하는 집 주인에게 아버지가 뇌졸증이라는 말을 하지 않았다고 한다. 그러면 집을 세로 안 줄 테니까 숨기고 이사를 했다. 리어카에 아버지를 싣고 인적이 드문 밤, 형님들이 집으로 모셔왔다.

1978년 5월. 날짜는 기억나지 않는다. 아버지께서 소천하셨다. 내가 군대에서 복무 중일 때였다. 당시만 하더라도 군 규칙에 사망했다는 전보만 가지고는 휴가를 나갈 수가 없었다. 관보를 보내야 하는데 집에서 늦게 처리하는 바람에 휴가일정을 아버지 장례식에 맞추질 못했다. 휴가를 나와보니 아버지 장례식은 끝난 뒤였다.

시간은 흘러 1979년 5월 27일. 군 복무 33개월 만에 만기 전역을 했다. 9월에 다시 서강대학교 1학년 2학기에 복학했다. 집안의 경제 사정은 별로 나아진 것이 없었다. 대학 4학년 동안, 입학금을 포함한 1학기 등록금만 집에서 내주셨다. 그 후 나머지 3년 반 동안의 7학기는 아르바이트를 하거나 장학금으로 대학을 다녔다. 대학 1학년 때에는 중, 고등학생들에게 영어와 수학 과외를 했다. 2학년 때부터는 기독교 영어 서적을 우리말로 번역하여 학비를 충당하기도 했다.

하나님께 감사드리고 싶은 것이 하나 있다. 고생한 세월과 나이에 비해서 젊어 보인다는 것이다. 어릴 적에는 존재감도 없던 사람이었는데, 이렇게 건강할 수 있다는 것이 그저 감사할 따름이다. 젊어서 고생은 사서하라는 말이 있다. 나는 어릴 적부터 고생과 가난을 달고 살았다. 그러나 그것들은 단순히 고생과 가난으로 끝나지 않고 내 삶의 아주 훌륭한 실행 교과서가 되었고, 스승이 되었다.

8

서강대학교 스타일

내가 앉아있는 책상 앞에 책 한 권이 놓여있다. 「세인트존스의 고전 100권 공부법」이란 책이다. 이 책에 대해서 이화여대 석좌교수 최재천 박사는 추천사에 이렇게 적고 있다.

> KBS 프로그램 '명견만리' 강연을 하기 전까지 나는 4년 동안 고전 100권을 읽고 모든 수업을 토론으로 진행하며 시험도 없는 세인트존스라는 대학이 있다는 걸 몰랐다.[2]

2 조한별, 「세인트존스의 고전 100권 독서법」 (서울: 바다출판사, 2016) 4.

베스트셀러 작가 이지성 씨는 그의 책 「리딩으로 리드하라」에서 이렇게 적고 있다.

미국 최고의 대학교육 평가 전문가인 로런 포프의 「내 인생을 바꾸는 대학」에 따르면 미국에서 가장 지성적인 대학은 하버드, 스탠퍼드, 예일이 아니다. 말버러, 뉴, 리드, 세인트 존스다. 네 대학 중에서도 최고는 단연 세인트 존스다. 그런데 세인트 존스 대학 신입생 중 고등학교 성적이 상위 10% 안에 든 학생은 고작 전체의 20~30%다. 고등학교 때 상위 10% 안에 든 학생이 전체의 95%를 차지하는 아이비리그 학생들에 비교하면 참으로 평범한 학생들이 들어가는 곳인 것이다. 하지만 4년 뒤에는 이야기가 달라진다. 100권의 인문고전을 읽고 토론한 세인트 존스 대학의 졸업생들은 아이비리그 졸업생들보다 훨씬 높은 비율로 로즈 장학생에 선발되고, 저명한 과학자와 학자의 길로 들어선다.[3]

3 이지성, 「리딩으로 리드하라」 (서울: 문학동네, 2011), 78~9.

세인트 존스 대학은 전교생이 400명밖에 되지 않는 작은 대학임에도, 이 학교 졸업생 중에서 무려 24명이 노벨상을 수상했다고 한다.(2015년 기준)

나의 모교, 서강대학교 역시 세인트 존스와 같이 학생 수가 그리 많지 않은 대학이다. 1976년에 입학을 했을 때 학부와 대학원 학생들까지 포함해서 모두 1,500명 정도였으니 한국에서 볼 때에는 아주 작은 대학이었다.

내가 나온 대학교 자랑을 할까 한다. 웬 자랑? 다름 아닌 글쓰기에 대한 이야기다. 사실 나는 고등학교에 다니면서 가장 하기 싫은 과목이 있었다. 바로, 작문 시간이었다. 공부를 못하는 학생들이 공부를 싫어하는 것처럼, 나는 글쓰기를 못했기 때문에 글 쓰는 시간이 바퀴벌레만큼이

1983.2 졸업식 - 가족 - 동생, 어머니, 매형, 큰누나

나 싫었다. 그런 내가 대학에 합격했다. 그런데 서강대학교는 여타 다른 대학에서는 없는 제도가 시행되고 있었다. 바로, 내가 그렇게도 싫어하던 글쓰기였다.

신입생들은 1년 두 학기에 걸쳐서 독후감 제출을 무조건 해야 했다. 모든 대학들이 그러하듯 1학년 커리큘럼에 〈국어〉는 교양 필수과목으로 되어있다. 서강대학교에서는 교양 필수인 국어 과목에서 필기시험에서 아무리 좋은 성적을 거두었을지라도 독후감을 제출하지 않으면 학점은 F를 받게 된다.

서강대학교 바탕 화면

이공계이든, 경상계열이든 전공과목과 상관없이 모든 신입생들은 1학기에는 한국 단편 문학 소설 10편을 읽어야 했다. 그리고 10일에 한 편씩, 원고지 20매 분량의 독후감을 써서 제출하는 것이 의무였다. 2학기에는 한국 고전 단편 문학 작품을 읽고 같은 방식으로 10일마다 독후감을 제출해야 했다.

학교 도서관(로욜라 도서관) 2층에 올라가 보면 앉아서 책을 읽고 연구하는 학생들도 있지만 원고지에 뭔가 열심히 쓰는 학생들도 쉽게 눈에 띄었다. 이들은 모두 1학년 신입생들이다. 국어 과제를 하느라 열심히 독후감을 쓰고 있는 것이었다. 책 내용을 그대로 옮겨쓰는 학생도 눈에 띄었다.

나도 10일마다 20매 원고지를 채우는 것이 보통 힘든 일이 아니었다. 그러나 글쓰기를 힘들어하면서도 해야 할 과제들을 마쳤던 시간들을 통해 글쓰기의 두려움에서 해방될 수 있었다. 지금은 글을 쓰는 게 그리 부담이 되지 않는다. 축적되어 있는 독서의 힘일 수도 있겠으나, 1년 동안 지독하게 독후감을 썼던 경험이 큰 자산이 되어주지 않았나 생각한다. 그래서 나는 나의 모교 서강대학교를 자랑한다. 그 중에서도 매 학기마다 원고지에 강제로 글을 쓰게 했던 것을 자랑한다. 전교생들에게 강제적으로 글을 쓰게 한 대학이 서강대학교 말고 또 있을까? 나는 아직 들어보지 못했다. 이 글쓰기를 철저하게 고수했던 이 학풍이 바로 서강대학교 스타일이다.

9

천사와 결혼하다

1985년 4월 20일, 아내와 결혼한 날이다. 우리의 만남은 우연이 아닌, 주님의 섭리 하에 이루어진 만남이라 확신한다. 우리는 처음 만나서 6개월간 연애한 후에 결혼을 하게 되었다. 사람마다 배우자에 대한 이상형이 있을 것이다. 나는 현모양처 아내를 만나고 싶었다.

하나님께서 세상을 만드신 후에 맨 마지막으로 창조한 피조물이 사람이다. 다른 모든 피조물들은 암수를 함께 만드셨지만 사람은 처음에 남자만 만드셨다. 남자인 아담을 만드시고 그에게 에덴 동산을 관리하도록 하셨다. 그리고 세상 모든 것들의 이름을 짓도록 하셨다.

어느 날 하나님께서 아담을 바라보시면서 상념에 잠기셨다. 이 세상의 동식물들은 모두 암컷과 수컷이 있는데, 유독 사람인 남자만 짝이 없는 것을 보셨다. 그리고 혼자 있는 것이 보시기에 좋지 않으셨다. 그래서 아담을 잠들게 하신 후에 그의 갈빗대를 취하여 아내를 만드셨다. 잠에서 깨어난 아담은 난생 처음 본 여자에게 한 눈에 반해버렸다.

"이는 내 뼈 중의 뼈요 내 살 중의 살이로다!" 창세기 2장 24절에 이렇게 기록하고 있다. "이러므로 남자가 부모를 떠나 그의 아내와 합하여 둘이 한 몸을 이룰지로다." 결혼은 신비다. 결혼은 남자와 여자가 한 몸을 이루는 거룩한 행위이다. 결혼의 수학공식은 1+1=1이다. 그래서 부부는 한 몸이라고 부른다. 부부는 또한 무촌이라고 한다. 부모와 자녀는 1촌이다. 그러나 부부지간은 촌이 없다. 왜? 한 몸이니까! 그러나 부부가 갈라서면 남남이 된다. 이것도 무촌이다.

아내를 만나게 된 이야기를 하고자 한다. 이 장의 제목을 "천사와 결혼하다"라고 했다. 내 아내는 천사 같았다. 외모도 외모이지만 마음씨가 그렇게 곱고 아름다울 수가 없었다. 그래서 더욱 내 마음에 끌렸는지 모른다. 사람마다 제 짝이 있다고 한다. 아내에 대한 호감이 처음부터 있던 것은 아니다. 아내를 만나게 된 것은 대학 졸업반 때였다.

이미 말씀드렸거니와 나는 대학에서 영문학을 전공했다. 요즘은 어떨지 모르겠지만 내가 다니던 서강대학교에서는 학부라고 할지라도 졸업논문을 반드시 써야 했다. 영문학과는 영어로 논문을 써야 했다. 도서관에서 여러 자료와 문헌들을 수집하면서 논문을 써 내려 갔다. 그 당시에는 컴퓨터가 없었고 타자기가 있던 시절이다. 모든 학생들이 타자를 치는 것은 아니었다. 나도 타자를 썩 잘 치지 못했다. 그런데 논문을 영문 타자로 쳐야 했다.

당시에 나는 선교단체에 속해있었다. WTF라는 기독교 청년대학 선교 단체였다. WTF는 World Task Force의 약자로서 우리 말로 번역하면 '세계 기동타격대'라는 뜻이다. 또는 '세계 특수임무 부대'라는 뜻으로 번역할 수도 있다. 세계 선교를 위해 모인 모임이었다. 대학생 팀과 직장인 팀으로 이루어져 있었다. 당시 나는 대학생 팀과 직장인 팀 모두를 아우르는 대표를 맡고 있었다. 출석하는 교회에서는 총각 집사로 중고등부 전도사로서 1인 4역을 하고 있었다.

졸업 논문을 타자해줄 자매를 우연히 소개를 받게 되었다. 같은 선교단체 직장인 팀에 있는 박희옥 자매였다. 박 자매는 같은 선교단체에 있을 뿐만 아니라 같은 중고등부에서 교사로 사역을 하고 있었다. 직장인 팀리더인 자매를 통해서 박희옥 자매에게 내 졸업 논문을 타자해주기로 요청했다. 그때만 해도 박희옥 자매에 대해서 잘 모르고 있었다. 아주 조용하고 내성적인, 성실하고 참한 자매라는 정도만 알고 있었다.

박희옥 자매는 내 졸업 논문을 모두 타자로 쳐주었다. 고맙다는 마음을 표현하기 위해 책 두 권을 선물했다. 그러면서 책에 이런 성경 글귀를 적었다. "고운 것도 거짓되고 아름다운 것도 헛되나 오직 여호와를 경외하는 여자는 칭찬을 받을 것이라."(잠언 31장 30절) 내 아내가 될 것을 예견하고 쓴 것은 아니었는데, 하나님께서는 이 자매를 나의 아내로 맺어주셨다.

졸업 논문을 써준 것으로 끝났고 더 이상 박 자매에게 관심을 갖지는 않았다. 그리고 나는 대학을 졸업하고 서강대학교 맞은편에 있는 광성

1985.4.20 결혼식장에서

1985년 결혼식 - 천사 아내 박희옥

고등학교 영어교사로 취직을 하게 되었다. 계속해서 주일에는 오전에 중고등부 전도사로서 사역을 하고, 점심 식사 후에는 WTF 선교회 모임의 대표로 사역을 했다. 박희옥 자매와는 주일마다 중고등부 사역으로 교회에서 만났고, 같은 선교단체 소속이었기에 오후에 또 만났다. 그러나 그때까지만 해도 우리는 단지 같은 교회 중고등부에서 사역하는 교사였고, 같은 선교단체에서 훈련받는 형제요 자매였다.

1983년 여름 어느 날이었다. 중고등부 학생 중의 한 학생 집에 학생들이 모였고 나도 함께 했다. 그런데 그날의 화제가 바로 박희옥 자매에 대한 이야기였다. 학생들이 이렇게 말했다. "전도사님, 박희옥 선생님이 어제, 우리 동네에 점심시간에 왔다 갔어요. 비가 오는 날인데. 우산을 받쳐 쓰고서 우리 학생들을 심방하고 갔어요." 나는 그 말을 듣고 속으로 놀랐다. 왜냐하면, 당시 박희옥 자매는 회사가 강남구청 근처였고, 우리 학생들이 있는 곳은 마포구 망원동이었다. 만만한 거리가 아닌데, 자가용이 있는 것도 아니고 버스나 전철로 움직였을텐데 하는 생각에 박희옥 자매를 다시 보게 되었다. 학생들은 그 후로도 박희옥 자매를 이렇게 불렀다. "천사예요, 천사!"

아내(박희옥 자매)는 학생들에게 너무 자상하고, 아주 작은 것까지도 섬겨주는 천사와 같은 존재였다. 주일에 교회에서 중고등부 사역을 할 때에도 늘 입가에는 미소가 떠나지 않았다. 그리고 일을 할 때도 아주 민첩하게 행동을 했다.

그러던 차에 선교회 직장인 자매팀 리더로부터 나에게 한 자매를 소개시켜 주겠다고 했다. 함께 사귀어보라는 것이었다. 소개받은 자매가 바로 박희옥 자매였다. 나는 그동안 여러 가지 일로 박 자매에 대해 좋은 호감을 갖고 있었는데 이 자매를 소개해 준다고 해서 자연스럽게 만남을 갖게 되었다. 처음에는 1주일에 한 번 정도 퇴근 후에 만나서 저녁 식사를 했다. 그리고 미래에 대해 서로 이야기를 나눴다. 우리는 선교단체에

딸 현아가 엄마 생일 축하

서 배운 것이 있다. 남녀가 만나는 것은 결혼을 전제로 한 만남이어야 한다는 것이었다. 그래서 우리는 진지하게 결혼을 생각하며 만났다. 매주마다 만나서 먼저 저녁 식사를 하고 이어서 결혼에 대한 성경공부를 했다. 그렇게 6개월 동안 서로를 알아가는 과정을 통해서 서로 확신을 갖게 되었다. 양가 부모님의 허락하에 교제한 지 6개월 만에 결혼식을 올리게 되었다.

제 3 장

세상 속으로 뛰어들다

1

첫 직장, 고등학교 교사

1970년 5월에 목포에서 서울로 이사를 했다. 서울에 오자마자 누나를 따라 교회를 가게 되었다. 그해 8월에 중고등부 여름 수양회를 갔다. 그곳에서 예수 그리스도를 인격적으로 만났다. 예수님을 내 인생의 주인으로 영접하게 되었다.

그 후에 나의 삶은 변화되어갔다. 점점 신앙인으로서 모습을 갖춰갔다. 예수를 믿으니 공부에 대한 분명한 목표의식도 생겼다. 하나님의 영광을 위해서 공부를 해야 한다는 생각으로 더욱 공부에 매진할 수 있었다. 공부를 아주 못했던 열등생에서 이제는 제법 공부를 잘하는 학생이 되어갔다. 서울에 와서도 서울 학생들에게 뒤지지 않으려고 열심히 공부를 했다. 물론 중학교 졸업 후에 또 한 번의 재수생 생활을 거쳤지만 나름대로 유익한 시간이었다.

신앙생활을 하던 중에 우리 교회에 어려움이 생겼다. 담임목사님께서 어떤 이유인지 모르지만 교회를 사임하게 되었다. 그리고 약 1년이 지나도록 담임목사님이 결정되지 않아서 교회는 분쟁과 싸움의 소용돌이에 빠졌다. 나는 교회를 사임하신 담임목사님의 모습을 보면서 이 다음에 훌륭한 장로가 되고, 돈을 많이 벌어서 어려운 목사님들을 후원해야겠다고 마음을 먹었다. 그러면서 신앙생활을 열심히 하고, 학교 공부도 열심히 했다.

주일(일요일)에는 공부를 전혀 하지 않았다. 남들이 생각하면 광적이라고 생각할 정도로 신앙생활에 열심이었다. 고등학교 3학년이 되어서도 주일학교 6학년 교사를 맡아서 봉사했다. 주일 예배를 마치고 오후 시간에는 교회에 남아서 전도하거나 성경책을 보고 기도를 하면서 보냈다. 저녁 예배를 드리고 집에 오면 몸이 파김치가 되었다. 씻고 일단 잠을 잤다. 밤 12시에 기상하여 밤새도록 공부를 했다. 그리고 월요일부터 토요일까지 학교 공부를 했다. 그리고 또 주일이 되면 하루 종일 교회에서 살다시피 했다.

나는 고등부 학생 회장을 지냈다. 그런데 우리 교회 역대 고등부 회장들 가운데에서 재수하지 않고 대학에 들어간 선배들이 거의 없었다. 그것이 늘 내 마음에 걸렸다. 그래서 나는 하나님께 기도를 이렇게 드렸다. "하나님, 제가 고등학교 3학년이 되어서도 주일에는 세상 공부를 하지 않고 오로지 신앙생활에만 전념하겠습니다. 온전히 주일성수 하겠습니다. 대신 선배 회장님들과는 달리 재수하지 않고 대학에 들어갈 수 있게 해주세요."

일반적으로 학생들은 주일에도 공부를 한다. 나는 예수님을 인격적으로 만나고 나서 주일에 공부를 한 적이 딱 하루 있었다. 그것도 주일 예배 후에 집에 가서 그 뒷날 있을 시험공부를 하려고 책을 폈는데 죄책감이 들어서 결국 공부를 하지 못했다. 책을 다시 덮어버리고 교회로 왔던 그 한 날을 빼고는 중고등학교 내내 주일에는 온전히 교회에서 주일성수를 하며 지냈다.

고3이 되면 학생들은 일반적으로 평일에 부족했던 과목 공부를 주일 날에도 한다. 나는 신앙생활 하느라 주일에는 전혀 공부를 하지 않았으니 다른 학생들에게 뒤처질 수밖에 없었다. 그래서 나머지 6일 동안에는 화장실 가는 시간까지 아끼면서 공부에 매달렸다. 그리고 기적적으로 서강대학교에 합격을 하게 되었다.

대학입학 국어시험을 치르는데, 시험을 보기 전에 다시 한 번 훑어보았던 교재에서 시험문제가 출제되었다. 수학 과목 역시 신기한 경험을 했다. 수학 시험을 치르기 전, 쉬는 시간에 이상하게도 「수학1의 정석」 맨 마지막 단원에 있는 검정 추산 부분의 공식을 외우고 싶었다. 그래서 그 공식을 외웠다. 그런데 6문제 중에서 마지막 문제가 검정 추산 공식만 알면 풀 수 있는 문제였다. 시험장에서 환호성을 지를뻔했다.

수학 시험이 끝난 후, 문과 시험에서는 검정 추산하는 문제가 나온 적이 없다고 여기저기서 학생들이 아우성쳤다. 대부분의 학생들이 그 문제를 풀지 못했다는 것을 나중에 알게 되었다. 사실 고3 담임선생님께서 서강대학교 원서를 쓸 때 내 실력으로는 자신할 수 없다고 하셨지만, 합격의 영광을 안게 되었다. 내가 믿는 하나님께서 나의 학창시절의 믿음을 기쁘게 보시고 합격시켜주셨다고 지금도 굳게 믿고 있다.

대학교 3학년이 되면서 교직 과목을 이수하게 되었다. 영문과 졸업 후에 대개 학생들은 대기업이나 은행으로 취직을 많이 했지만 나는 고등학교 교사로 가기 위해 교직 과목을 이수했다. 4학년 때에 서강대학교 바로 건너편에 소재한 광성중학교에 가서 교생실습을 하였다. 그런데 그때 중학교 영어 선생님이 서강대학교 영문과 선배님이셨다. 그분과 대화를 많이 나눴다. 선생님은 그해 말까지 학교 교사를 하고, 퇴직을 한 후 신학대학원에 진학하기 위해 미국 유학을 떠나게 되었다. 그러면서 나를 고등학교 교장 선생님께 교사로 추천해주셨다. 그것이 인연이 되어 4학년 졸업을 앞두고 1983년 1월 3일에 광성고등학교 교장 선생님께 면접을 보았고, 그 자리에서 고등학교 영어교사로 결정이 되었다. 그리고 2월 말에 광성고등학교에 교사로 취직을 하게 되었다.

사실 고등학교 3학년에 올라가면서 신학 공부를 하고 목사가 되어야겠다고 생각했다. 담임목사님께 찾아갔다. 목사가 되려고 하면 대학에서 무엇을 전공하면 좋을 것인가를 상담했다. 목사님께서 영문학이나 역사학 혹은 철학을 전공하는 것이 좋다고 하셨다. 그래서 대학에서 영문학을 전공했고, 역사학을 부전공하게 되었다. 그리고 목사님께서 내게 권면하시기를, 신학대학에 들어가기보다는 학부 과정은 일반 대학교를 졸업하고, 대학원 과정을 신학으로 하는 것이 더 낫다고 하셨다. 그래서 고등학교 졸업 후 신학대학에 진학하지 않고 일반대학에 들어가기로 결정했다.

대학 졸업 후에 고등학교 교사로서 사회에 첫발을 내딛게 되었다. 그때 나이가 겨우 29세밖에 되지 않았다. 2번에 걸친 재수생 시절을 보냈어도 29세 고등학교 교사가 된 것은 결코 늦은 나이가 아니었다. 3월 2일 드디어 첫 출근을 했다. 당시 내가 살고 있던 집은 관악구 흑석동 중앙대학교 정문 옆이었다. 그곳에서 마포구 상수동에 있는 광성고등학교까지 가기 위해서는 버스를 두 번 갈아타야 했다. 출근하는데 걸리는 시간은 대략 1시간 정도였다.

나는 고등학교 1학년 2개 학급과 2학년 1반에서 10반까지 영어를 가르쳤다. 학생들은 젊은 선생님인 나를 잘 따르고 좋아했다. 나는 아주 열정적으로 영어를 가르쳤다. 나중에 안 사실이지만 한 반에서 공부를 하고 있어도 실력 편차가 심하다는 것이다. '어느 수준에서 가르쳐야 하나?' 고민을 했다. 그리고 영어공부를 못하는 학생 수준에 맞추어서 강의를 진행하기로 했다.

학생들이 나의 강의를 아주 잘 들어주고 좋아했다. 일반적으로 인문계 남자 고등학교 학생들이 여학생들에 비해 영어를 덜 좋아했는데, 학생들이 영어를 좋아하도록 최대한 쉽게 가르쳤다. 그래서 영어공부를 포기한 학생들도 수업 후에 교무실로 찾아와서 내게 상담을 요청했다. "선생님, 지금부터 영어 공부해도 되나요?" 나는 학생들을 격려해 주었다. "그럼! 지금부터 해도 결코 늦지 않았어. 열심히 해봐!"

2
마이 웨이(My Way)

사실 고등학교 교사는 내가 꿈꾸거나 계획했던 일이 아니었다. 고등학교 3학년에 올라갈 무렵, 내 마음속에서 신학을 해서 목사가 되어야겠다는 생각이 불같이 일어났다. 그래서 당시 우리 교회 담임목사님이신 박희천 목사님을 찾아가서 상담을 요청했다. 그전까지는 경제적으로 힘들어하는 목사님을 돕기 위해 돈을 많이 벌어야겠다고 생각을 했다. 신앙적으로는 훌륭한 장로가 되어서 경제적으로 어려운 목회자들을 후원하는 데 내 삶을 바쳐야겠다고 마음을 먹고 있었다. 그런데 갑자기 내 심경에 변화가 일어난 것이다.

담임목사님께서는 고등학교를 졸업하자마자 신학대학에 진학하지 말라고 하셨다. 일반대학에서 4년을 공부한 후에 신학대학원으로 진학해서 공부를 하라고 하셨다. 그러한 과정이 나중에 교인들을 이해하는데 도움이 될 거라고 하셨다. 그래서 택한 학교가 서강대학교였다. 영문학을 전공하고, 역사학을 부전공하게 되었다. 전공을 결정하는데도 목사님께 도움을 받았다. 그래서 대학을 졸업한 후에 일반 직장생활을 할 것은 꿈에도 꾸지 않았었다. 대학을 졸업하자마자 신학대학원에 입학할 생각을 가지고 대학 진학을 했다.

대학에 입학해서 네비게이토 선교회를 만나서 성경공부를 하게 되었다. 네비게이토 선교회는 힘들게 신앙훈련을 시키는 단체로 정평이 나 있었다. 자진해서 네비게이토 선교회에 가입하게 되었다. 서강대학교 팀을 책임 맡은 선배는 당시 경제과 대학원에 재학 중인 이윤호 형제였다. 이 분과 만나서 일 대 일로 신앙훈련을 받았다. 1주일 한 번씩 만나서 성경을 배우고, 교내에서 전도도 함께 했다. 이윤호 선배는 이론적으로만 가르치지 않았고, 삶으로 보여주었다. 그리고 전도에 대해 가르친 후에는 자기가 전도하는 것을 뒤에서 지켜보게 하였다. 그렇게 몇 번을 한 후에는 나에게 전도를 해 보라고 하였고, 이번에는 선배님께서 내 뒤에서 내가 전도하는 것을 지켜보았다. 그리고 나중에 피드백을 해주었다.

한 번은 이윤호 선배께서 신학교에 가서 목사가 되기보다는 평신도로 일반 직장을 다니면서 후배들을 영적으로 돕는 것이 이 시대에 더 의미 있는 일이라고 조언해 주셨다. 당시에는 신학교에 가는 목사 후보생들이 넘쳐나는 시대였다. 그러나 사회에 선한 영향력을 끼치는 평신도들은 찾아보기가 어려운 시대였다. 이 선배의 권고는 내 마음속에 깊이 자리잡게 되었다.

일단 교직 과정을 이수하기로 하고 과목을 선택해서 수강했다. 신학을 하더라도 몇 년간은 일반 직장생활을 경험하는 것이 좋겠다고 생각했다. 무슨 직업을 택할까 하다가 비교적 퇴근 시간이 이른 교사를 택하게 되었다. 대학 졸업 후 별 무리 없이 고등학교 교사로 첫 출발을 하게 되었다.

학교 교사로 2년을 근무했다. 그 후에 내가 원했던 신학대학원에 진학을 하게 되었다. 고등학교 교사로 2년밖에 근무하지 않았으나 나름대로 많은 것들을 경험하게 했던 시간이었다. 새로운 학년이 시작되면 첫 수업은 진도를 나가지 않았다. 칠판에 백묵으로 My Way(마이 웨이)라고 크게 썼다. 그리고 이렇게 말했다. "이 My Way는 프랭크 시나트라가 부른 노래 제목이지만, 나는 이 시간에 내가 살아온 지난 30년의 이야기를 너희들에게 들려주겠다."

이 말이 떨어지면 학생들은 환호성을 질렀다. 학생들은 교사가 가르쳐야 할 과목 진도를 나가지 않고 다른 것을 해주면 그렇게들 좋아한다. 대부분의 남자 학생들은 영어 공부를 여학생들에 비해 더 싫어했는데, 영어교사인 내가 진도를 나가지 않고 살아온 이야기를 해준다니 좋아할 수밖에.

내가 아주 어렸던 시절, 병약해서 제대로 몸을 가누지 못했던 이야기로 말문을 열었다. 초등학교 1학년 시절에 우리 집이 불에 타서 경제적으로 힘들게 살았던 이야기, 공부는 뒷전이고 매일 만화 가게에서 살았던 이야기, 견물생심이라고 만화 가게에서 자주 만화를 보다가 어느 날 만화책을 몰래 훔쳐서 나오던 이야기, 등굣길에 만화 가게에서 만화를

믿음의 친구들 - 왼쪽부터 안산빛나교회 유재명 목사 - 안산만나교회 김영길 목사 - 필자

훔치다 주인에게 들켜서 집에 끌려간 이야기, 초등학교 4학년 때 형을 따라서 신문 배달을 하게 된 이야기, 여름이면 내 몸통 만 한 아이스박스 통을 매고 다니면서 아이스케이크를 팔았던 이야기, 공부를 못해 반에서 꼴찌 그룹에 들어있었는데 시험성적이 올라 인생의 전환점을 이룬 이야기, 공부에 맛을 들이면서 좋아하던 모든 취미 생활을 끊어버렸던 이야기, 중학교 진학에 실패하여 재수의 길을 걸었던 이야기, 열심히 재수의 길을 걸어서 열등생에서 공부를 잘하는 학생으로 변화된 이야기, 중학교에 장학생으로 들어가게 된 이야기, 중학교 1학년 내내 전교 1등을 하게 된 이야기, 서울로 이사를 와서 교회를 다니면서 예수를 믿게 된 이야기, 신앙심이 깊어지면서 공부에 대하여 더욱 더 강한 동기 부여를 받게 된 이야기, 열심히 공부했으나 고등학교 입시에서 실패하여 또 한 번 재수의 길을 걷게 된 이야기, 고등학교 2학년 때에 집안 형편이 어려워

서 남의 집에 기숙하면서 과외 선생이 되었던 이야기, 대학교 입시에 얽힌 이야기, 군에 입대해서 33개월 군 복무 중에 있었던 간첩 생포 작전에 실제 참가했던 이야기,남자 학생들이어서 그런지 군대에서 일어난 간첩 생포 작전 이야기를 좋아했다. 그리고 대학에서 영문학을 전공하고 학생들 앞에서 고등학교 교사가 된 이야기에 이르기까지 한 편의 드라마를 이야기해주었다. 말 그대로 My Way, 내가 걸어온 길을 진솔하게 이야기해주었다.

수업을 마치고 교무실로 갔다. 여러 명의 학생들이 교무실로 나를 찾아왔다. 이 학생들은 공부를 못하는 학생들이었다. 특히 영어를 못하는 학생들이었다.

"선생님, 선생님의 이야기를 듣고 보니 저도 영어 공부를 열심히 해야겠다고 생각했어요. 선생님, 지금부터 영어 공부해도 될까요?" 이 학생은 인문계 고등학교 2학년이었다. 지금도 그렇겠지만 고등학교 2학년 때에는 영어 공부가 거의 마무리가 되어야 하고, 나머지 암기 과목들을 2학년 후반부와 3학년 때에 해야한다. 고등학교 2학년 때에 새롭게 영어 공부를 한다는 것은 무리가 아닐 수 없었다. 그러나 나는 학생들을 격려했다.

"그래, 지금부터 해도 돼. 열심히 해라"하며 격려해 주었다.

하루는 고등학교 2학년 학생의 어머니가 나를 찾아오셨다. 영어 점수가 형편없는 학생의 어머니였다. 아들을 통해 내 인생 이야기를 들으신 것 같았다. 어머니와 대화를 나눈 후 학생에게 수업을 마치고 나와 만나자고 약속했다. 서강대학교 본관 앞 잔디에 함께 앉아서 학생에게 물었다. 영어 공부를 못하게 된 이유가 있는지 물었다.

"중학교 3학년 때였어요. 영어 시간이었는데, 선생님께서 칠판에 판서를 하셨어요. 나는 옆자리 친구와 이야기하다가 판서를 다 쓰지 못했어요. 그런데 선생님께서 판서한 내용을 지우개로 지우시는 거예요. 판서를 다하지 못했는데 선생님이 지워버리자 순간 영어 공부하기가 싫어졌어요. 그때부터 제가 영어를 못하게 되었어요." 이 작은 경험이 학생에게 좌절감을 심어준 것이다.

"속상했겠구나. 다시 용기를 내서 지금부터라도 영어 공부를 열심히 한다면, 얼마든지 진도를 따라갈 수 있어. 함께 노력해보자." 나는, 학생의 어깨를 토닥이며 말했다.

하나님은 내가 가는 길을 잘 아신다. 중학교 입시에 낙방하고 재수의 길을 걸었고, 고등학교 입시에서 또 낙방하고 재수의 길을 걸었다. 그 실패들이 당시에는 쓰라렸지만, 청소년들과 청년들에게 '나도 하면 된다'라는 자신감을 불러일으킬 수 있는 계기가 되어 주었다. 올해 나이가 66세이지만, 나는 지금도 열정과 도전정신으로 가득했던 30대와 같은 마음으로 살아가고 있다. 그래서 나의 길(My Way)이 우리의 길이 될 수 있도록 더 열심히, 더 건강하게 살아갈 것이다.

3

시간 관리

자기계발 전략가 브라이언 트레이시는 그의 책 「TIME POWER」에서 아래와 같이 언급했다.

성공과 성공한 사람들에 관해 연구할수록 그들의 공통점 한 가지 가 더욱 분명해진다.

성공한 사람들은 모두 시간을 귀하게 여겼고, 시간을 더욱 계획적 이고 효율적으로 사용하려고 노력했다. 나는 결국 훌륭한 시간 관 리만이 성공하는 길이라는 결론을 내렸다.

내가 이룬 발견은, 당신이 시간에 관한 원칙을 만들 때, 높은 성취 감과 부, 성공의 밑거름이 되는 다른 많은 습관도 동시에 발견된 다는 점이다. 벤저민 프랭클린은 "삶을 사랑하는가? 그렇다면 시 간을 낭비하지 마라. 삶이란 바로 시간으로 이루어져 있기 때문이

다.”라고 했다. ⁴

4 브라이언 트레이시, 「TIME POWER」(서울; ㈜황금부엉이, 2005) 9~10.

초등학교 6학년 1학기 기말고사 전까지 학급 성적이 꼴찌 그룹에 속해있을 때만 해도 나는, 시간 개념이 없었다. 그러나 기말고사 성적이 기대 이상으로 좋게 나오면서 공부에 맛을 들이게 됐다. 그때부터 누가 시키지 않았는데도 시간을 허투루 쓰면 안 되겠다고 생각했다. 자연스레 시간을 아끼는 습관을 들이게 되었다. 밥을 먹으면서도, 용변을 보면서도 내 손에는 꼭 책이 들려 있었다.

고등학교에 들어가서는 공부의 양이 엄청나게 늘어났다. 그러나 나는 주일에는 아예 책을 덮어버리고 단 한 자도 책을 보지 않았다. 독실한 기독교인들은 주일을 거룩히 지킨다. 거룩히 지킨다는 말은 평일과는 다르게 시간을 보낸다는 말이다. 주로 예배를 드리고, 성경을 공부하고 전도하고 신앙훈련을 받는 일을 주일(일요일)에 하는 것이다. 온전히 신앙과 관계된 일들을 주일에 하는 것을 주일을 거룩히 지킨다고 한다. 혹은 주일성수 한다고 한다. 그래서 사업을 하는 분들은 주일에 사업을 하지 않는다. 자영업을 하는 분들도 주일에는 가게 문을 닫는다. 학생들은 일상에서 벗어나 공부를 하지 않고 대신 예배와 신앙훈련에 시간을 보내는 것이다. 그러다 보니 다른 학생들에 비해 상대적으로 공부하는 시간이 부족할 수밖에 없었다. 만회할 수 있는 방법은 한 가지뿐이었다. 시간을 분초로 나누어서 쓰는 것이다. 심지어는 수업 시간 전후로 있는 10분간의 휴식 시간에도 쉬지 않고 공부했다. 화장실 가고 싶은 것도 참았다가 오전에 한 번, 오후에 한 번씩 잠깐 다녀왔다.

대학에 들어가서 WTF 선교회에 가입하게 되었다. 이 선교단체는 주로 대학생 중심이었다. WTF 선교회에서 가르쳐주는 신앙훈련 커리큘럼에는 시간 사용(Time Using)에 대한 주제도 포함이 되어있었다. 교회에서 자세하게 가르쳐주지 않았지만 선교회에서는 아주 실제적인 시간 사용에 대해서 배우고 적용, 실천했다.

시간 사용(Time Using)을 주제로 성경공부를 했는데 이때 배운 가르침이 평생 지속되고 있다.

선교회에서는 매년 여름과 겨울 수양회를 개최했다. 그때마다 단골로 등장하는 선택 특강 중의 하나가 바로 시간 사용에 대한 것이었다. 그리고 나도 나중에는 강사가 되어서 시간 사용에 대해서 가르치게 되었다. 옛날 자료를 찾다 보니 1987년도에 내가 사역한 중고등부 수련회에서 강의했던 시간 사용에 대한 강의자료가 있었다.

우선, 시간에 대한 바른 이해를 5가지로 설명했다. 첫째 시간은 선물이다. 둘째 시간은 흘러간다. 셋째 시간은 모든 사람에게 동등하다. 넷째 시간은 매우 중요하다. 다섯째 시간은 짧다. 이어서 바른 시간 사용을 위한 팁들을 몇 가지 소개하고 있었다. 첫 번째는 우선순위를 따라 살아라. 즉 소중한 것을 먼저 하라. 두 번째는 학교 공부시간에 전념하고 다른 과목 공부를 하지 말아라. 셋째는 양서를 읽고 불량서적을 피하라. 넷째는 자투리 시간을 활용하라. 다섯 째는 다음으로 미루지 마라. 여섯 째는 낭비하는 시간과 그 원인을 분석하라 등이었다.

시간 사용을 말할 때에 빠져서는 안 되는 것이 군대에서의 삶이다. 나는 1976년 8월 27일에 군에 입대했다. 논산 수용연대에서 8일을 대기하

1977년 하사 진계중 근영   1978.10 우리 대대를 방문한 내수동교회 청년과 교인들

다 강원도 원주에 있는 제1군 하사관학교에 훈련생으로 입교했다. 거기서 6개월 훈련을 받은 후 전방으로 배치를 받았다.

6개월 훈련을 받는 동안에는 포켓 신약성경을 상의 주머니에 넣고 다녔다. 50분 훈련을 하거나 교육을 받고 나면 10분간을 쉬었다. 쉬는 시간마다 성경을 펴서 읽었다. 그렇게 자투리 시간을 활용해서 신약성경 2독을 했다.

자대로 배치받고 나서는 틈나는 대로 영어 공부를 했다. 33개월 근무하면서 「워드 파워」(Word Power)라는 영어책을 수시로 보면서 단어를 외웠다. 1978년 11월에 남한에 내려온 무장공비를 잡으러 우리 부대가 최전방에 투입되었다. 그때에도 나는 영어책을 품에 넣고 갔다. 13일 동안 속옷도 한 번 갈아입지 못하고, 어떨 때는 세수도 할 수 없는 상황이 계속되었다. 밤에는 내가 앉아있는 곳에서 뜬눈으로 밤을 새워 야간근무를 서야 했다. 그때가 11월 중순 경이었다. 강원도 최전방 11월의 날씨는 굉장히 춥다. 이불도 없이 군대에서 제공하는 담요 하나에 의지해서, 판초 우의를 덮어쓰고 추운 밤을 지새웠다. 낮에는 시간적인 여유가 조금 생겼다. 그때에도 자투리 시간을 활용해서 품속에 있는 영어책을 꺼내어 책 한 권을 다 읽었던 적이 있었다.

한번은 군대 막사에서도 「워드 파워」를 갖고서 영어 단어를 외웠던 적이 있었다. 우리 소대 선임 하사관인 아무개 중사님께서 내게 이렇게 말했다.

"진 하사, 진 하사는 군대에 공부하러 왔어?" 그러나 나는 군대에서 아무 의미 없이 시간을 보내는 것이 죄라고 생각했다. 그래서 틈이 날 때마다 성경을 읽거나 책을 보거나 영어를 공부하였다.

성경에도 시간 사용에 대해서 교훈하고 있다. 에베소서 5장 15절, 16절이다.

"너희가 어떻게 행할지를 자세히 주의하여 지혜 없는 자 같이 하지 말고 오직 지혜 있는 자 같이 하여 세월을 아끼라. 때가 악하니라."

4

IQ 96

'마시멜로' 돌풍을 일으켰던 '마시멜로 이야기'를 알고 있을 것이다. 이 책의 저자 호아킴 데 포사다가 또 한 권의 책을 써서 많은 사람들에게 힘과 용기를 주었다. 그 책 이름은 「바보 빅터」다. 이 책을 수년 전에 읽었다. 빅터는 주변 사람들로부터 바보 소리를 들으며 자라왔다. 나중에 알고 보니 그의 IQ는 무려 178! 천재였던 것이다. 빅터는 나중에 천재들의 모임인 국제 멘사 협회 회장을 역임하게 되었다.

나는 빅터와 다른 사람이다. 앞에서도 언급했거니와 공부에 정말로 자신이 없는 학생이었다. 왜 자신이 없었을까? 그건 간단하다. 공부를 하지 않았으니까. 공부를 못하니까 공부를 안 하게 된다. 공부를 안 하니까 공부를 더 못하게 된다. 악순환이었다.

초등학교 4학년 때인가, 학교에서 전 학년을 대상으로 IQ 측정을 했다. 요즘은 다중지능이론이 있어서 IQ만 가지고 학생들을 평가하지 않는다. 그러나 그때만 하더라도 IQ 외에는 다른 평가 수단이 없었다. 시간이 오래 지나고 나서야 IQ와 더불어 EQ가 세상에 알려지게 되었다. 미국 하버드대학교 교수인 다니엘 골먼에 의해 EQ(감성 지수)가 알려지게 되었다. 요즘은 IQ보다 EQ가 더 중요하다고 이야기하기도 한다. 그 이후에는 하버드 대학교 가드너 교수에 의해 다중지능이론이 소개되기도 했다. 그러나 아직도 공부와 관련해서는 지능지수인 IQ의 숫자에 미련을 버리지 못하고 있는 것 같다.

어찌됐든 초등학교 4학년 때에 지능검사를 실시했다. 그리고 결과가 나왔다. 지능지수의 평균이 당시에는 IQ 100이라고 했다. 그런데 나는 두 자리 숫자가 나왔다. 96이었다. 96!!! 우리가 흔히 장난을 칠 때 쓰는 말이 있다. "나는 아이큐가 두 자리야!" 사람이 형편없다는 뜻이다. 내가 그랬다. 학교에서는 존재감이 없는 아이, 우리 집은 가난했고, 거기에다가 지능지수는 두 자리. 나는 나락으로 떨어지는 것만 같았다.

두 자리 지능지수로 공부를 했으니 얼마나 힘들게 했겠는가? 기초도 없는 상태에서 공부를 시작했으니 고통은 이루 말할 수 없었다. 그러나 한 걸음 한 걸음씩 기초를 다지면서 실력을 쌓아나가기 시작했다. 중학교 때부터 급진적으로 달라진 모습으로 공부에 매진했다. 작은 성공을 맛본 것이 내 인생을 변화시킨 기폭제가 된 것이다. 반에서 늘 꼴찌 그룹에 소속되어있던 내가 중간 그룹에 들어가게 된 작은 성공은, 공부에 대한 큰 동기부여가 되어 주었다.

재수를 해서 들어간 고등학교 학습 분위기는 중학교 때와는 너무 달랐다. 내가 합격한 휘문 고등학교 입학시험 합격 커트라인이 200점 만점에서 189점이었다. 우리 학교에 들어올 정도의 학생들은 중학교 각 반에서 상위 그룹에 속한 학생들이라는 말이다. 1학년 때에 1학기 중간고사의 학교 성적은 전체 600명 중에서 406등을 한 것으로 기억이 난다. 나쁜 성적이 아니었다. 워낙 공부를 잘하는 학생들이 모여있는 집합이었기 때문이다.

그러나 나는 이 성적에 만족할 수 없었다. 더욱 열심히 공부에 매진했다. 대학은 재수하지 않고 한 번에 합격을 할 수가 있었다. 스스로 자랑스러웠다. 시험성적과 가정 형편이 너무나도 좋지 않았던 아이가 많은 학생들이 가고자 하는 대학에 입학했으니 말이다.

대학에 들어가서 한 가지 해보고 싶은 것이 있었다. 나의 지능지수(IQ)를 테스트해보고 싶었다. 대학교 상담실에서 IQ 테스트를 할 수 있어서 신청을 했다. 테스트를 받았다. 그리고 결과를 받았다. 초등학교 4학년 때에 받은 아이큐 지능 지수 점수와 얼마나 차이가 났을까 궁금했다. 속으로 생각했다. 그동안 공부를 열심히 했고, 또한 실력도 많이 향상되었으니 당연히 지능지수도 꽤 많이 상승이 되었을 것이라고 생각했다.

그런데 내 기대와는 달리 그렇게 많은 차이가 나지 않았다. 지금 기억으로 110으로 나왔던 것 같다. 그리고 보면 나는 머리가 좋은 편은 아니다. 순전히 노력파다. 머리가 똑똑한 편이 아니다 보니 남들보다 앞서기 위해서는 그들보다 노력을 두 배, 세 배를 해야 했다. 잠도 줄이면서 책상에 오래 앉아있는 것이 자연스레 습관이 되었다.

결혼하기 전에 내가 살았던 곳이 서울 동작구 흑석동이었다. 흑석동은 콩글리시로 이야기하면 블랙 스토운(검은 돌/ Black Stone)동네라고 했다. 사람들 앞에서 내 소개를 해야 할 때면 "돌동네(흑석동)에서 살고 있는 돌입니다"라고 말했다. 돌머리를 가진 나도 했으면 이 책을 읽는 독자들도 충분히 해낼 수 있으리라 확신한다. 지능지수는 그렇게 중요하지 않은 것 같다. 아이큐가 두 자리 숫자여도 엄청나게 진보할 수 있다. 내가 바로 산 증거이다.

나이 70을 바라보는 지금도 공부하는 것이 재미있다. 공자의 〈논어 학이편〉에 나오는 말을 나누고 싶다. "학이시습지 불역열호"(學而時習之 不亦說乎). "배우고 때때로 익히면 또한 기쁘지 아니한가!"

5

신학대학원에 입학하다

나는 베이비부머 세대다. '베이비부머'란 전쟁 후 태어난 사람들을 말한다. 베이비부머의 연령은 나라마다 약간씩 차이가 난다. 2018년 10월 15일자 한국경제의 기사에 따르면 미국, 일본, 대한민국이 정하는 베이비부머 세대는 아래와 같다.

미국의 경우 1945년 2차 세계대전 종전 후 출생한 이들이다. 1946~1964년생을 말한다. 일본에서는 '단카이 세대'라고 부른다. 2차 세계대전 패전 후 1947년부터 1949년 사이에 태어난 사람들을 가리킨다. 한국의 베이비부머는 6.25전쟁이 끝난 뒤 태어난 세대를 뜻한다. 1955년부터 1964년 사이에 출생한 사람들이다. 고도 경제성장과 1997년 외환위기, 2008년 글로벌 금융위기를 경험했다. 컴맹 제1세대, 부모님에게 무조건 순종했던 마지막 세대이자

5 "밀레니얼 세대," 「인터넷 한국경제」 2018. 10. 15: S5.

아이들을 황제처럼 모시는 첫 세대, 부모를 제대로 모시지 못해 처와 부모 사이에서 방황하는 세대, 가족을 위하여 밤새워 일했건만 자식들로부터 함께 놀아주지 않는다고 따돌림당하는 비운의 세대, 20여 년 월급쟁이 생활 끝에 길바닥으로 내몰린 구조조정 세대다. [5]

우리 베이비부머 세대는 평생직장의 시대를 살았다. 고등학교 혹은 대학을 졸업하고 직장에 취직해서 특별한 일이 없으면 정년 때까지 쭉 한 직장에서 생활을 했다. 그러나 지금은 '평생직장'이란 개념은 사라져버렸다. 인생 2모작, 3모작을 한다. 다시 말해 빠르면 40대에 직장에서 내몰리게 된다. 그 후에는 전혀 다른 직종에서 일하거나 아니면 개인 사업(자영업)을 한다.

나는 조금 예외적인 삶을 살았다. 대부분의 사람은 대학을 졸업해서 나처럼 고등학교 교사가 되면 은퇴할 때까지 그 길을 갈 것이다. 그러나 나는 고등학교 교사로 근무한 지 불과 2년 만에 사표를 쓰고 전혀 새로운 길을 가게 되었다. 아내와 결혼 전 연애할 때만 해도 나는 고등학교 교사였다. 그래서 장모님은 사위 될 사람이 고등학교 선생이라는 게 무척 자랑스러웠다고 하셨다. 그런데 학교를 그만두고 나서 신학교에 가게 된다고 하니 몸져누우셨다. 너무 상심이 크셨던 것이다.

사직서를 1985년 2월에 학교에 제출했다. 2월 말 사직하기 전에 마지막으로 학교에서 숙직을 서게 되었다. 그날 오후에 교장 선생님을 서무실(지금의 행정실)에서 만나게 되었다. 교장 선생님은 나를 보더니 이렇게

모교회인 서울내수동교회 담임 목사님이셨고 후에는 합동신학교 총장을
지낸 신복윤 목사님과 함께 - 합동신학교 교정에서

말씀하셨다.

"진 선생, 이렇게 그만두면 어떡해! 그만두려면 자네 같은 선생을 구하고 그만둬!" 교장 선생님은 나를 무척 사랑해주셨다. 그래서 학생들 지도와 관련해서 여러 가지 훈련을 받도록 기회를 주셨었다. 그런 내가 2년만 하고 그만두니 무척 섭섭하셨던 것이다. 그런데 교장 선생님의 그 말이 싫지가 않았다. 왜냐하면 그 말씀의 진의는 "진 선생과 같은 성실한 교사를 천거해 놓고 그만두게"라는 말이기 때문이었다. 그래서 그리스도인 교사로서 상급자로부터 인정을 받았다는 것이 기뻤다. 하나님께 감사드렸다.

1985년 2월 말로 교사를 사직하게 되었다. 그리고 3월에 합동 신학대

1988.8 신학대학원 졸업 여행 - 제주도에서

학원 대학교에 입학을 하게 되었다. 지금은 수원 광교에 위치해있지만, 원래 서울 신반포에 소재한 남서울교회당에서 학교가 시작되었다. 우리 바로 앞 기수 선배들까지 남서울교회 지하실에서 신학 수업을 받았다. 나도 신학교 입학시험은 남서울 교회당에서 치렀고, 공부는 수원 원천동에 소재한 지금의 자리에서 신학수업을 받았다. 학교는 수원에 있지만 당시 내가 살고 있던 집은 서울 구로구 독산동에 있었다. 화요일부터 금요일까지 이른 아침에 구로공단역 앞에서 송탄까지 가는 총알 버스 3번을 타고 다녔다. 동수원 4거리에서 하차하여 다시 한번 시내버스를 갈아타야 했다.

신학대학원에 들어가니 모든 것이 생소했다. 무엇보다 히브리어와 헬라어 과목을 배우는 것이 낯설었다. 신학대학원 재학 중에 당시 출석하던 마포구 망원동에 있는 성광 침례교회에서 중고등부 전도사 일을 하고 있었다. 경제적으로는 학교 교사 시절 때보다 훨씬 어려웠다. 물론 아내가 직장생활을 하고 있었지만 결혼해서 첫해는 장인, 장모님과 함께 처가살이를 하게 되었다. 어머니께서 이 일 때문에 많이 우셨던 기억이 난다. 어머니는 아무런 경제력이 없으셨기에 아들 뒷바라지를 못해준 것에 대해 몹시 아쉬워하셨다. 신학교 3년 동안에는 최소한의 생활을 했던 것 같다. 2학년 때에는 서울 화곡동에 소재한 화성교회에서 초등부(초등 4~6학년) 전도사로 사역을 했다. 화성교회에서 신학대학원 3학년 때까지 2년 간 사역을 했는데, 이 기간에는 교회에서 매학기마다 전액 장학금을 지원해줘서 신학교 과정을 무사히 마칠 수 있었다.

결혼 첫해에 신학교 1학년이었는데, 그때 내가 아는 지인으로부터 중학교 임시영어교사로 수고해달라는 제의가 들어왔다. 경제적으로 너무 어려워서 그렇게 하고 싶었지만 그 자리를 사양했다. 만일 그 때에 임시영어교사를 수락했더라면 아마 신학교를 중도에 그만두었을지도 모른다. 경제적으로 힘들어도 하나님의 부름에 온전히 순종하기 위해 그 제의를 물리쳤던 것이다.

신학교 3년 시절 동안 열심히 신학 공부에 매달렸다. 성실하게 공부를 했다. 졸업 사은회를 앞두고 학교 교무처에서 나를 백방으로 찾았다. 그 때에는 핸드폰도 삐삐도 없고 오직 유선전화만 있던 시절인데 우리 집에는 유선전화도 없었다. 그리고 졸업을 앞두고 다른 곳으로 이사를 하게 되어서 학교에서 나를 수소문하기 위해 애썼다. 나중에 졸업을 앞두고 사은회를 하는 날 교무처 직원을 통해 듣게 되었다.

"진 전도사님, 이렇게 연락하기가 어려워요? 진 전도사님이 졸업 성적

신학교 동기생 수양회 – 앞 줄 우측에서 2번째가 필자

이 좋아서 전체 차석으로 졸업하게 되었어요." 하시는 것이었다. 이 소식을 미리 알려주려고 교무처에서 나를 찾았다고 한다. 너무 기뻤다. 물론 전체 수석을 하지 못했으나 신학대학원 졸업을 차석으로 할 수 있게 되어 주님께 감사를 드렸다. 대기만성! 어릴 때 시절이 주마등처럼 지나 갔다. 열등생, 만년 꼴찌였던 내가 점차 공부를 잘하게 되어서 대학원 졸업 차석을 했으니 그저 감사하기만 하다.

6
해외 선교회
총무가 되다

대학에 들어가면서 네비게이토 선교회에 가입을 했다. 우리 교회(서울 내수동 교회) 대학부에서도 네비게이토 선교회 한국지부와 연결해서 훈련을 받고 있었기에 자연스럽게 서강대학교 네비게이토 선교회에 가입을 했다. 당시 서강대학교 네비게이토 선교회 대표는 경제과 대학원에 재학 중인 이윤호 선배였다. 그분을 통해서 개인적으로 일대일 양육을 받는 수혜를 누렸다.

네비게이토 선교회는 미국에서 시작된 단체로 도슨 트롯트맨이라는 분이 세웠다. 도슨은 최종 학력이 고등학교 졸업이고 트럭 운전수 시절에 전도를 받아 예수를 믿고 교회를 출석하게 되었다. 그런 그가 예수를 믿으면서 신앙이 성장해감에 따라 다른 사람들을 양육하기 시작했다. 조그맣게 시작된 이 모임이 점차 규모가 커지고, 미국 전역으로 확대되었다. 미국에서 빠른 속도로 펴져 나갈 수 있었던 것은 도슨 트롯트맨이

도와줬던 사람인 해군 병사의 역할이 컸다. 이 해군 병사는 도슨에게 배운 대로 다른 해군 병사에게 양육(신앙훈련)을 했다. 조직처럼 빠른 속도로 양육의 사슬이 이어져갔다. 나중에는 미국 FBI에서 해군 내에 이상한 조직이 있다는 정보를 듣고 조사했는데 이것이 바로 네비게이토 선교회 모임이었다.

이렇게 규모가 커지면서 미국을 넘어서 다른 나라로 네비게이토 선교회가 소개되었다. 우리나라에는 1968년도에 미 8군 군목을 통해서 소개되었다. 그 후에 한국인 대학생인 유강식에게 소개가 되었고, 유강식은 다른 학생들을 훈련 시키면서 서울뿐 아니라 전국으로 퍼져나갔다.

네비게이토 선교회는 세계 선교를 가장 중요한 과업으로 생각을 하고 출발을 했다. 최종 목표는 선교사로 헌신해서 나가든지 아니면 선교사를 후원하는 일을 해야 했다. 그런데 1970년 후반에는 한국 네비게이토 선교회는 선교 지향적인 모습이 없었다. 선교사로 헌신했던 서강대학교 대표인 이윤호 선배는 네비게이터 선교회를 나오게 되어 새로운 대학생 선교를 시작하였다. 그후 모임이 성장하면서 후에 선교지향적 선교단체로 성장한 WTF라는 선교회다.

나는 1976년 1학년에 입학해서 한 학기만 공부하고 군입대를 했다. 내가 군대에 가 있을 동안 이윤호 선배는 네비게이토 선교회를 나와서 WTF 선교회를 조직했다. 1979년 5월에 군대 전역을 하고 나서 다시 이윤호 선배를 만났고 자연스럽게 WTF 소속이 되었다. WTF 선교회의 모든 훈련 커리큘럼은 네비게이토와 같았다. 단, 한 가지 차이점은 선교를 아주 강조했다는 것이다.

내가 군에 간 후, 이윤호 선배도 공군 장교로 임관해서 서울 공군본부에 배치를 받았다. 그는 군 복무 중에 일과를 마치고 퇴근 후에는 이문동에 있는 외국어 대학교에 혼자 가서 전도를 열심히 했다. 그렇게 전도를 해서 외국어대학교 학생들 다수를 우리 WTF 선교회에 가입시켰다. 이들 중 여러 명이 선교사로 헌신을 했고, 지금도 선교 현장에서 크게 쓰임을 받고 있다.

외국어 대학교 출신으로 지금 한국 선교에 크게 쓰임 받고 있는 대표적인 사람이 변진석 대표다. 변진석 대표는 외대에서 포르투갈어를 전공했다. 대학 시절에 WTF를 만나 제자훈련을 아주 성실하게 잘 받았다. 그 후에 장신대 신학대학원을 들어갔고, 졸업 후 미국으로 건너가 트리니티 신학교에서 박사학위를 받았다. 그는 남미 에콰도르에서 선교사로 사역을 했다. 지금은 우리나라에서 선교사훈련을 체계적으로 잘 훈련시키고 있는 GMF 산하 한국선교사 훈련원(GMTC) 원장으로 사역하고 있다.

변 선교사와 나는 같은 시기에 WTF에서 리더로서 함께 사역을 했다. WTF는 여름과 겨울, 3박 4일에 걸쳐서 수양회를 했다. 수양회 때마다 외부에서 강사님들을 모셨는데, 주로 선교사님들이 많이 오셨다. 1979년에는 브라질 원주민들과 함께 살면서 원주민들에게 선교를 하고 계셨던 김성준 선교사님이 오셔서 큰 도전을 주셨다. 1980년에는 둘로스라는 선교선(ship,배)을 타고 다니면서 선교사역을 하신 최종상 선교사님이 주강사로 오셔서 말씀을 전했다. 설교 후, 선교사로 주님께 자신의 생애를 드리기를 원하는 사람들은 그 자리에서 일어나라고 했다. 우리 회원들 중에 많은 사람들이 일어났고 나도 자리에서 일어났다. 나는 최종상 선교사님과 같이 배를 타고 다니면서 선교하기를 원했다. 마침 1980년 우리나라에 로고스 호가 인천항에 입항했다. 정박해있는 로고스 호를 방문해서 선교사들의 강의를 들으면서 선교사의 꿈을 키워갔다. 그리고 앞으로 나도 로로스 배를 타고 다니면서 선교를 해야겠다며 다짐했다.

세월은 흘러갔다. 대학을 졸업하고 나서 고등학교 교사로 취직을 하게 되었다. 주간에는 학교에서 학생들을 가르치고, 퇴근 후에는 모교인 서강대학교 캠퍼스로 가서 WTF 선교회 후배들의 신앙을 지도했다. 2년 동안 교사로 근무하다 퇴직을 하였다. 신학교를 가기 위해서였다. 수원에 있는 합동신학교 대학원 대학교에 입학을 해서 공부를 마쳤다. 신학 공부를 하면서 늘 마음 한 구석에는 대학 시절 선교사로 헌신했던 기억이 자리잡고 있었다.

신학교를 졸업할 즈음에 WTF를 세운 이윤호 선배께서 내게 OMF 선교회 총무로 지원해보라고 권유를 했다. 이윤호 선배는 WTF를 세우고 어느 정도 성장을 하자, 신학을 공부하기 위해 온 가족이 미국으로 건너갔다. 텍사스 포츠워츠에 있는 서남 침례신학교에서 신학석사 과정을 마쳤다. 그 후 LA에 있는 풀러선교 대학원에서 선교학 석사과정을 공부했다. 그리고 선교사로 나가기 위해 한국으로 들어왔다. 한국 OMF 선교회 파송을 받아 인도네시아로 선교를 떠났다.

1기 4년 동안의 선교사역을 마치고 다시 미국으로 건너가 선교학 박사과정에 입학을 했다. 풀러 신학교에서 선교학 박사과정을 마치고 선교지로 다시 나갔다. 1988년 여름이었다. 이윤호 선교사는 인도네시아 선교사로 나가기 위해 한국에 잠시 머물렀는데, 이윤호 선교사로부터 연락이 왔다. 한국 OMF 선교회 총무를 뽑는다면서 내게 한번 지원해 보는 게 어떻겠느냐고 했다. 기도 후에 마음의 결정을 내렸다. 과거에 선교사로 헌신했던 생각이 났고, 선교회 총무로 사역하는 것도 선교사의 사역이라는 생각에 지원을 하게 되었다.

당시 OMF 선교회 이사장은 지금은 돌아가셨지만 나의 멘토 중의 한 분이신 김인수 박사였다. 나중에 김인수 박사에 대해서는 자세하게 이야기를 하겠다. 김인수 박사님을 만나 인터뷰를 했고, 며칠 후에 총무로 결정되었다는 연락을 받게 되었다. 1988년 9월부터 OMF 선교회 사무실에 출근을 했다. 12월까지는 수습기간으로 행정업무를 익혀나갔다.

OMF 선교회는 국제 선교단체다. OMF의 창시자는 선교계에서는 아주 유명한 영국 출신의 허드슨 테일러 선교사다. 허드슨 테일러 선교사는 중국에서 선교를 했다. 그가 사역할 당시만 하더라도 대부분의 선교사들은 해안 근처에서 사역을 했다. 왜냐하면 해안 근처가 교통도 편하고 여러 가지로 편리하기 때문이었다. 주로 영국인 출신의 선교사들이 사역을 하고 있었는데, 그들은 본국의 문화를 버리지 못했다. 장소만 영국에서 중국으로 옮겼을 뿐, 많은 문화생활은 그대로 유지를 하고 있었다. 그러다보니 교통도 불편하고, 모든 면에서 문화혜택이 떨어진 내륙으로 들어가는 것을 기피했다. 자연스레 해안 근처에서 사역을 하는 선교사들이 많았다. 그러나 허드슨 테일러는 생각을 달리했다. 그 당시에는 훨씬 많은 사람들이 중국 내륙지방에 살고있다는 것을 알고 그는 사역지를 중국내륙으로 향했다. 그래서 처음에 그가 세운 선교단체 이름이 《중국내륙선교회》(China Inland Mission/ CIM)였다. 이 선교회는 중국이 공산화되기 전에는 선교사 숫자가 1천 명이 넘을 정도로 아주 크게 성장을 했다. 아쉽게도 중국이 공산화되면서 모든 선교사들이 추방을 당해 OMF의 전신인 CIM도 철수를 해야 했다. 영국으로 본부를 옮길까 생각을 했지만 중국인 선교가 주목표였기 때문에 중국인들이 많이 있는 싱가포르에 본부를 두기로 결정을 했다. 그리고 이후 선교전략을 바꾸어서 "동아시아의 신속한 복음화"라는 슬로건을 내걸고 지금까지 열심히 사역을 하고 있다.

나는 1988년 9월에 OMF 선교회 총무로 근무를 시작했고, 빠르게 업무를 익혀갔다. 총무의 역할은 그야말로 팔방미인이 되어야 했다. 몸으로 때우는 허드렛일부터 시작해서 아주 전문적인 일까지 모두 해야 했다. 1992년까지 4년 4개월을 근무했다. 1989년 6월에 싱가포르 국제본부에서 신임선교사 훈련을 4주 동안 받았다. 총무는 선교지에서 사역을 하지 않고 한국 선교사무실에서 근무하고 있었지만, 선교사와 같은 레벨이었기 때문에 반드시 국제본부에 와서 신임선교사 훈련을 거쳐야 했다. 지금은 해외를 아주 자유롭게 나갈 수 있지만 그때에는 그렇지 못했다. 1987년까지는 외무부에서 발급해주는 여권을 받는 것이 아주 까다로웠다. 1년짜리 단기 여권과 복수 여권이 따로 있었다. 비자 발급과는 별개로 여권을 발급받는 것도 어려웠다.

그러나 1988년 서울 올림픽을 기점으로 많이 달라졌다. 감사하게도 1989년에는 여권 받는 것이 훨씬 수월해졌다. 여권 자유화가 되었기 때문이다. 그리고 보면 우리나라가 지난 30년 사이에 폭발적인 경제성장을 했다는 것을 알 수 있다. 이렇게 1989년 6월에 싱가포르에 가서 신임선교사 훈련(Orientation Course/ OC)을 받았다. 모든 것이 영어로 진행이 되어서 너무 힘들었다. 대학에서 영문학을 전공했고, 고등학교에서 영어교사로 근무했지만, 내가 배웠던 영어는 주로 문법 중심이었기 때문에 영어로 말하고 듣는 것이 고역이었다.

국제본부에서는 매일 오전 9시, 신임선교사 훈련에 들어가기 전에 30분 동안 본부 강당에서 기도회를 가졌다. 본부에서 행정하는 고참 선배 선교사들과 훈련 중인 신임선교사들이 함께 모여서 기도회를 가졌다. 돌아가면서 기도를 해야 했기에 나는 나름대로 열심히 기도문을 영어로 외워서 준비해갔다. 어떤 날은 내가 속한 그룹이 기도를 하는데 한 바퀴를 돌고도 시간이 남아서 다시 한 바퀴를 돌면서 기도했다. 나는 기도문을 하나만 외워갔기 때문에 순간 앞이 캄캄해졌다. 두 번째로 돌아왔던 내 순서를 어떻게 마무리했는지 모르겠다. 내가 제일 알아듣기 힘든 영어는 식당에서 쓰는 말들이었다. 신임선교사들은 식사 후에 돌아가면서 식당에서 설거지 보조를 했는데, 식당에서 사용하는 말들을 잘 알아듣지 못해 고생을 했다. 이렇게 한 달 동안 영어와 씨름하다 보니 영어로 대화하는 꿈까지 꾸게 되었다. 영어를 비롯한 언어 훈련은 현장에서 배우는 것이 훨씬 빠르다는 것을 실감을 하였다. 나를 포함해서 상당수의 한국인들이 영어를 현장에서 배우지 않는다. 그러니 영어를 쓰고 말하는 것이 더딜 수 밖에 없다는 것을 피부적으로 경험했던 시간이었다. 모든 언어를 배우는 것은 현장에서 뒹굴어야 가장 빨리 체득을 할 수가 있다.

현장에서 영어를 배우고 나니 누구를 만나더라도 영어로 말하는 것이 두렵지 않게 되었다. 최고의 영어공부는 실전에서 부딪치며 배워야 한다는 것을 몸으로 익혔다.

7

오산 새로남 교회
담임 목사가 되다

1990년 4월 9일 월요일. '강남 노회'가 열리는 날이었다. 그리고 내가 드디어 목사가 되는 날이기도 했다. 내가 소속된 강남 노회는 매년 봄 노회 때마다 목사 안수를 거행했다(참고로 노회는 교단 총회 산하에 지역별로 나누어져 있는 조직을 말한다).

고등학교 3학년에 올라가면서 내 마음속에 갑자기 '신학을 해서 목사가 되야지'라는 생각이 들었다. 특별한 사건이 있던 것도 아니었다. 그냥 그날 '나는 앞으로 신학을 하고 목사가 되어야 해'라는 생각이 나를 지배했고, 그래서 담임목사님께 상담을 요청했다. 대학을 졸업한 후 곧 신학교에 입학하지 않고 직장 생활(교사)을 했으나 36세의 나이에 목사안수를 받게 되었다. 당시 목사안수를 받을 때 내가 출석하고 있던 교회는 서울 잠실 3단지 건너편에 있는 엠마오 교회였다. 지금은 분당으로 이전을 했고, 교회 이름도 분당 풍성한 교회로 개명을 했다.

엠마오 교회를 출석하게 된 아주 우연한 계기가 있었다. 하루는 광화문 〈생명의 말씀사〉(기독교서점)에 책을 사러 갔다가 엠마오 교회 담임목사이신 오태용 목사를 만났다. 안면이 있었고, 내가 나온 신학교 선배였기에 자연스럽게 대화가 오갔다. 오 목사는 최근에 자기 교회 형편을 이야기하셨다. 자기와 더불어 함께 교회에서 공동 사역을 했던 안수집사 한 분이 청년들을 데리고 교회를 떠나버렸다는 말을 하셨다. 그로 인해서 교회가 많이 위축이 되었다고 했다. 언제가 되었든 주일날, 교회에 방문하겠노라 하고 헤어졌다.

나는 OMF 선교회 총무로 전임 사역을 하면서 화성 교회를 사임했으며, 1년간 교회를 정하지 않고 매주 마다 교회들을 돌아다니고 있었다. OMF 사역을 그만두게 되면 서울에서 교회 개척을 할 생각을 했기에 성장하는 교회들을 돌아보았던 것이다. 그러다가 오 목사님을 만나서 그다음 주일에 아내와 함께 어린 아들 상욱이(당시 4세)를 데리고 우리 집 건너편에 있는 엠마오 교회로 주일예배를 드리러 갔다.

우리 집 근처의 몇몇 교회들을 순회하면서 주일예배를 드렸던 적이 있었다. 규모가 큰 교회에는 예배를 드리는 본당 뒤편에 유모실이 있었다. 유모실은 어린 아이를 둔 엄마들이 아이와 함께 예배를 드리는 곳이다. 그런데 대부분의 교회 유모실 환경은 열악했다. 싸우는 아이들, 지친 표정의 엄마들을 많이 보았다. 그럴 때마다 안쓰럽기도 했고 속상하기도 했다.

그런데 엠마오 교회 유모실은 분위기가 전혀 달랐다. 아이들이 떠들지 않도록 엄마 규율부장이 있었다. 정진 집사라는 분이 유모실 맨 앞에 무릎을 꿇고 앉아서 정숙하게 예배를 드리고 있었다. 그리고 엄마들도 잡담을 하지 않고 함께 예배에 집중하고 있는 모습이 무척 인상적이었다. 신학교 선배가 목회하는 교회여서 한번 참석해보자는 마음으로 갔는데 유모실 분위기가 너무 좋아서 우리 부부는 엠마오 교회에 출석하기로 마음을 먹었다. 그리고 엠마오 교회에서 약 1년 6개월 정도 사역을 하게 되었다.

당시 나는 목사가 되기 전이었다. 엠마오 교회에 가자마자 교인들이 우리 부부를 아주 반갑게 맞아주었다. 오 목사님 외에도 김종주 장로님이 계셨다. 그러니까 이 교회는 서울 역삼동에 있는 충현교회 출신 3명(오태용 목사, 김종주 장로, 다른 교회로 옮긴 안수집사)이 힘을 합쳐서 교회를 개척하였다. 이들은 네비게이토 선교회 간사로부터 제자훈련을 배웠고 평신도 사역의 중요성을 배운 분들이었다. 그래서 당시 다른 교회들과는 차별된 생각으로 일종의 공동 목회를 한 것이다. 교회 청년들을 데리고 나간 안수집사로 인해서 교회가 많이 위축이 되어 있었지만 이내 회복이 되었다. 내가 들어가서 두 분과 함께 사역을 하며 도왔다.

엠마오 교회는 100명 미만이 모이는 중소형 교회였지만 내실이 있는 교회였다. 평신도 사역자들이 전체 교인수에 비해 많이 세워진 교회였다. 그리고 가정사역을 중시하는 교회였다. 매월 한 번씩 소그룹으로 부부들이 한 가정에 모여서 저녁 식사를 함께 하고 가정에 대한 성경공부를 하며 토론하는 시간들을 가졌다. 처음에 김종주 장로님 가정에 초대를 받아서 가정 사역을 참관하게 되었다. 그리고 두세 달 후부터는 우리 부부도 가정사역 리더가 되어서 한 그룹을 이끌게 되었다. 김종주 장로님은 이후에 평신도로서 한국교회에 가정사역을 알리는데 많은 기여를 하셨다. 1991년 초에 오태용 담임목사께서 다른 분의 소개를 받아 미국 오클라오마주 털사에 있는 레마 학교(Rhema Bible School)로 1년간 유학을 떠나게 되었다. 오 목사님은 안수 받은지 얼마 되지 않는 햇병아리 목사인 내게 교회를 맡아 목회를 하라고 부탁하셨다. 당시 나는 주중에는 OMF 선교회 총무의 일을 했다. 그리고 퇴근 후나 주말에는 교회 일을 병행했다. 매년 3월이나 4월이 되면 부활절이 돌아온다. 대부분의 한국 교회들은 이 부활절 시즌에 학습, 세례, 유아세례식과 더불어 성찬식을 갖는다. 나는 목사 안수를 받은 지 1년이 채 안 되어서 주일예배 시간에 처음으로 세례식을 베풀게 되었다. 둘째인 현아가 출생한 지 13개월 정도 되어서 유아세례를 받게 되었다. 아빠인 내가 딸 현아에게 유아세례를 베풀었다. 목사로서 처음 집전하는 세례식이고, 성찬식인데 바로 이 날, 내 귀여운 딸 현아에게 유아세례를 베푼 것은 아빠인 나로서는 영원히 잊지 못할 것이다.

1991년 5월에 오태용 목사님께서 1년간 안식년을 받아 미국 유학을 떠나셨다. 1992년 5월 말에 안식년을 마치고 귀국하셨다. 그런데 1992년 1월 초에 내 일생을 바꾼 일이 생겼다. OMF 선교회 사무실 옆에는 같은 사단법인 산하의 선교단체들이 있다. 그 중에 호프(HOPE) 선교회가 있는데, 그 선교회의 총무인 민욱식 선교사께서 하루는 내게 이런 말씀을 하셨다.

"진 총무님, 오산에서 목회할 생각 없어요?" 나는 대답했다.

"예, 저는 오산에 안 갑니다. 한 번도 가본 적이 없는 도시입니다. 그리고 저는 앞으로 OMF 사역을 마치게 되면, 서울에서 교회를 개척하거나 아니면 미국 유학을 떠날 겁니다". 이렇게 대답을 했다.

그 후에도 민 총무님은 몇 차례 더 권하셨다. 오산에 있는 교회 목사님이 미국으로 이민을 가시게 되는데 가능하면 선교에 관심 있는 목사님을 후임으로 찾고 있으니 한번 만나보라고 했다. 할 수 없이, 등을 떠밀리다시피 해서 만나기로 하고 우리 사무실 근처 카페에서 오산에서 목회하는 목사님을 만나게 되었다. 대화를 하면서 일단은 한번 오산에 내려가 보겠노라고 했다.

다음 토요일 오후, 오산에 혼자 내려갔다. 그리고 교회 성도들과 저녁 식사를 하며 대화를 나누었다. 그다음 날인 주일 오후에 오산 사랑의 교회(지금의 새로남 교회) 예배 시간에 설교를 하였다. 사도행전 11장 내용을 토대로 안디옥 교회 중심의 설교를 했다.

교회 바로 건너편에는 화성경찰서가 자리 잡고 있었다. 오산 사랑의 교회는 20평 남짓한 크기에 남루한 상가건물에 위치하고 있었다. 2층은 임시로 지은 식당과 목양실이 있었다. 설교를 마치고 그 날 저녁에 교인들에게 이렇게 말씀을 드렸다.

"저는 지금 서울에 있는 교회에서 담임 목사님을 대신하여 1년간 목회를 하고 있습니다. 담임 목사님께서 미국 유학을 마치고 올해 5월 말에 들어오십니다. 이 오산 사랑의교회는 당장 담임 목사님이 필요합니다. 그러나 저는 지금 당장 내려올 수가 없습니다. 서울 엠마오 교회 담임 목사님이 귀국하시면 6월부터 올 수 있습니다. 그러니 여러분들이 잘 상의해보시고, 6월까지 기다릴 수 없으면 다른 목사님을 초빙해 주시는 게 좋겠습니다. 5월 말까지 기다려 주실 수 있다면, 여러분의 제의를 받아서 이곳 오산 사랑의 교회에 담임 목사로 내려오겠습니다." 그리고 헤어졌다. 나중에 오산사랑의교회로부터 연락이 왔다. 나를 5월말까지 기다리겠다고 했다.

2월부터 5월 말까지 매월 마지막 주일은 서울 엠마오 교회에 양해를 구하고, 오산 사랑의 교회에 내려와서 주일예배를 인도했다. 당시 오산은 화성군 오산읍으로 있다가 시로 승격된 지 몇 년이 안 된 인구 7만의 작은 도시였다. (2020년 지금은 인구 25만 명이고, 전국에서 가장 젊은 도시 중의 하나가 되었다). 한 번도 와 본 적이 없는 조그마한 도시에 하나님은 나를 담임 목사로 내려보내신 것이다.

나는 처음에 5년 동안만 이곳 오산에서 목회를 하고 다시 서울로 올라갈 생각을 했다. 5년간의 목회는 목회실습을 한다고 생각했다. 지금 생각하면 아주 잘못된 생각이다. 그때에는 오산에 내려오면 답답했다. 그리고 서울에 올라가면 답답한 것이 사라졌다. 내 마음에 오산이 없었기 때문이었다.

드디어 오태용 목사님께서 1년간 유학을 마치고 5월 말에 귀국하셨다. 5월 마지막 주일에 엠마오 교회에서 환송식을 거대하게 베풀어주셨다. 짧은 만남이었지만 서로에게 귀한 사귐의 시간들이었다. 그렇게 해서 6월 첫 주일부터 오산 사랑의 교회에서 담임 목사로서 사역을 시작하게 되었다. 당시에 나는 주중에는 여전히 OMF 선교회 총무일을 병행했다. OMF 이사장님이신 김인수 박사님께 내 사정을 이야기하고, 1992년까지 사역을 하고 총무를 사임하겠다고 말씀드렸다. 사임할 때까지 오산 사랑의 교회 담임 목사와 OMF 총무를 겸직했다.

1992년 11월에 오산으로 이사를 가기 전까지는 서울 잠실 3단지 아파트에 그대로 머물렀다. 드디어 11월에 서울 생활을 마감하고 오산으로

오산새로남교회 전경

이사를 했다. 오산 사랑의 교회 젊은 집사님들이 이삿짐 트럭을 불러서 잠실 아파트에 세워놓고 우리 짐들을 모두 트럭에 실었다. 그리고 오산에 내려가서도 남촌에 있는 동문빌라 B동 2층에 이삿짐을 다 날라주었다. 요즘은 포장 박스 이사가 대세이지만 그때에는 직접 손으로 나르며 이사를 했다.

시간이 지나면서 나는 오산 사람이 되어갔다. 오산에 담임 목사로 내려올 때가 내 나이 38세였다. 벌써 오산에 내려온 지가 올해(2020년)로 횟수 29년 째가 되었다. 나의 청춘을 이곳 오산에서 다 보낸 것이다. 처음 오산에 내려올 때에는 5년만 목회할 생각을 하고 내려왔는데, 내 뜻과 다르게 하나님은 이곳에 마음의 짐을 풀게 하시고 계속 오산 새로남 교회를 목양하도록 하셨다.

1992년 말까지 OMF 선교회 총무 사역을 했고, 1993년부터는 전적으로 오산 사랑의 교회 담임목사로 사역을 하게 되었다. 매일 새벽기도를 마친 후에 오산 시내를 돌아다니면서 교회 자리를 보러 다녔다. 당시 우리 교회에서 그리 멀지 않는 곳이면서 목이 좋은 곳이 보였다. 상가 건물이지만 여러 면에서 나아 보여서 그 건물 주인을 찾아가서 교회 건물로 사용할 수 있도록 허락해달라고 했다. 하지만 건물주는 일언지하에 거절했다. 나중에 알고 보니 불교회장 댁이었다.

여러 곳을 다녔으나 교회에는 건물을 임대하지 않겠다고 했다. 힘이 빠졌다. 그러던 어느 날 당시 오산에서 가장 신형 대단위 아파트인 대우아파트 근처를 돌아보았다. 대우아파트 맞은 편 6층 상가 건물이 눈에 확 띄었다. 그 건물을 본 순간 꼭 교회 모습 같았다. 그 건물은 완공을 앞두고 있었다. 주인을 찾아가서 건물 일부분을 교회 공간으로 쓸 수 있게 해달라고 부탁을 드렸다. 그런데 뜻밖에도 5층을 구입하라는 것이었다. 가격을 물어보니 우리 교회가 마련할 수 있는 금액이어서 교인들과 상의를 했다. 교인들도 이 건물을 둘러보더니 딱 교회 자리라면서 모두 동의를 해주었다. 그래서 1993년 11월에 대우아파트 건너편에 있는 신성상가 5층을 구입하고, 6층을 임대해서 두 개 층을 교회 본당과 교육관 겸 식당으로 쓰게 되었다.

세월은 흘러갔다. 교인들 수도 점차 늘어갔다. 신기하게도 유유상종의 법칙이 교회 내에서도 일어남을 경험했다. 내가 전직이 고등학교 교사였는데, 공교롭게도 우리 교회 성도들 절반 이상이 초등학교 교사, 중고등학교 교사, 대학교수, 입시학원 원장들이었다. 그러다 보니 헌금 수입이 교인수에 비해서 월등하게 많이 나오는 교회가 되었다. 몇 년이 지나

2012.11.07 오산기독교연합회장 시절 가나안농군학교 훈련중 필자 모습

자 리더격인 성도들이 내게 건의를 했다.

"목사님, 우리 교회도 땅을 사서 교회를 지었으면 합니다." 당시 나는 셀 교회 운동에 관심을 갖고 있었다. 셀 교회 운동은 교회 건물보다 사람을 중시했다. 그래서 나는 교회 건물이나 교회당 건축에는 별로 관심이 없었다. 교인들 앞에서 천명을 했다.

"저는 은퇴할 때까지 교회당 건물을 짓지 않겠습니다."

그렇게 몇 년을 목회했다. 함부로 말을 하면 안 된다는 것을 뼈저리게 느끼게 된 일이 있었다. 시간이 지나면서 내 생각에 변화가 일어났다. 교회 건축을 해야겠다는 마음을 갖게 된 것이다. 교회는 눈에 보이는 외형적인 건물만이 아니다. 눈에 보이지 않지만 예수를 인생의 구세주와 주

필자 부부와 10명의 임직자들

인으로 고백하는 성도들의 집합체 혹은 공동체를 교회라고 부르기도 한다. 내가 교회 건물을 짓지 않겠다고 할 때에는 눈에 보이지 않는 교회로서의 기능만을 더 선호했기 때문에 교인들에게 교회당 건물을 짓지 않겠다고 했던 것이다. 그러나 교회가 점차 커지면서 건물의 중요성도 인식하게 되었다. 호화롭게 교회 건물을 짓는 것은 문제가 있으나 예배드리고 함께 교육하고 훈련받을 수 있는 충분한 공간, 성도들끼리 교제하고 여러 가지 신앙과 문화활동을 할 수 있는 공간들이 필요함을 깨닫게 되었다. 자연스레 교회 건물의 필요성을 절감하게 되었다. 그러면서 여러 곳에서 실시하는 교회 건축 세미나에 참석을 했다. 그러던 2010년에 지금의 교회 자리를 소개받아 구입을 하고 2014년 5월, 1년에 걸쳐서 교회 건축을 완공하게 되었다.

8

강교수 비전스쿨

내 서재(목양실) 책장 맨 윗단 아크릴판에 이런 글씨가 새겨져 있다.

"꿈을 현실로 만드는 사람들 강교수 비전스쿨 오산캠퍼스"

우리 교회가 바로 강교수 비전스쿨 오산캠퍼스다. 2006년으로 거슬러 올라간다. 당시 한국에 청소년들을 대상으로 하는 '비전스쿨'이라는 모임이 있었다. 장안대학 교수인 강헌구 교수가 인도하는 모임이다. 그리고 강헌구 교수가 쓴 책이 몇 권이 있었다. 「아들아 머뭇거리기에는 인생이 너무 짧다」 시리즈다. 이 책을 읽다가 강헌구 교수와 연결이 되었다. 주일에 우리 교회에 오셔서 말씀을 전해달라고 부탁을 드렸다.

강 교수께서 아들과 함께 우리 교회에 오셔서 예배시간에 말씀을 전해주셨다. 이어서 오후에는 특강을 해주셨다. 비전에 대한 말씀이었다. 그 후로 강헌구 교수가 진행하는 〈수원 비전스쿨 겨울 캠프〉에 우리 교회 학생들을 보냈다. 그리고 세월이 흘렀다. 2008년 6월 20일 강교수 비전스쿨이 운영하는 회사인 서울 한국비전교육원 강의장에서 셀프 리더 과정을 훈련받았다.

그때 수료하면서 강헌구 교수께서 쓰신 책(강의교재)「My Life – 아들아 머뭇거리기에는 인생이 너무 짧다 실행북」– 속 표지에 이렇게 글을 적어놨다. "나의 사명 나의 비전. 나의 사명은 모든 나라 모든 백성에게 예수 그리스도의 소망의 복음을 전하는 것이다. 나는 이 사명을 완수하기 위해 비전과 리더십의 최고 교사가 되어 AD 2020년부터 매년 1만 명에게 꿈을 현실로 이루는 성경적 노하우를 전해줄 것이다."

셀프 리더 과정 수료 후, 2009년까지 중급 과정과 고급과정(강사 과정)까지 훈련을 받게 되었다. 또한 청소년 비전캠프 지도자 과정이 개설되어서 그 과정도 수료를 했다. 서재에 있는 청소년 비전캠프 교재를 열어보았다. "나에게 하는 다짐"이란 항목에 훈련받은 날짜가 기록되어 있다. "나에게 하는 다짐"을 여기에 적어본다.

나는 이 워크북에 오직 진실만을 기록할 것을 나 자신과 약속한다. 내가 기록한 내용이 비난이나 벌을 받게 될지라도 나는 진실이 아니면 단 한 자도 써넣지 않을 것이다. 내가 여기에 적는 모든 내용은 나의 반성이자 소망이며 영혼 깊은 곳에서 들려오는 전진의 북소리이다. 이것은 인생이라는 먼 여정을 걸어가는 데 필요한 나의 지도이며 나침반이다. 내가 언제까지나 의지할 지팡이다. 한 줄의 비전이 억만금의 재산보다 더 소중하다. 이 기록은 나의 자본이며 기술인 동시에 신념이다. 나의 재산목록 1호다. 나는 어디서 어떻게 살게 되든지 결코 이 기록을 버리지 않을 것이다.

2009년 5월 31일 이름: 진계중

우리 교회는 한국비전교육원(대표:강헌구 교수)과 가맹점 계약을 맺었다. 가맹점 이름은 〈강교수 비전스쿨 오산캠퍼스〉이다. 그리고 2010년과 2011년 그리고 2016년 세 차례에 걸쳐서 오산시와 협약하여 토요일마다 2주(16시간)에 걸쳐서 오산 관내 중고등학교 학생들을 선발하여 비전스쿨을 진행하기도 했다. 학생들을 모집하기 위해서 공문을 만들어서 오산시에 있는 거의 모든 중고등학교를 직접 방문했다. 관련 교사를 만나 협조 공문을 보여주며 부탁을 드렸다. 그렇게 해서 구성된 30명 정도 되는 학생들과 토요일 8시간씩 두 주에 걸쳐서 비전스쿨을 진행하였다.

이 과정은 숨겨진 자신의 모습을 알아보는 시간으로 시작한다. 2부에서는 자신이 진정으로 원하는 목표를 '사명과 비전'이라는 이름으로 정하는 시간을 갖는다. 3부에서는 사명과 비전을 이루기 위한 전략들을 세운다. 4부에서는 몸으로 비전을 선포하는 의식을 거행한다. 5부에서는 자신 안에 머물고 있는 사명과 비전을 더 넓은 세상으로 펼치기 위해 필요한 것들을 배운다. 그리고 마지막 6부에서는 앞서 정했던 모든 것들을 어떻게 하면 생활 속에서 실천할 수 있을지를 결단한다. 이 과정은 단순한 이론적 지식을 가르치는 시간이 아니다. 전반부에는 PPT와 동영상을 통해서 이론을 가르치고, 이어서 각 개인이 적용할 수 있는 실습하는 시간을 가진다.

2008년 6월 17일에 한국비전교육원에서 강사 과정을 훈련받으면서 인

강교수비전스쿨 단체 사진 - 2009년 오산시 청소년 비전스쿨 - 맨앞줄 가운데가 필자

상적이었던 것이 몇 가지 있었다.

하나는 미래 스케치를 작성하는 시간이다. 이것은 과정 후반부에 배운 것들을 종합하여 본인의 미래 스케치를 만들어보는 것이다. 9컷의 필름 모양의 화면 속에 지금으로부터 미래로 여행을 떠나는 것이다. "향후 몇 년 후에 무엇을 하겠다. 혹은 어떤 사람이 되겠다"라는 문장을 이미지로 표현해줄 수 있는 그림이나 사진을 선택해서 오려서 붙이는 것이다. 이 것을 위해 미리 준비해간 신문지들을 각자에게 나눠주고 참가자들은 신문을 훑어보며 신문지 안에 들어있는 이미지들 중에 자기 상황과 맞는 것을 오려내어서 풀로 붙였다. 작업을 모두 마친 후, 자기가 작성한 미래 스케치를 들고 앞에 나와 한 사람씩 발표하는 시간을 가졌다.

또 하나 인상적인 것은 미래 일기를 쓰는 것이었다. 5년 후가 되는 12

월 31일, 과거를 회상하면서 미래 일기를 써나가는 것이다. 10년 후 12월 31일의 미래 일기를 작성하는 시간도 가졌다. 마지막으로 20년 후 12월 31일의 미래 일기도 적었다. 20년 후의 모습을 미리 상상해보는 것은 쉽지 않았으나 상상의 눈으로 보면 결코 불가능하지 않는 것이다. 그대로 이루어진다는 보장은 없으나 그래도 미래를 미리 꿈꿔본 사람은 그렇지 않는 사람보다 삶을 규모 있게 살아나갈 수 있는 원동력을 얻게 되는 것이다.

또한 이 과정의 말미에 하는 것이 '나' 공화국 헌법을 만드는 것이다. 요즘 말로 하면 자기 선언문, 자기 확언이다. 예를 들어보겠다.

1조: 하루 300자 이상의 영어 일기를 쓴다.

2조: 하루에 성경 1장을 영어, 일어, 중국어로 소리 내어 읽는다.

3조: 하루에 한 번 사명선언문을 종이에 적는다.

4조: 할 일 목록(Do List)을 매일 작성하고 두 번 이상 점검한다.

5조: 하루에 5분씩 20년 후의 나의 모습을 마음의 눈으로 본다.

6조: 하루에 50페이지 이상 책을 읽는다.

7조: 매일 3km를 뛰면서 3개 외국어 정복에 대한 의지를 불태운다.

8조: 윗몸 일으키기를 매일 100번씩 하며 100개 나라를 여행할 의지를 다진다.

이 '강교수 비전스쿨'은 자라나는 청소년들에게 꿈을 찾도록 도와주는 좋은 훈련 프로그램이다.

제 4 장

우연과 필연

1
세상에서 가장 싫은 것 두 가지, 독서와 글쓰기

 노래 부르는 것을 좋아하는 사람, 노래 듣는 것을 좋아하는 사람, 사람 만나는 것을 좋아하는 사람, 혼자 있는 것을 좋아하는 사람 등등 사람마다 좋아하는 것이 있다. 그 반대도 있다. 노래 부르는 것을 싫어하는 사람, 노래 듣는 것을 시끄러워 하는 사람, 여러 사람과 어울리는 것을 싫어하는 사람.

 초등학교 다니면서 내가 잘하고 좋아하는 것은 만화 보는 것이었다. 또 만화 그리는 것을 좋아했다. 그러나 학교 다니면서 정말 싫어하는 것이 두 가지가 있었다. 하나는 책을 읽는 것이고, 다른 하나는 글을 쓰는 것이었다. 이 두 가지는 정말 정말 싫었다.

 요즘 부모님들 중에서 특히 교육열이 있는 어머니들은 자녀들이 어릴 때부터 독서를 통해 교양있는 사람으로 성장했으면 하는 마음으로 위인전을 비롯하여 전집을 구비해 준다. 그리고 자녀가 잠자리에 들기 전, 책을 읽어주는 부모들이 참으로 많다. 아이들의 감성 지수를 높이기 위해서 애쓰고 노력하는 모습일 것이다.

나는 6.25 전쟁 직후인 1955년에 태어났다. 그 당시 우리나라는 여기저기 폐허가 된 곳을 복구하느라 여력이 없었다. 경제 사정 또한 너무 어려웠다. 국민들의 평균 학력 수준도 높지 못했다. 자녀들은 보통 한 가정에 4명 이상이었다.

우리 집은 4남 2녀였다. 그저 평범한 가정의 자녀 숫자였다. 정작 부모들은 자녀들을 체계적으로 양육시키지 못했다. 우리 집도 예외가 아니었다. 부모님들의 학력도 초등학교졸(국졸) 아니, 그 이하였다. 내가 초등학교, 중학교를 다닐 때에 학교에서 신상 조사서를 작성하게 했다. 부모님들의 최종 학력을 적는 란에 허위로 기록했다. 우리 부모님들은 초등학교도 제대로 나오지 못한 분들이다. 창피해서 무학(無學)이라고 쓸 수가 없었다. 이렇게 부모님들이 학력이 낮다 보니 자녀들의 교육에 대해서 신경 쓸 여력이 없었던 것이다. 요즘 아버지나 어머니들처럼 아이들이 잠자리에 들 때에 책을 읽어주는 것은 상상도 할 수 없었다.

초등학교 시절에 학교 도서관에 가서 봤던 책이 있었다. 「삼국지」였다. 책을 다 읽지 못하고 앞의 몇 장만 읽고 덮어버렸다. 나는 책을 제대로 끝까지 읽어본 책이 없었다. 고등학교에 들어갔다. 대학에 진학하기 위해 인문계 고등학교에 진학을 했다. 기왕에 대학에 들어가려면 흔히 사람들이 말하는 일류 대학을 가고 싶었다.

내가 대학에 들어갈 당시에는 본고사와 예비고사가 있었다. 모든 학생들이 대학에 원서를 내는 게 아니었다. 매년 11월에 대학입학을 위한 예비고사를 치렀다. 그리고 일정 점수 이상만 합격을 시켰다. 예비고사에 합격한 학생들만이 본 고사를 치를 수 있는 자격이 주어졌다. 다시 말해 자기가 원하는 대학에 원서를 제출할 수 있었다. 문제는 본 고사였다. 그것도 국어 과목이었다. 본 고사 국어 과목은 교과서 외에서도 출제가 되었다. 예를 들면 한국 단편 문학 가운데 소설의 내용 일부를 인용해서 문제를 낸다. 그리고 이 소설을 쓴 작가 이름을 쓰라는 것이 문제였다. 이런 문제를 제대로 맞추려면 한국 단편 문학을 다 읽어야했다. 할 수 없이 고등학교 1학년 때에 틈틈이 시간을 내어서 한국 단편 문학의 소설들을 읽어나가기 시작했다. 내 기억으로 고등학교 1학년 여름방학과 겨울방학을 이용하여 한국 단편 문학 전집의 책들을 모두 읽었던 것 같다. 그런데 그때 읽은 책 가운데서 시험문제가 출제되었다. 드디어, 세상에서 가장 하기 싫어했던 책 읽기에 불이 붙기 시작했다.

대학에 와서는 교회 대학 청년부에서 경건 서적을 읽고 토론하는 시간들을 갖게 되면서 자연스레 책을 읽는 습관이 몸에 배기 시작했다. 지금은 책을 읽는 것이 너무 재밌다. 어디를 가든지 읽을 책을 늘 소지하고 다닌다. 승용차로 운전을 할 때에는 아이패드에 연결된 전자책을 틀어놓는다. 그러면 전자책에서 음성으로 책을 읽어준다. 장거리를 운전할 때는 왕복하면 책 한 권을 다 읽게 되기도 한다. 이렇게 책을 많이 읽다 보니 나도 모르게 독서에 대해서 할 말이 생겼다. 그리고 어느새 나도 모르게 내게 상담을 해오는 사람들에게 책을 중심으로 상담을 하고 있음을 알게 되었다. 북테라피(book theraphy/독서 치료)를 하고 있는 셈이다. 이렇게 책을 거의 읽지 않았던 내가 지금은 책벌레가 되었다. 아무리 스트레스가 쌓여있어도 책을 읽거나 도서관이나 서점에 가면 마음이 쉼을 얻는다.

이번에는 글쓰기에 대해 이야기를 해 보려 한다. 중고등학교 시절, 교과 시간표에 '작문'이라는 과목이 있었다. 글 쓰는 것은 책 읽는 것 못지않게 스트레스였다. 나는 모든 것이 문과 체질이지만 글을 쓰는 것만은 아니라고 나 자신을 합리화시켰다. 그러나 이제는 정반대다. 글 쓰기를 거의 매일 빠지지 않고 하고 있다. 지금은 글쓰는 일이 크게 두렵지가 않다. 그래서 오늘도 책 쓰기에 도전하고 있다. 책 쓰기를 시작하면서 거의 매일 일정한 양을 쓰고 있다. 2018년 11월부터 본격적으로 네이버 블로그에 글을 게시하고 있다. 간간이 독자들로부터 좋은 글을 쓴다라는 말을 듣기도 한다. 그럴 때는 기분이 절로 좋아진다. 책 읽는 것 싫어하고, 글 쓰는 것은 더 싫어했던 나였다. 그러나 지금은 정반대의 삶인 독서와 글쓰기를 매일 꾸준히 하고 있다. 놀라운 성과가 아닐 수 없다.

독서를 하는 것이 인풋(Input)이라고 하면, 글쓰기는 아웃풋(Output)이라고 할 수 있다. 이 둘 사이는 상관 관계가 있다. 책을 읽고 나서 나의 생각이나 느낌들을 글로 정리한다. 그러면 내 생각이 정리가 된다. 그리고 내 마음도 치유가 일어난다. 그리고 눈에 보이는 결과물들은 여러 가지 형태로 다른 사람들에게 영향을 줄 수도 있다. 글쓰기를 모아서 책으로 출간할 수도 있다. 또한 책으로 발전하기 전 단계로서 소책자를 PDF 파일로 만들어서 지인들에게 나눠줄 수도 있고, 수익화를 할 수도 있다. 탈

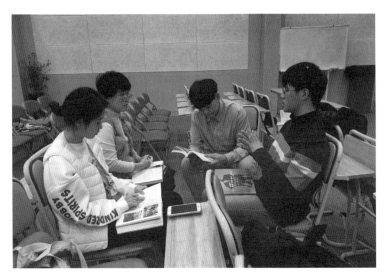
오산새로남교회 독서모임에서 토론하는 모습

잉이나 크몽 같은 인터넷 사이트에 올려서 내 글을 판매할 수도 있는 것
이다. 이렇게 글쓰기와 독서가 조합을 하게 되면 생산적인 일들을 해낼
수가 있는 것이다.

2
만남의 축복

살아가면서 내가 누구를 만나느냐 하는 것은 그의 인생과 운명을 좌우할 수도 있다. 2차 세계 대전의 주범이었던 독일의 아돌프 히틀러의 최면술적인 마력에 사로잡혔던 자가 있었다. 알베르트 스피어라는 사람이다. 그는 죄과로 감옥에서 20년을 복역한 뒤에 그때 일을 이렇게 회상했다. "히틀러야 말로 내 평생에 가장 잘못 만난 사람이었다."

이와는 반대로 1887년 봄, 20세의 약관의 개인 교사가 농아이자 맹인인 어린이를 가르치러 한 가정에 도착했다. 그 개인 가정교사의 이름은 안네 설리반이었다. 학생의 이름은 우리가 너무나도 잘 아는 헬렌 켈러였다. 안네 설리반은 그녀의 생애 대부분을 헬렌 켈러를 위하여 바쳤다. 이 설리반 선생과 헬렌 켈러의 만남은 축복된 만남이다.

나는 목사로서 많은 사람들을 대한다. 특히 교회를 담임하는 목사로서 자주 교인들에게 노래의 후렴구처럼 외치는 말이 있다. 그것은 '만남의 축복'에 대한 말이다. 지나온 66년의 세월을 되돌아보면 참으로 많은 사람들을 만났다. 어렸을 때에 나를 이용한 아주 나쁜 어른도 있었다. 그런가하면 내가 살아오면서 나의 삶에 결정적인 선한 영향력을 끼친 분들도 계신다. 오늘의 내가 있기까지 가깝게는 나를 낳아주신 부모님으로부터 시작하여 수 많은 사람들의 도움이 있었다. 초등학교 졸업 후 재수의 길을 걸었을 때에 경제적으로 어렵던 시절에 무료로 강습소(요즘의 학원)에 나와서 공부하도록 배려해준 선생님께 감사드린다. 그 분의 지원이 없었다면 나는 오늘 이렇게 실력있는 사람이 못 되었을지도 모른다. 중학교에 들어와서는 1학년 때에 담임이셨던 배정은 선생님의 관심과 사랑이다. 배 선생님은 나의 장래 희망을 여쭤보셨고, 내가 의사가 되고 싶다고 했을 때에 슈바이처 박사의 엽서 사진을 구해주셨다. 그리고 계속해서 나를 지원하시고 격려해주셨다. 서울로 이사를 와서 교회를 다니게 되었다. 고등학교 1 학년 때부터 3 학년 때까지 우리 학년의 교사로서 섬겨주셨던 김광웅 집사님이 계셨다. 지금은 고인이 되셨지만 그분의 조용하시면서도 인격적인 가르침이 내게는 크나큰 축복이었다.

대학에 들어가서 내게 신앙훈련을 체계적으로 시켜주신 분이 계셨다. 나중에는 인도네시아 선교사로 사역하셨고 지금은 은퇴하여 경기도 가평에서 두나미스 영성상담연구원을 운영하고 계신다. 그분 이름은 이윤호 목사다. 이분은 성경을 지식적으로 이론적으로만 가르치지 않고 자신의 삶을 보여주셨다. 또 잊을 수 없는 축복된 만남은 지금은 고인이

2014년 입당예배 후 교인들과 함께

되신 김인수 박사다. 이분에 대해서는 별도의 장을 할애해서 글을 쓰도록 하겠다. 오산에 29년 전에 내려와서 교회를 목회하면서 어떻게 하면 교인들의 신앙훈련을 잘 시킬까 고심하여 여러 목회자 세미나에 가서 배웠다. 그중에서도 가장 교회적으로나 내 개인에게 있어서 도움이 되었던 것은 부산 풍성한 교회 김성곤 목사의 가르침과 사역이었다. 두날개 선교회라는 명칭으로 전국 뿐 아니라 세계 여러 나라의 목회자와 평신도들이 김성곤 목사의 가르침을 받기 위해 부산으로 몰려들었었다. 부산 풍성한 교회는 세계에서 가장 건강한 교회로 소문이 나서 더욱 많은 목회자들이 모였는지도 모른다. 김성곤 목사와는 지금도 계속해서 교분을 갖고 있다. 참으로 고마운 분이다.

우리는 사회적 동물이라고 한다. 나 혼자서 살아갈 수가 없다. 우리는 서로에게 영향을 끼치며 또 서로에게 영향을 주며 삶을 살아간다. 사람이 사람의 인생을 바꾼다. 그러므로 내가 누구를 만나느냐 하는 것은 너무나도 중요하다. 리웨이원이 쓴 책 「인생에 가장 중요한 7인을 만나라」에 미국의 유명한 심리학자요 아이비리그에서 학생들을 가르치는 교수인 하워드 뉴먼에 대한 이야기를 언급하고 있다. 뉴먼은 20년 전부터 사람이 어떻게 해야 지속적으로 발전할 수 있는지를 고민하는 성장학(Growth Studies)을 연구하고 있다. 뉴먼은 학교를 졸업할 때 모든 조건이 비슷했지만 세월이 흐르면서 큰 차이가 생기는 것에 대해 이렇게 말했다.

> "우리에게 특별한 힘을 주는 사람들이 있다. 우리 인생은 그 사람들에 의해 결정된다고 해도 과언이 아니다. 어떤 이들은 지혜로운 안목으로 자신에게 도움이 되고 특별한 힘을 주는 사람들을 선택하지만, 어떤 이들은 꽃을 활짝 피우고도 꿀벌이 아니라 꿀을 훔쳐 가는 도둑에게 손짓을 하곤 한다 … 중략 … 좋은 사람을 만나 좋은 에너지를 얻는 것 그리고 자신 또한 그런 사람이 되기 위해 노력하는 것, 이것이 인간관계의 가장 중요한 원칙이다." [6]

6 리웨이원, 「인생에 가장 중요한 7인을 만나라」(서울: ㈜ 비즈니스북스, 2015) 7-8.

지식이 많든 적든, 재산이 많든 적든 성공한 사람들에게는 한 가지 공통점이 있다. 주위에 도움을 주는 좋은 사람이 많이 있다. 결국 만남의 축복이다. 나는 참으로 복을 많이 받은 사람이다. 한 교회를 맡아 담임목사로 섬긴지 올해로 벌써 29년이 되었다. 목회자가 한 교회에서 20년 이상 담임목사로 목회한다는 것은 그렇게 쉬운 일이 아니다. 이렇게 장기간 동안 한 교회의 담임목사가 된다는 것은 본인이 잘해서만 되는게 아니다. 교인들이 목회자를 지지하고 잘 따라와주어야 한다. 그런 면에서 나는 성도들을 잘 만났다. 결국 이것도 만남의 축복이다. 인생이 행복하려면 만나야 할 사람을 만나야하고, 만나서는 안 될 사람은 만나지 말아야 한다.

우리는 일반적으로 좋은 사람과의 만남을 최고의 축복으로 이해한다. 그래서 목사인 나는 어린 아이들을 위해 그들의 앞날을 위해서 기도해줄 때가 가끔 있다. 이렇게 기도를 해준다. "하나님 아버지, 아무개가 이 땅에 살아가면서 좋은 친구들을 만나게 해주세요. 좋은 스승을 만나게 해주세요. 그리고 좋은 베필을 만나게 해주세요." 시간이 흐르면서 생각과 말과 기도를 바꿨다. 물론 위의 기도 내용에 하자가 있는 것은 아니다. 그러나 이 기도의 내용을 돌려서 기도해보면 어떨까 한다. 어떻게? 이렇게 말이다. "하나님 아버지, 이 땅에 살아가면서 아무개가 좋은 친구가 되게 해주세요. 또한 아무개가 성장해서 좋은 스승이 되게 해주세요. 아무개가 좋은 베필이 되게 해주세요." 어떤가? 내가 좋은 사람을 만나는 것도 중요하지만, 더 중요한 것은 내가 좋은 사람이 되는 것이 아닐까 한다. 그러므로 만남의 축복에서 있어서도 내가 누군가를 만나서 행복해지는 것도 중요하다. 그러나 역발상으로 누군가가 나를 만나서 그가 행복해진다면 그 얼마나 아름답겠는가!

3

내수동 교회 시절

서울에 처음 이사 와서 배정받은 학교보다 하루 먼저 간 곳이 교회다. 내 모교회인 내수동 교회다. 그리고 내수동교회에서 예수 그리스도를 만났다. 그곳에 처음 갔을 때가 1970년 5월 10일 어머니주일이었다. 1980년 12월 마지막 주일까지 다니고 사역을 위해 다른 교회로 옮기기 전까지 내 신앙생활의 어머니요, 고향이며 요람이 바로 내수동 교회다.

내수동 교회에 몸담고 있는 동안 담임목사님 세 분이 바뀌었다. 중학교 2학년, 교회에 처음 갔을 때는 홍근섭 할아버지 목사님이셨다. 그분은 내수동 교회를 개척하신 분이다. 중학교 3학년에 올라오면서 홍 목사님은 은퇴하시고 30대 젊은 목사님이셨던 김종국 목사님이 담임목사님이 되셨다. 그러나 안타깝게도 1년 정도 사역하시다가 사임을 하시게 되었다. 무슨 연유인지는 몰라도 김종국 후임 목사님이 오셔서 교회 분위기가 다운이 되어갔다. 나는 중학생이어서 교회의 깊은 사정을 몰랐다.

어머님들의 모임인 여전도회가 있었다. 매월 한 차례씩 주일 오전예배를 마친 후에 1층 교육관에서 월례회를 진행했다. 회의하다가 싸우시는 모습을 여러 번 목격하게 되었다. 교회에 대해서 안 좋은 생각이 들었다. 아직 신앙생활을 한지 얼마 되지 않았는데 어른들의 모습에 상처를 받았다.

나를 교회로 인도한 분은 큰 누나다. 누나에게 이 사실을 말씀드리면서 교회가기 싫다고 했다. 그랬더니 누나는 "계중아, 사람을 보고 예수 믿으면 안 돼. 하나님만 바라보고 예수님 믿어야 실망하지 않아!" 라고 말씀해 주셨다. 당시 누나의 나이는 25세 젊은 청년 때였다. 그런데 그때에는 누나가 어른 같았다. 큰 누나는 나의 신앙의 멘토였다. 나를 데리고 기도하는 모임에도 데리고 다니셨다. 누나는 나이에 걸맞지 않게 다른 교회에 다니시는 믿음의 여성분들(집사님, 권사님)과 교분을 갖고 계셨다.

중학교 3학년에 올라가기 전 겨울방학 때 나는 중등부 학생회장이 되었다. 그때가 교회적으로도 가장 어렵고 힘든 시기였고, 학생회도 함께 힘든 시기를 보냈다. 중학교 2학년 때 여름수양회는 외부로 나갔다. 그런데 1년 만에 담임 목사님도 사임하면서 교회가 재정적으로도 많이 어려워졌던 것 같았다. 그래서 그해에는 학생회(중고등부)가 외부로 수양회를 나가지 못하고 교회당에서 3일간 진행을 했다. 나는 비록 중학교 2학년 5월부터 교회를 다니기 시작했지만, 그해 여름수양회에서 예수님을 믿기 시작하면서 교회와 신앙생활에 아주 열심을 갖게 되었다. 주일예배도 기다려졌다.

중학교 2학년 여름수양회를 가기 전과 갔다 온 후의 나의 삶과 신앙은

1976.8 군 입대 앞두고 대학부 리더들과 함께 - 사진 맨 왼쪽이 사랑의교회 오정현 목사 - 필자는 가운데

1970년 여름 수양회때 체육대회 - 중2 시절 - 뒷쪽 가운데가 필자

확연하게 달라졌다. 수양회를 가기 전에는 주일 오전 9시에 있는 학생예배도 늘 지각했고, 예배 후에 모이는 분반공부에도 아주 소극적으로 참석을 했었다. 그런데 수양회 갔다 온 후에는 예배에 지각하지 않고, 전도사님이 설교하시는 말씀을 노트에 받아 적기 시작했다. 그때부터 노트를 하게 된 습관이 지금도 남아 있다.

대학에 들어가서도 내 노트 필기는 빛을 발했다. 요즘처럼 마인드맵을 모를 때였으니, 교수님이 강의하는 것을 그대로 받아 적었다. 그런데 일반 학생들은 노트필기 속도가 나를 따라오지 못했다. 나는 중학교 2학년 후반부터 매주 마다 설교를 받아 적기 시작했으니 교수님들의 강의를 받아 적는 것은 일도 아니었다. 그래서 중간고사나 기말고사가 다가오면 내 노트를 복사하려는 학생들이 줄을 섰다. 노트필기는 대학교로 끝나지 않았다. 나중에 학교 교사를 그만두고 신학대학원에 입학해서도 신학교 교수님들의 강의를 필기 했다. 내 노트는 동료 신학생들에게 인기 짱이었다. 성경 원본은 지금 존재하지 않고, 사본들만 존재한다. 시내산 사본, 사해 사본처럼 내가 필기한 노트들이 사본으로 통했다. 그래서 내 노트를 성을 붙여서 '진 사본'이라 불렀다.

다시 내수동 교회 시절로 돌아가 보자. 중학교 3학년 때 여름수양회를 진행해야 하는데 학생회에 문제가 생겼다. 고등부 회장이 건강상의 문제가 생겨서 방학을 하자 병원에 입원하고 수술을 받게 되었다. 그래서 여름수양회는 중등부 회장인 내가 주도적으로 준비하고 진행하게 되었다. 여름수양회를 앞두고 학교 수업을 마치면 교회로 달려왔다. 그리고 수양회에 필요한 여러 가지 준비를 했다. 그때에는 요즘처럼 인쇄가 발달되지 않았다. '가리방'이라는 것을 사용해서 초(밀랍)가 묻어있는 종이에 철필로 글을 썼다. 그 다음에 그것을 한 장씩 밀어내는 등사기에 붙였다. 등사기 위를 잉크가 묻은 롤(페인트 칠할 때 쓰는 롤과 비슷하다)을 민다. 그리고 등사기를 들어 올리면 밑 종이에 인쇄가 된다. 그 종이를 들어 올리고 다시 등사기를 종이 위에 얹는다. 그리고 다시 롤을 민다. 이것을 반복해서 인쇄를 했다. 그렇게 해서 수양회 가이드북을 만들었다.

또한 요즘처럼 프로젝트를 사용해서 화면을 띄어서 찬양을 부르는 것이 아니었다. '괘도'라는 것을 사용해서 매직으로 큼지막하게 가사를 썼다. 괘도를 괘도걸이에 걸어서 앞에 두고 괘도를 보면서 찬양했다. 수양회에 자주 부르는 곡들을 괘도로 만드는 작업도 고스란히 나의 몫이었다.

드디어 수양회가 시작되었다. 3일 동안 분주하게 이리 뛰고 저리 뛰어다녔다. 그리고 3일간 일정이 다 끝났다. 폐회예배 시간이 돌아왔다. 폐회 예배 마지막에 불렀던 찬송가는 '누가 주를 따라 섬기려는가?'였다. 1971년 때의 일인데 그때 얼마나 힘들었으면 마치 어제 일처럼 기억이 날까? 함께 서서 그 찬양을 부르면서 엉엉 울었다. 지금도 그 감정이 되살아나는 기분이다. 그러나 힘든 과정을 거치면서 신앙이 한 단계 점프했던 것 같다.

재수생 시절에 담임목사님이 공석이어서 1년간 교단의 원로목사님들이 오셔서 매 주일마다 설교를 하셨다. 내수동교회 역사상 가장 어려웠던 시절이었던 것 같다. 1년이 지나면서 미국에서 박사학위를 받으시고 귀국하신 신복윤 목사님께서 담임목사님으로 오셨다. 신목사님께서 오신 후에 교회가 급속도로 안정을 찾아갔고 교회도 서서히 부흥해갔다.

신목사님은 우리 교회를 담임하시면서 동시에 사당동에 소재한 총회신학교에서 조직신학교수로도 사역을 하셨다. 목사님은 교계에서 영국신사로 통했다. 외모도 아주 잘 생기셨지만 성품도 온유하고 인자하신 분이셨다. 3년 정도 사역을 하신 후 목사님은 신학교 교수 사역에 전념하시겠다고 하시면서 고향 후배 목사님은 담임목사님으로 모셔왔다. 그분의 이름은 박희천 목사님이셨다. 박희천 목사님께서 우리 교회에 오시기 전에 서울 후암동에 소재한 후암제일교회 목사님으로 계셨었다. 중학교 3학년 때에 우리집이 후암제일교회 바로 옆에 있었다. 그래서 큰누님과 함께 새벽기도회를 자주 참석했었고, 그때 박희천 목사님을 알게 되었었다. 근데 박목사님께서 우리 내수동교회 담임목사님으로 오신다니 무척 반가웠다. 박희천 목사님께서 우리 교회에 부임해 오신 것은 내가 고등학교 3학년 말 경에 오셨다. 그리고 은퇴하실 때까지 내수동교회 담임목사님으로 아주 사역을 성실하게 하셨다. 박목사님께서도 미국에서 유학을 하셨었다. 우리 교회에서 담임목사님으로 사역하시면서 동시에 총회신학 신학대학원에서 설교학 교수로도 사역을 하셨다.

나는 예수도 열심히 믿었지만 나름대로 공부도 아주 열심히 했다. 일류 고등학교를 목표로 하고 잠을 줄여가면서 정말 열심히 공부했다. 그런데 그해 입시에서 전기와 후기 모두 낙방하고 말았다. 낙심이 되었으나 이내 마음의 평정을 되찾았다. 신앙의 힘이 얼마나 놀라운지 그때 절실하게 깨달았다. 중학교 입시에 낙방하고 난 그 다음 주일예배 시간에 감사헌금을 드렸다. 감사내용은 이러했다.

"주님, 고등학교 입시에 낙방하게 하심을 감사합니다." 11시 오전예배

때에 헌금을 드렸다. 교회가 난리가 났다. 교회 역사상 이런 감사 제목으로 감사헌금을 드린 경우가 한 번도 없었기 때문이었다. 목사님은 그런 나를 주목하셨던 것 같다. 1년 재수의 길을 걷기로 했다. 당시에는 시내버스를 타게 되면 학생들은 할인권을 사용했다. 나는 재수생으로 학생 신분이 아니어서 할인권을 쓰지 못했다. 지금은 말도 안 되지만 그때는 그랬다. 1년 간 재수를 했지만 집안 경제 사정이 좋지 않아서 혼자서 공부를 했다. 주로 종로 사직공원 안에 있는 사직 도서관에서 공부를 많이 했다. 사직도서관과 우리 내수동 교회와는 도보로 10분 정도 거리에 있었다. 그래서 공부가 너무 안 되는 날에는 가방을 싸서 교회로 와서 교회에서 찬송 부르고 혼자 공부를 했다. 1년 동안 아주 열심히 공부했다.

후반기 9월 들어서는 집에서 재수 종합반에 등록해 주어서 4개월 정도 학원을 다녔다. 종합반에 들어가서 시험을 치렀는데 반에서 1등을 했다. 하나님께 감사드렸다. 드디어 시험 시즌이 다가왔다. 재수해서 한 단계 더 좋은 학교를 지원했다.

당시 우리나라에서 가장 좋은 고등학교 1위는 경기고등학교, 2위는 서울고등학교, 3위는 경복고등학교였다. 나는 경복고등학교에 원서를 제출했다. 시험을 받는데 또 낙방했다. 그러니 중 3때에 전기, 후기 포함해서 연거푸 3번 떨어진 것이다. 4번 째 지원한 학교가 휘문고등학교였다. 감사하게도 합격했다. 너무 기뻤다. 나는 중고등학교 시절에 이미 하나님께서 목회자로 부르지 않으셨나 한다.

중학교 졸업하고 재수생이 되던 때 2월로 기억을 한다. 당시 학생회에서 처음이자 마지막으로 학생회 자체 헌신예배를 기획했다. 학생이 예배 사회를 보고, 학생이 설교를 하는 것이었다. 제 1회 자체 헌신예배 설교자로 학생들은 나를 지목했다. 나보다 더 오래 신앙 생활을 한 선배들도 있는데 거의 모든 학생들이 나에게 표를 던져주었다.

1972년 7월에 했던 설교 제목이 지금도 생각이 난다. 로마서 12장 12절 "소망 중에 즐거워하며 환난 중에 참으며 기도에 항상 힘쓰며"를 본문으로 〈신자가 가져야 할 세 가지 덕〉이란 제목으로 설교를 했다. 지금 생각해보면 어설프기 짝이 없지만 그래도 당시에는 대견스런 일이 아닐 수 없었다. 내 신앙은 고등학교에 와서 더 견고해 졌다. 예수님을 제대로 믿고 나서 고등학교 3년 동안 주일에는 공부를 하지 않았다. 온전히 주일성수(주일을 거룩히 지키는 것으로 공부나 일상생활을 하지 않고 신앙에 더 전념하는 것)를 했다. 당장 월요일에 실력고사가 있어도 주일에는 온 종일 교회에서 살면서 신앙생활을 했다. 심지어는 고 3이 되어서도 여름수양회에도 참석을 했다. 그리고 가끔 공부가 안 되는 수요일에는 수요 저녁예배에도 가방을 들고 교회에 가서 예배를 드렸다. 나중에 들은 이야기지만 담임목사님이 걱정하셨다고 한다.

"아니, 대학 갈 아이가 이렇게 수요예배에도 나와서 어떡하지?" 그러나 나는 한 가지 주님께 기도하는 것이 있었다. "주님, 제가 알고 있는 역대 고등부 회장님들은 단 한 분도 제 때에 대학입시에 합격을 못하고 모두 재수의 길을 걸었습니다. 주님, 저는 고3을 온전히 주일성수하면서 공부하겠습니다. 주일 날 하루 온 종일 공부하지 않더라도 대학에 합격할 수 있는 은혜를 주옵소서!"하고 기도했다.

그러나 나머지 6일 동안은 죽을 정도로 열심히 공부했다. 학교 10분 쉬는 시간에도 책상을 떠나지 않았다. 화장실 가는 것도 오전에 한 번, 오후에 한 번씩만 가면서 시간을 아껴 공부했다. 고3을 그렇게 집중하며 공부했더니 몸무게가 무려 7kg이나 감량되었다. 감사하게도 주님은 내 기도를 들어주셨다. 담임선생님도 원서를 써주시면서 걱정을 했는데 서강대에 합격을 하게 되었다. 주님께 감사드린다.

나의 삶의 중심은 기독교 신앙이다. 지금은 목사이니 말할 것도 없지만 청소년 시절부터 제대로 예수를 믿고 나서 시간을 허투루 쓴 기억이 거의 없다. 군대에 가서 간첩을 생포하는 간첩작전에 참여할 때에도 내 품 속에는 영어책이 들어있었다. 그리고 쉬는 시간에 영어책을 읽었다.

지금은 오산에서 29년 째 목회를 해오고 있지만 내 신앙의 고향은 내수동 교회다. 그리고 나는 지금 66세가 되어서 노인이라는 말을 듣게 되었지만, 아직도 명절 때만 되면 당시 내수동 교회 담임목사님이셨던 박희천 원로 목사님께 선물을 꼭꼭 보내드린다. 목사님께서 소천하셔도 사모님께 계속 선물을 보내드릴 것이다. 왜냐하면 박희천 담임목사님은 나를 너무 사랑해주셨고 아껴주셨기 때문이다. 나는 지금도 그 사랑의 보답을 하고 싶은 것이다. 내수동 교회! 영원히 잊을 수 없는 내 신앙의 고향이다!

4

내수동교회 대학부

1970년대에 우리 나라 교회 중에서 대학부로 가장 명성을 떨친 교회가 서울 중구 회현동에 소재한 성도교회다. 당시 대학부를 지도하셨던 전도사님이 이후에 서울 사랑의교회를 개척하신 고 옥한흠 목사님이시다. 옥한흠 당시 전도사님께서 대학부를 맡았을 때에 대학생들이 몇 명이 되지 않았다. 한 명 한 명을 체계적인 양육과 훈련을 시켰다. 그래서 세워진 학생들이 방선기, 박성수, 박성남, 한정국 등이 있다. 방선기는 나중에 신학하고 목사가 되어 이랜드 사목을 오랫동안 하였다. 방선기 목사의 후배인 박성수는 우리에게 잘 알려진 이랜드를 설립한 분이다. 당시 우리 내수동교회는 대학부가 없었다. 대학생들도 모두 청년부에 속해있었고, 나이가 많은 청년들과 대학생들과 함께 하는 것이 쉽지가 않았다. 그래서 몇몇 뜻이 있는 대학생들이 담임목사님을 찾아가서 대학부를 별도로 청년부에서 분리시켜달라고 했다. 그래서 1975년에 새롭게 대학부가 태동하게 되었다. 1대 대학부 회장은 당시 서울대학에 다니고 있던 이종현 형제가 맡았고, 총무에는 지금 서울 사랑의교회 담임목사인 오정현 형제가 맡게 되었다. 나는 재수를 했기에 1976년부터 대학부에서 활동하게 되었다. 초창기 대학부 임원들은 네비게이토 선교회의 영향을 받아 제자훈련을 받았다. 그리고 나는 대학에 입학해서 자원해서 서강대 네비게이토 선교회에 들어가서 신앙훈련을 받았다. 1976년도부터 대학부가 아주 빠른 속도로 부흥하기 시작했다. 당시 나는 문화부장을 맡았고, 대학부 주보를 만드는 일을 전담했다. 그 당시 만든 주보를 얼마 전에 짐을 정리하다가 발견을 했는데, 아주 감회가 새로웠다. 2대 회장으로 오정현 형제가 맡게 되었다. 그러면서 대학부는 여러 가지 면에서 변화를 가져왔다.

내수동 교회 대학부는 성도교회와 더불어 지금은 한국교회 대학부의 전설이 되었다. 내가 몸담았던 내수동교회 대학부가 이렇게 발전하게 된 데에는 나름의 이유들이 있었다.

첫 번째는 담임목사님의 배려다. 당시 한국교회의 대학부나 청년부에서 활동하는 청년들은 교회 내에서 한 가지 봉사만 하는 것이 아니었다. 대개 2개 내지는 3개의 봉사를 하는 것이 기본이었다. 예를 들면 주일학교나 중고등부 교사를 하면서 성가대원으로 봉사를 하였다. 그런데 내수동교회 대학부는 봉사는 한 가지 이상 하지 않도록 했다. 봉사할 청년들이 넘쳐서가 아니었다. 청년 대학 시절에는 가르치는 것보다는 더 잘 배우는 것이 중요함을 알았기에 대학부 임원들이 담임목사님과 장로님들을 설득해서 한 가지 봉사만 하도록 요청을 했다. 다행히 목사님과 장

내수동교회 대학부 리더들
- 앞줄 우측에서 3번째
오정현 현 사랑의교회 목사
- 뒷줄 맨 우측이 조현직
현 연변과기대 교수

조현직 형제 간증이 실린
대학부 주보 - 1978.7.9

로님들께서 이 요구를 받아주셨다. 두 번 째는 전통주의를 배격하고 형식보다 내용을 중시하는 원칙을 지양했다. 모여서 회의만 하는 대학부가 아니라 모이면 함께 성경공부를 하고, 양육과 훈련을 받는 일에 더 집중하게 했다. 세 번째 이유는 훌륭한 영적 멘토들과의 만남이다. 1978년 여름, 미국에서 유학을 마치고 귀국하신 옥한흠 목사님을 강사로 모시고 대학부 여름 수양회를 가졌다. 아직 교회 개척을 하기고 전에 내수동교회 대학부와의 관계를 갖게 된 것이다. 78년 여름 수양회는 내수동교회 대학부 역사에서 잊을 수 없는 은혜가 넘친 수양회였다. 그 수양회에서 당시 연세대학교 건축학과에 재학중인 조현직 형제(현, 중국 연변과기대 교수)가 회심하고 헌신한 일이었다. 조현직 형제는 내수동교회 중고등부 출신이다. 그는 공부는 잘했지만 건들거리면서 교회를 다녔던 학생이다. 그런 그가 옥한흠 목사님의 설교를 통해 180도 다른 인생으로 변화되었다. 마침 그당시 대학부 주보를 내가 갖고있는데, 조현직 형제가 남긴 간증을 여기에 그대로 옮겨본다.

"20일 밤의 간증시간은 나에겐 영원히 잊을 수 없는 순간이었다. 간증시간이 그날 순서에 있다는 말을 듣자 나도 꼭 간증을 해야 되겠다는 마음이 들었다. 아마 이것이 성령님께 역사하시는 것인가 보다. 그 전날 세족식을 끝내고 나는 너무 기쁜 나머지 찬송을 하지 않고는 몸이 뒤틀릴 것 같아서 밤에 혼자 마당에 나와 기타를 퉁겼다. 'E'코드를 내리글겄을 때 주님께서는 나의 입술을 통해 말씀하셨다. 찬송하셨다. 〈오 주여, 내 주여, 내 아버지여, 이 죄인 사랑하사 돌아가셨네. 오 주여, 내 주여, 내 아버지여, 이 몸을 사랑하사 생명주셨네. 예수님이 십자가에 돌아가실 때 나의 몸도 그 순간에 죽어버렸네. 오 주여, 내 주여, 내 아버지여,

이 몸을 사랑하사 기쁨 주셨네.〉" 이 찬송은 그후로 대학부에서 많은 학생들이 눈물을 흘리면서 불렀다. 이 글을 쓰는 이 순간에도 내 속에서 이 찬양의 곡이 살아남을 느낀다. 이렇게 1978년 여름 송추에서 열린 여름 수양회는 전설로 남아있다. 옥한흠 목사님께서는 2년 연속 여름과 겨울 수양회 강사로 수고해주셨다. 그 후에는 당시 남서울 교회를 담임목사이신 홍정길 목사님(현, 남서울 은혜교회 원로목사)께서 또 2년 연속으로 여름과 겨울 수양회 강사로 오셔서 대학부 형제자매들에게 많은 도전을 주셨다. 그 다음에는 당시 서울 퇴계로 5가에 있는 서울침례교회를 담임하고 있는 이동원 목사님(현, 분당 지구촌교회 원로목사)께서 역시 2년 동안 여름과 겨울 수양회 강사로 섬겨주셨다. 홍정길, 옥한흠, 이동원, 하용조 목사님을 강남 4인방이라 불렀던 시절이었다. 또 하나 대학부가 성장하게 된 이유는 당시 IVF(기독학생회) 선교회 총무로 사역하고 있던 송인규 총무를 대학부 전도사로 사역하게 하신 것이다. 행정을 오정현 형제와 당시 대학부 형제들이 맡아수고했고, 송인규 총무(현, 합동신학 대학원 은퇴교수)는 행정에 관여하지 않고 주일 대학부 모임 시간에 한 시간 강의만 해주는 것으로 했다. 당시 송인규 총무의 강의는 아주 위트가 있고 많은 대학청년들에게 인기가 있었다. 대학부가 부흥하게 된 또 하나는 서부 이촌동에 있는 공동체였다. 오정현 형제는 부산 출신으로 대학 재수시절에 우리 내수동교회에 출석하기 시작했다. 1976년에는 동생 오정호 형제(현, 대전 새로남교회 담임목사)가 서울 총신대학에 입학하자 교회근처에서 두 형제가 하숙을 했다. 그 하숙집에 형제 자매들이 자주 방문을 하였다. 한편 지방에서 서울로 진학을 온 지방출신의 대학생들이 하나 둘 내수동교회 대학부에서 훈련받기 위해 교회로 몰려들었다. 그리고 그중에 신실한 형제들 몇 명이 오정현, 오정호 형제와 더불어 아파트 하나를 얻어서 함께 공동생활을 하게 되었다. 그 공동생활하는 아파트를 '라브리'(우리 말로 '피난처'란 뜻임)라고 불렀다. 대학부 형제 자매들이 매일 마다 아침이고 저녁이고 수시로 이 아파트들을 방문했다. 그리고 주일에 교회를 오지 못한 학생들은 평일에 이 라브리로 와서 그곳에서 함께 밥을 먹고, 친교를 나누고, 주일에 배우지 못한 성경공부와 신앙훈련을 받았다. 이 라브리가 대학부 성장에 견인차 역할을 했던 것이다. 서울은 말할 것도 없고 지방에서까지 많은 교회의 청년들이 내수동교회 대학부 시스템과 양육과 훈련 과정을 벤치마킹을 하기 위해 내수동교회를 방문하는 사례가 많았다. 마지막으로 또 하나의 부흥의 견인차 역할을 한 것은 매년 11월 경에 진행되는 "생명,교제,기쁨의 날"이었다. 당시 한국교회는 중고등부와 청년대학부에서는 가을에 '문학의 밤'이라는 행사를 했었다. 그런데 내수동교회 대학부는 '문학의 밤'이 아닌 간증과 찬양과 교제의 장을 한두시간이 아니라 2주에 걸쳐서 금요일과 토요일에 확대해서 진행을 했고, 마지막 날 밤에 요즘으로 말하면 콘서트와 같은 집회를 했다. 그 집회에는 대학부 회원들이 공을 들여 예수를 믿지 않는 친구나 선후배들을 초청하여 그들로 예수를 믿게 하는 전도집회를 가졌다. 간증과 찬양과 설교 말씀과 성극 등으로 이어졌는데 아주 감동이 있었고, 당시로서는 파격적인 프로그램이었다. 우리는 이 모임을 줄여서 '생교기'라고 불렀다. '생명,교제,기쁨의 날'의 첫글자만 따서 부른 이름이다. 내수동교회 대학부가 부흥하면서 자연스레 내수동교회도 부흥을 하게 되었다. 내수동교회 대학부에서 훈련받은 청년들 중에 여럿이 한국교회의 거목들로 성장을 했다. 서울 사랑의교회 오정현 목사, 서울 삼일교회 송태근 목사, 서울 남서울교회 화종부 목사, 대전 새로남교회 오정호 목사, 부산 부전교회 박성규 목사 등은 모두 내수동 교회 출신들이다. 목회자 뿐만 아니라 대학교수로서 또한 사회 여러 방면에서 여러 가지 모습으로 공헌을 하고 활약들을 하고 있다.

5

양재나비
독서모임

2018년 11월 3일 토요일은 내 인생에서 기념비적인 날이다. 바로 양재 나비 독서모임을 만난 날이기 때문이다. 「환자혁명」의 저자인 조한경 박 사의 저자 특강이 있었다. 보통 때 같으면 60명 전후로 모이는 모임이었 는데, 이 날은 300명 정도가 모였다. 기존 모임 장소는 협소해서 송파구 청소년 회관 강당을 빌려서 모임을 갖게 되었다. 입추의 여지없이 강당 이 꽉 찼다. 조한경 박사의 강의를 마치고, 3P 자기경영연구소 강규형 대표의 멘트가 있었다. 강 대표의 말을 듣고 그 다음 주 토요일부터 계속 해서 '양재나비 독서모임'에 나가야겠다고 마음을 먹게 되었다.

그 다음 주 토요일 11월 10일, 새벽 4시 50분에 기상을 했다. 토요일은 새벽기도가 없기 때문에 평소 주말에는 오전 6시 30분까지 잠을 자고 일 어나는데 이 날은 일찍 기상을 했다. 집에서 5시 45분에 차를 타고 송파에 있는 〈3P 자기경영연구소〉로 갔다. 도착하니 오전 6시 30분. 조금 있으니 한 사람, 두 사람 오기 시작하였고 7시에 독서모임이 시작되었다. 약 2시간에 걸쳐서 진행이 되었다. 양재나비는 〈3P 자기경영연구소〉 강규형 대표에 의해서 시작되었다. 지금은 전국에 500여 개 나비 독서모임이 활발하게 운용되고 있다. 독서나비 전체 진행 순서는 아래와 같다.

1. 건강체조 − Balance Walking
2. 공지사항
3. 조별 토론
4. 전체 발표
5. 베스(BES/ Butterfly Effect Speech)
6. 신입회원 소개
7. 다음 주 안내
8. 책 박수

나는 신입회원이어서 조별 토론 시간에 본부 사무국장으로부터 오리엔테이션을 받았다. 토요일 이른 시간에 이렇게 모여서 한 주간 동안 읽은 책을 조별로 함께 토론하며 인생의 칼을 가는 모습에 감동이 되었다.

오정욱 씨가 쓴 「빼기의 법칙」이란 책을 갖고 조별 토론을 하고 전체 발표하는 시간을 가졌다. 나는 이 책을 늦게 구매한 바람에 앞부분만 읽고 왔다. 다 읽지 못했어도 각 조에서 한 명씩 대표로 나와서 소감을 발표하고, 마지막에 강규형 대표께서 나와 그 책을 쭉 훑어주는데 아주 유

2019.1.5 양재나비 독서모임 - 토론 시간

2018.11.10 양재나비, 2009~2011년까지 필독서 리스트

익하였다.

그리고 이 독서모임의 보물 중의 하나는 BES 시간이었다. BES는 Butterfly Effect Speech의 약자다. '나비효과 스피치'를 말한다. 양재나비의 스텝이나 강규형 대표께서 번갈아가면서 그날 나누는 책을 가지고 특강을 준비해서 발표하는 시간이다. 그날은 〈3P 자기경영연구소〉 직원인 이재덕 마스터께서 BES를 했는데 참으로 유익한 시간이었다.

독서모임이 끝난 후에 처음 참석한 사람들은 강규형 대표와 만남의 시간을 가졌다. 그날은 군대에서 막 전역한 청년과 나, 단 둘 뿐이어서 강규형 대표와 좀 더 오랫동안 대화할 수 있었다. 강 대표는 대화 중간에 자기 집무실로 우리를 인도했다. 그곳에는 바인더가 빼곡히 책장을 완전히 덮고 있었는데, 여러 종류의 결과물들을 보여주셨다. 가능하면 매주 토요일 이른 아침마다 이곳으로 와서 독서토론에 동참하리라 굳게 마음을 먹었다. 2019년 4월 중순에 6주 과정의 체인저 리더십 스쿨에 참여하기 위해 불참할 수밖에 없었던 사전 일정을 제외하고는 매주 토요일마다 참석을 하였다. 구약성경 잠언 27장 17절에 이런 말씀이 있다. "철이 철을 날카롭게 하는 것 같이 사람이 그의 친구의 얼굴을 빛나게 하느니라." 이 독서모임에 참석하는 사람들이 서로가 서로를 날카롭게 연마해주는 것을 보았다. 양재나비 본부에서 추천해주는 책들이 한 권 한 권 다 보물들이었다.

"양재나비 독서모임." 이 표현에서 '나비'라는 말의 의미가 뭔지 아는가? 그냥 '양재 독서모임' 그래도 말이 되는데, 왜 '나비'라는 말을 붙였겠는가? '나로부터 비롯되는 변화'라는 의미가 담겨있다. 또한 이 양재나비 독서모임은 단순히 책을 읽고 토론하는 것에 그치지 않고, 책을 읽고, 깨달았으면 실행하자는 것이다. 실행은 다른 말로 하면 변화라고 할 수 있다. 그래서 양재나비 독서모임은 주제와 방향이 바로 '변화'다. 그래서 이 양재나비 독서모임(포럼)은 나의 변화를 넘어 가족, 학교, 직장, 사회 등의 공동체의 긍정적 변화를 지향하고 있다. 책을 많이 읽는 것도 중요하지만 읽은 만큼 변화를 보이고, 공동체의 도움이 되는 선한 영향력을 만들어내는 공동체의 구성원이 되는 것을 가장 중요시한다.

그래서 이 양재나비 독서모임에 가면 서로를 부르는 호칭은 '선배님'이다. 초등학교 학생이 참여해도 그 학생을 부를 때에 아무개 선배님이라고 부른다. 왜냐하면 초등학교 학생에게서도 배울게 있다고 믿기 때문이다. 그리고 위에 예시된 독서모임의 순서에서 맨 마지막에 '책박수'라는 것이 있다. 처음에 양재나비에 참석해서 이 책박수를 치며 기분이 이상 야릇했다. 사회자가 마지막에 "책 박수 준비"하면 모두가 양 손을 옆으로 들어올리면서 '야!'하고 외친다. 그리고 '시작'이라는 소리와 함께 이렇게 함께 화면을 보면서 먼저 아래의 문장을 함께 복창한다 "나로부터 비롯되는 목적있는 책읽기를 통해 세상에 선한 영향력을 미치는 리더가 되자!"라고 외친다. 그리고 이어서 다 함께 큰소리로 이렇게 외친다. "공/부/해/서/ 남/을/주/자// 공부/해서/남을/주자// 공부해서/남을 주자// 공부해서 남을 주자// 파이팅!"하고 마친다. (여기 '공/부/해/서' 사선은 모두 박수를 치는 것이다.)

6

배워서 남 주자

우리가 자라면서 부모나 학교 선생님으로부터 자주 들었던 말이 있다. "아무개야, 너 공부하라고 하는 건 다 너 잘되라고 하는 말이야. 배워서 남 주냐? 다 너를 위한 거야!" 그리고 우리는 그 말이 맞는 줄 알았다. 그런데 자라면서 아니 사회에서 지도자의 위치에 서보니 그 말이 틀렸다는 것을 알게 되었다. 말을 바꾸어야 한다. 어떻게? "배워서 남 주자!"로.

사람들은 이기적이다. 그래서 배운 것을 남에게 주기를 꺼려한다. 학창 시절 때에 우리가 많이 경험했던 것들이 있다. 대개 공부를 잘 하는 학생들이 경쟁자들에게는 자기가 한 숙제나 준비해 온 자료는 보여주려고 하지 않았다. 왜 그랬을까? 자기가 준비해 온 것을 보여주면 손해 본다고 생각을 했기 때문이다.

우리나라 사람으로 해외에서 거주하는 사업가들이 많이 있다. 그중에 외식 사업 분야에서 가장 성공한 사업가가 있다. 김승호 회장이다. 그는 일 년에 몇 차례 한국에 들어온다. 그중에 한 번은 중앙대학교에서 글로 벌 경영자과정 교수로 강의하기 위해서다. 자기와 같은 사업가 부자들을 제자들로 양성하고 있다. 자기가 부자 된 것으로 끝나지 않고, 자기와 같은 부자를 만들기 위해 노하우를 전수해주는 것이다. 이것이 바로 배워서 남 주는 삶의 모습이다.

지금은 은퇴하신 김동호 목사라는 분이 계시다. 이 분은 평소에 늘 입버릇처럼 자주 하는 말이 있다. "공부해서 남 주자! 돈 벌어서 남 주자! 출세해서 남 주자!" 김 목사님은 이 멋진 구호를 외치시고 그렇게 사셨다. 수많은 교인들 또한 삶에서 실천할 수 있도록 설교하고 가르치셨다.

내가 배운 지식을 나만을 위해 쓰지 않고 다른 사람을 위해 나누면 더 많은 사람들이 유익을 얻게 된다. 내가 번 돈을 나 혼자만을 위해 쓰지 않고 다른 사람에게 흘러 보내면 훨씬 값지게 돈이 사용되는 것이다. 나의 입신양면을 위해서만이 아니고 다른 사람을 섬기고 이롭게 하기 위해서라면 출세는 백 번 해도 되는 것이다.

성경에 보면 에스더 이야기가 나온다. 그녀의 부모님들은 유대인으로 포로로 끌려와 페르시아라는 나라에 살았다. 그리고 부모는 딸 에스더를 낳고 일찍 세상을 떠났다. 에스더는 사촌 오빠의 손에서 자라났다. 아버지의 역할을 사촌 오빠인 모르드개가 했다. 그런데 하나님의 은혜로 포로의 딸인 에스더가 페르시아의 왕비가 되는 엄청난 행운을 안게 되었다. 요즘 말로 하면 출세를 한 것이다. 유대인들에게 큰 위기가 닥쳐왔다. 페르시아에 살고 있는 유대인들이 모두 죽게 될 운명에 처하게 되었다. 모르드개는 사촌 동생이자 그 나라 왕비 에스더에게 말했다. 이 억울한 사정을 왕에게 이야기하여 민족을 살리라고 했다. 에스더는 왕께 이야기하겠는데 일이 잘 풀릴 수 있도록 기도를 모르드개에 요청했다. 그리고 에스더 자신도 3일 동안 죽으면 죽으리라는 각오로 금식기도 후에 왕 앞에 나아가게 되었다. 왕에게 에스더는 자기 민족이 모두 멸족을 당할 위기에 처했으니 자기 민족을 살려달라고 간청을 했다. 왕은 왕비 에스더의 말을 받아들여서 유대인들은 멸망의 위기에서 구해냈다. 에스더는 자기가 왕비가 되어서 자기만을 위해서 살지 않았다. 에스더는 출세해서 나라와 민족을 구하는, 출세해서 남 주는 삶을 살았던 것이다.

몇 해 전에 돌아가신 강영우 박사 역시 배워서 남 주는 삶을 산 사람이다. 강 박사는 중학교 재학 중에 눈을 실명하게 되었다. 그 어려운 처지에서도 꿈을 갖고 도전해서 연세대학교 교육학과에 입학했고, 한국인 장애인으로는 처음으로 유학생으로 선발되어 미국에 가서 공부를 했다. 그리고 교육학 박사가 되었다. 미국 사회에서 왕성하게 활동하면서 세계 저명인사 인명사전에 수록되기도 했다.

강 박사는 두 아들을 두었는데, 큰 아들 진석은 안과의사가 되어 아버지와 같이 눈으로 고생하는 사람들을 치료하는데 공헌하고 있다. 둘째 아들 진영은 오바마 대통령 특보를 지낼 정도로 정치적으로 미국사회에서 주목받은 사람으로 성장했다.

강 박사는 췌장암 선고를 받게 되었다. 한 달 밖에 살지 못한다는 의사의 말을 듣고 나서 세상을 떠나기 전에 평화장학금으로 25만 달러(한화로 약 3억 원)을 기부하여 화제가 되기도 했다. 강 박사야말로 배워서 남 주고, 돈 벌어서 남 주고, 출세해서 남 주는 삶을 살다가 간 위대한 사람이 었다.

배워서 남을 주는 마음은 리더의 마음이다.

배워서 남을 주는 마음은 아버지, 어머니의 마음이다.

배우서 남을 주는 마음은 훌륭한 스승의 마음이다.

배워서 남을 주는 마음은 나를 흥하게 하는 마음이다.

배워서 남을 주는 마음은 나도 흥할 뿐 아니라 남도 흥하게 하는 마음이다.

배워서 남을 주는 마음은 서로 윈윈하는 마음이다.

배워서 남을 주는 마음은 복된 마음이다.

이런 마음은 사실 하나님의 마음이다. 구약 성경 창세기 12장에 보면 아브라함 이야기가 나온다. 하나님은 아브라함을 부르셨고 그를 '복의 통로'로 쓰시겠다고 하셨다. 나는 이 '복의 통로'(Blessing Pipe)라는 말이 참 좋다. 그래서 나는 언제부터인가 블로그와 SNS의 닉네임을 '복의 통로'로 정했다.

이 땅의 많은 사람들은 복 받기를 좋아한다. 그리고 받은 복을 쌓아두려고 한다. 물을 가둔 저수지와 같이 말이다. 그러나 하나님은 저수지와 같은 삶보다 수도관과 같이 복을 흘러 보내는 통로가 되기를 원하신다. 쌓아두지 말고 받은 복을 흘러 보내라는 것이다. 그것이 바로 배워서 남 주는 삶의 원리인 것이다. 그것이 바로 벌어서 남 주는 삶인 것이다. 그것이 바로 출세해서 남 주는 것이다.

배워서 남 주자!

돈 벌어서 남 주자!

출세해서 남 주자!

6

첫째도 성실
둘째도 성실

지금까지 살아오면서 삶의 모토로 삼고 있는 것이 있다. 바로 '성실함'이다. 성실함은 너무나 중요한 덕목이다. 성실함은 영어로 신세어리티/sincerity라고 한다. 성실함과 비슷한 말이 있다. 페이스풀니스/faithfulness다. 이 말은 성실함이란 말도 되고, 충성스러움이라는 말로도 사용할 수 있다. 결국 성실함은 충성스러움이란 말이다. 신하가 왕에게 끝까지 충성하는 것, 군인들에게 가장 필요한 덕목 역시 이 충성스러움이다. 그래서 우리나라 군대에서 가장 많이 사용하고 있는 인사말이 '충성'이다. 군인들이 상관에게 거수 경례할 때에 붙이는 구호가 바로 '충성'이다.

신약성경 골로새서 3장 22절에 충성스러움, 성실함과 관련하여 이런 문장이 있다.

"종들아 모든 일에 육신의 상전들에게 순종하되 사람을 기쁘게 하는 자와 같이 눈가림만 하지 말고 오직 주를 두려워하여 성실한 마음으로 하라." 무슨 일을 하되 눈가림만 하지 말고 성실한 마음으로 하라고 했다.

중고등학교 시절에 수업을 마치면 청소를 했다. 선생님이 지키고 있으면 청소를 성실히 한다. 그러나 선생님이 안계시면 빗자루를 던지며 장난을 친다. 그러다가 선생님이 오고 계신다는 말을 들으면 갑자기 열심히 청소하는 척 한다. 이것이 바로 눈가림만 하는 것이다. 선생님이 계시든 안 계시든 주어진 청소 일을 성실하게 하는 학생도 있다. 이런 학생은 청소를 함에 있어서 성실하다고 말한다.

이 성실함과 충성스러움은 삶을 살아갈 때에 아주 중요한 덕목이다. 앞에서 이야기했듯이 내가 이 성실함을 계발하게 된 것은 예수님을 믿게 되면서부터다. 성경대로 살려고 애를 쓰다 보니 성실성은 자연스럽게 내 삶 속에서 몸에 베이게 된 것이다. 공부를 하는 학생들에게 있어서도 성실함은 필수적인 요소다. 꾸준하게 공부를 하는 학생에게도 성실함이 무엇보다 필요하다. 직장생활을 하는 일반인들에게도 성실성은 너무 중요하다. 한 가지 일을 꾸준히 하지 못하고 자꾸 전업을 하는 사람들을 가끔 내 주위에서 볼 수가 있다. 이런 사람은 꾸준함, 성실성이 더 요구가 되는 것 같다. 무슨 일을 하든지 하다 마다 하는 것은 좋은 습관이나 행동이 아니다. 일본의 경영의 신이라고 불리우는 파나소닉의 창업자 마쓰시타 고노스케는 성공의 비결은 성공할 때까지 계속하는 것이라고 했다. 이것 역시 성실과 무관하지 않는 말이다. 기적을 이루는 것은 특별한 어떤 것을 하는 것이 아니다. 무언가를 꾸준히 열심히 하는 것이다. 세상의 어떤 큰 발견이나 발전도 오랜 시간의 꾸준함 없이 만들어지지 않았다. 일본의 작곡가 히사이시 조는 자신의 오랜 경험을 바탕으로 훌륭한 곡을 만드는 비결은 '계속' 곡을 쓰는 것이라고 했다. 일류냐 이류냐의 차이는 자신의 역량을 계속 유지할 수 있느냐 없느냐에 달려있다고 했다. 지속하기, 지구력, 인내, 버티기, 성실성, 꾸준함… 이 모든 것들이 서로 밀접하게 관련되어 있다.

몇 해 전에 김동호 목사님이 쓴 「행복한 부자를 위한 5가지 원칙」이라는 책을 읽었다. 그 책에 아주 감동적인 이야기가 있어서 소개하고자 한다. 김동호 목사님이 목회하는 성도 가정 가운데 멀리 경상북도 김천에서 주일마다 서울에 있는 교회로 출석하는 부부가 계셨다. 그들 부부는 김천에서 유명한 설렁탕집을 운영하고 있다. 부인 집사가 이렇게 말씀하셨다.

"목사님, 우리 부부는 비록 설렁탕을 끓여 파는 장사꾼에 불과하지만 설렁탕 한 그릇을 끓여도 예수님께 대접하는 마음으로 끓입니다. 그래서 설렁탕에 들어가는 모든 재료를 다 최고로만 구입하여 쓰지요."[7]

7 김동호, 「행복한 부자를 위한 5가지 원칙」 (서울: 청림출판, 2005) 67.

그리고 이 집사님께서 어느 날 경험하게 되었던 이야기를 담임목사님이신 김동호 목사님께 이야기를 했고, 그 내용이 같은 책에 실려 있는데 여기에 인용해본다.

어느 날 그 집사님이 뼈를 공급하는 가게에서 뼈를 받아 끓이기 시작하는데 뼈에서 뽀얀 국물이 나오지 않고 누런 국물이 나오더란다. 아마도 뼈를 판 가게에서 실수를 하여 품질이 좀 떨어지는 뼈를 보냈던 모양이다. 전화를 하자 어쩔 줄 몰라 하며 사과를 하면서 우리 교회 집사님에게 이렇게 이야기하였다고 한다. "사장님, 오늘 하루만 커피 프림을 타시죠." 나는 그때 설렁탕집 가운데 별로 좋지 않은 품질의 뼈를 사용한 후 그것을 눈속임하기 위해 커피 프림을 타는 집이 있다는 것을 처음으로 알게 되었다. 얼마든지 그렇게 해서 하루쯤 넘어갈 수 있었음에도 불구하고 우리 집사님은 아예 가게 문을 닫아버렸다. 그러고는 가게 문 앞에 이렇게 큼지막한 글을 붙여놓았다. "오늘은 재료가 나빠서 장사 못합니다. 죄송합니다." 장사 수완으로 그렇게 한 것이 아니었다. 예수님을 대접하는 심정으로 끓이는 설렁탕인데 쉽사리 커피 프림을 타서 은근슬쩍 넘어갈 수 없었기 때문이었다. 의도했던 바는 아니었으나 그와 같은 일을 통해 우리 집사님 가게는 손님들로부터 신용을 얻게 되었

8 주석 7번과 같은 책. | 다. 그 후 그 음식점이 더 잘되었다."[8]

　바로 이 설렁탕집 주인의 마음이 성실함이다. 성실함이 결여되면 사회는 부정직이 기승을 부리게 된다. 거짓이 판을 치게 된다. 성실하지 않은 사회나 개인은 대충 적당하게 일을 한다. 그리고 물건을 만들 때도 사람을 속인다.

　우리가 잘 아는 이솝 우화 중에 토끼와 거북이 이야기가 있다. 거북이는 비록 더디지만 성실하게 꾸준하게 한 걸음 한 걸음 앞으로 나갔다. 자고 있던 토끼를 어느 새 앞지르게 되었고, 토끼와의 경주에서 이기게 되

었다. 성실함은 우리 사회에 있어서나 개인의 삶에 있어서 너무 중요한 덕목이다. 성실함이 제대로 작동하는 나라가 선진국이고, 그런 사회가 선진사회인 것이다.

7

영원한 멘토
김인수 박사(1)

우리가 인생을 살아가다보면 내 삶에 긍정적으로 많은 도움을 준 분들을 만나게 된다. 그들을 가리켜서 스승 또는 멘토라고 한다. 내 인생에 있어서도 평생 본받고 싶은 몇 분이 계신다. 대학에 들어가서 내게 영적으로 신앙훈련을 시켜준 멘토, 이윤호 목사님이다. 나이 차이는 3살밖에 되지 않지만, 그리고 지금은 서로 같은 위치에서 대화를 나누는 사이가 되었지만 그 분은 나의 영원한 영적인 멘토다.

군대 전역 후에 다시 이윤호 목사님(당시는 공군장교)과의 숙명적인 만남이 이루어졌다. 이 목사님이 결혼하고 큰아들 지훈이가 태어나고 나서 얼마 후 나는 이 목사님 신혼집에 들어가서 6개월을 살았다. 이 목사님께서 나를 특별히 훈련시키기 위해서 선교회의 많은 형제 자매들 중에서 나를 뽑아주셨다. 우리는 그 훈련을 '아파트 훈련'이라 불렀다. 일주일에 한 번 만나서 성경을 배우는 수준이 아니다. 아예 한집에 살면서 자연스럽게 이 목사님 자신의 삶을 보면서 배우라고 나를 가정으로 들어오게 하신 것이다.

짧은 6개월 동안 많은 신앙과 생활의 훈련을 받았다. 세월은 흘러갔다. 대학을 졸업하고 광성고등학교 영어교사로 취직했다. 교사로 2년간 봉직한 후에 당시 맡고 있던 선교단체(WTF) 리더들의 요구와 나 자신의 필요에 의해 신학 대학원에 진학을 하게 되었다. 그리고 신학교를 졸업하게 될 무렵, 이윤호 목사님께서 미국에서 신학을 공부하고 선교지로 가기 위해 한국에 잠시 체류 중이었다. 하루는 이 목사님으로부터 연락이 왔다.

"진 형제, 내가 몸 담고있는 OMF 선교회에서 총무를 구하고 있는데 한 번 지원해 보는 게 어때?" 하는 것이다. 사실 나는 청년 시절에 WTF 선교회에서 선교사로 헌신한 적이 있었기에 늘 마음 한구석에는 '선교사로 나가야 되는데'라는 생각이 자리잡고 있었다. 그러던 차에 이 목사님으로부터 연락을 받은 것이다. 그해가 1988년이었다. 1988년 8월에 경기도 부천에 소재한 서울신학대학교에서 죠이선교회 창립기념행사로 〈선교한국/Mission Korea〉 1회 대회가 열렸다. 행사에 OMF 선교회 이사장이신 김인수 박사가 강의하러 오셨다. 그곳에서 김 박사님과 총무 인터뷰를 가졌다. 얼마 후에 OMF로부터 연락이 왔다. 총무로 나를 선임하기로 했다고 했다. 그렇게 해서 OMF 선교회에서 4년간 총무사역을 하게 되었다.

OMF 선교회는 국제선교단체이기에 영어로 소통이 가능해야 했다. 내가 영문학을 전공했고, 영어교사로 재직했다는 경력이 총무로 선임되

김인수 박사 모습

는데 결정적 역할을 하게 되었다. 그리고 4년간 행정을 도맡아서 싱가폴 소재 국제본부의 외국인 선교사들과도 소통을 해야 했다. 총무는 한국에서 파송 받아 해외에서 사역하고 있는 선교사들의 제반 문제를 처리해야 했다. 또한 외국에서 한국에 들어와 사역하고 있는 외국인 OMF선교사들의 행정적으로 지원하는 업무도 내 몫이었다. 그리고 국내 이사회와 이사장 김인수 박사를 행정으로 보필해야 했다. 그러면서 자연스레 김인수 박사님을 가까운 발치에서 뵐 수 있었다. 1년에 두 차례 정도 실무이사회가 열렸다. 이사회는 이사장이신 김인수 박사님 자택에서 열렸다. 나는 이사회에 서기로 참석을 했다. 또한 1년에 서너 차례 사무실에 이사장님이 오셔서 회계 감사를 하셨다. 감사 후에 사무실 직원들인 간사들과 점심 식사를 함께하며 교제의 시간을 가졌다.

4년간 김인수 박사님을 모셨고 그분과 사역을 하면서 나도 모르게 그분의 일 처리 능력과 성품에 매료되었다. 그분을 온전히 닮고자 했다. 나만이 아니다. 김인수 박사님을 아는 모든 분들이 김인수 박사님을 존경

했고 그분을 닮고 싶어했다. 나는 자연스레 김인수 박사님을 나의 멘토로 정했다. 물론 그분에게 가서 "김 박사님, 저의 멘토가 되어주십시오"라고 한 적은 없으나 그분을 그대로 닮고 싶었다.

이제는 내가 만나고 경험했던 김인수 박사님에 대한 이야기를 본격적으로 풀어보겠다. 내가 김인수 박사님을 처음 만나게 된 것은 1980년으로 기억된다. 당시 내가 소속하고 있던 WTF 선교회에서 선교기도회에 참석을 했다. 그때에는 우리나라 전역에 선교를 위한 기도회가 딱 한 군데서 열렸다. 바로 내가 총무로 사역했던 OMF 선교회였다. OMF 선교회에서 열리는 기도회에 우리 선교단체(WTF) 형제 자매들이 몇 명 참석을 했다. 기도회 때에는 설교 말씀이 먼저 있고 그 이후에 기도회가 진행되었다.

한번은 김인수 박사님께서 오셔서 말씀을 전했다. 김 박사님은 신학을 공부한 적이 없는 평신도로, 대학에서 경영학과 교수로 봉직하고 계셨다. 그런데도 성경 말씀을 잘 가르쳐 주셨다. 그리고 두 번째 만남은 앞에서 언급한대로 선교한국 대회가 열리고 있는 부천 서울신학대학교 교정에서 당시 OMF 이사장이고 대회 강사로 오신 김인수 박사님과 총무 면접 때였다. 총무가 되고 나서는 그분과 많은 만남이 있었다. 김 박사님은 평신도임에도 우리나라 교회 역사상 처음으로 가정사역 세미나를 개설하셨고, 사모님이신 김수지 박사님과 함께 여러 곳에서 세미나 인도를 하셨다.

김 박사님은 아주 검소하게 사셨다. 그렇게 검소하게 살면서도 OMF

선교회 재정이 부족하면 꽤 많은 돈을 선교후원금으로 쾌척하셨다. 김 박사님은 가난한 집에서 태어나셨다. 그가 나온 고등학교는 지금은 없어졌지만 나라에서 운영하는 체신고등학교였다. 고등학교 졸업 후에 남대문 근처에 있는 국제전신전화국에 취직을 했다. 타자수(타이피스트)로 근무하면서 독학으로 영어를 정복했다. 그러던 차에 지인의 소개로 서대문 로타리 노라노 예식장에서 매주마다 모이는 죠이 영어 성경공부 모임에 나가게 되었다. 그때까지만 해도 김 박사님은 예수를 믿지 않았었다. 그러나 성경공부 모임에 다니면서 자연스레 예수님을 영접하게 되었다. 이 모임을 통해 영어 실력이 일취월장했다. 성경공부 모임은 나중에 죠이선교회로 발전하게 되었다. 그 모임에서 당시 이화여대 간호학과에 재학 중인 김수지 박사를 만났고 후에 그분과 결혼을 하게 되었다. 결혼 후 더 좋은 직장을 가고 싶어도 대학 졸업장이 없어서 취업의 길이 막혀있던 차에 외국대사관에 응시를 했다. 학사 출신의 경쟁자들을 물리치고 행정 책임자로 발탁되는 행운을 얻게 되었다. 죠이선교회에서 닦은 영어 실력 때문이었다. 김 박사님은 그곳에서 2년 동안 근무했지만 내부 문제로 실직하게 되었다. 그 후, 극동방송국 견습 사원으로 취직을 했다. 입사한 지 몇 개월이 안돼 방송국의 행정 문제를 개선하고 체계를 잡는 책임을 부여받게 되었다. 여기서 끝이 아니었다. 견습 사원으로 입사한 지 3년 만인 30대 초에 부국장(지금의 부사장)까지 승진하게 되었다.

1968년 초, 부인 김수지 박사는 이화여대 전임 교수가 되었고, 김인수 박사는 극동방송국에 근무하면서 야간 국제대학 경영학과에 입학해서 공부를 했다. 김 박사가 출장을 가면 부인 김수지 교수가 대신 강의실에 들어가 필기를 해주었다. 한번은 이화여대 동료 교수가 국제대학에 강사로 출강했는데, 강의실에서 마주친 경우도 있었다고 한다. 대학을 졸업하던 1971년에는 여비와 학비, 생활비까지 다 포함된 미국 정부의 동서문화센터 장학생으로 합격하여 하와이 대학에 가서 석사과정을 마쳤다. 직업고등학교를 나온 후 야간대학을 다닌 그가 바로 미국대학의 대학원에 입학했으니 그 충격은 이루 말할 수 없었다고 한다. 경제학이나 통계학 같은 과목은 전혀 수강하지도 못하고 대학원에 들어갔으니 어려움이 얼마나 심하셨을까 싶다.

회계학 과목은 첫 시험에서 전체 꼴찌인 20점을 맞았다. 그는 아침 8시부터 밤 12시까지 매일 쉬지 않고 공부를 했다. 열심히 공부한 결과, 첫 학기에 모든 과목에서 최고 점수를 맞게 되었다. 그때 '국제무대에서도 경쟁할 수 있겠다'는 자신감을 갖게 되었다고 한다. 김 박사는 좋은 장학금을 받고 경영학의 명문인 인디애나대학에서 박사학위 과정을 공부할 수 있는 길이 열렸다. 한국에서 야간대학을 졸업한 지 2년 만에 미국대학에서 전공과목을 가르칠 수 있는 기회까지 얻게 되었다. 그리고 2년 7개월 만에 박사과정을 끝냈다. 그는 이렇게 자기의 삶을 회고했다.

> 나와 내 아내가 대단히 가난한 가정에서 태어났음에도 불구하고 귀한 공부를 끝까지 할 수 있도록 하나님께서 기회를 주신 것은, 우리가 받은 교육을 우리 욕심을 채우는 데 사용하지 않고 다른 사람들을 섬기는 일을 하게 하기 위함이라는 확신을 일찍부터 갖게 되었다. [9]

9 김수지 외 40인, 「영원한 우리의 멘토 김인수」(서울: 두란노, 2005), 25.

8

영원한 멘토
김인수 박사(2)

나의 영원한 멘토 고 김인수 박사님은 2003년 겨울에 빙판에 미끄러져 뇌를 다쳐서 세상을 떠나셨다. 너무 갑작스러운 죽음에 그를 아는 많은 이들이 엄청난 충격을 받았다. 그는 1938년 일본 동경에서 출생했다. 대기만성이라는 말이 있다. 그는 31세에 대학생이 되었음에도 이후에 하와이 대학에서 석사를 마치고, 인디애나 주립대학에서 경영학 박사학위를 받았다. 그는 소천하기 전까지 고려대학 경영학과 교수로 봉직을 했다. 그리고 나라의 부름을 받아 국무총리 산하 인문사회연구회에서 100여 명의 박사들을 통솔하며 이사장으로 일하기도 했다.

그는 미국 컬럼비아대학교 초빙교수, 세계은행 및 아시아은행의 컨설턴트, 네덜란드 소재 U.N. 대학교 기술연구소 컨설턴트 및 초빙연구원, 기독교윤리실천운동본부 대표 및 이사장, 한국과학기술원(KAIST) 교수, 한국개발원(KDI) 연구위원, 미국 MIT정책 연구소 선임연구원을 지냈다.

경영학 석사 학위를 받은 하와이 대학에서 현저한 학문적 업적과 정부 정책에 끼친 공로를 인정받아 모교를 빛낸 동창상을 수여받기도 했다.

그의 저서는 미국 하버드 대학교 출판사와 영국 캠브리지 대학교 출판사에서 영문으로 출판되기도 했다. 2001년 삼성경제연구소에서 「세계가 두려워할 미래의 한국기업 어떻게 만들 것인가」라는 제목으로 책이 출간되기도 했다. 미국과 영국의 14개 국제 학술지 국제편집위원 겸 논문심사위원으로 활약하기도 했다. 그는 또한 평신도 설교자와 성경 강해자로서 많은 교회와 기독교 단체에서 말씀을 전했다.

한 마디로 김 박사는 몇 사람이 할 수 있는 일을 혼자 처리를 해내는 엄청난 능력의 사람이었다. 2018년에 일본의 호리에 다카후미씨가 「다동력(多動力)」이란 책을 출간했다. '다동력'이란 말의 의미는 '각기 다른 여러 가지 일을 동시에 진행해 나가는 힘'을 말한다. 바로 김 박사야말로 다동력을 충실하게 수행하고 있는 이 세상에 몇 안 되는 사람이었다.

이렇게 탁월한 분이 생각보다 이른 나이에 이 세상을 떠나셨다. 한국 사회와 학계 그리고 교계(교회와 선교단체)에 너무 큰 손실이 아닐 수 없었다. 그에게서 배울 점이 참으로 많다. 김 박사 부부는 두 분이 모두 교수다. 김 박사는 고려대학교 교수이고, 아내되는 김수지 교수는 이화여대 교수다. 참고로 김수지 박사는 우리나라 간호학 박사 1호이시다. 두 분은 안식년을 같은 해에 갖는다. 1년 안식년을 해외에서 연구하면서 보내는 데 온 가족이 안식년이 되면 집을 떠나 해외에서 보낸다. 집을 비운 1년은 다른 사람들이 와서 살 수 있도록 배려해 주셨다. 대개 외국인이나 해외에서 사역하다 안식년으로 귀국하신 선교사님들이 그 집을 사용했다. 집만 사용할 수 있도록 해 주신 것이 아니라 자가용 두 대도 종합보험으로 들어서 누구나 운전할 수 있도록 해 주셨다. 한마디로, 아낌없이 주는 삶을 실천하신 부부였다.

김인수 박사가 소천하고 나서 2주년이 될 즈음에 그를 아끼고 사랑했던 지인들이 그에 대한 책을 냈다. 그 책의 제목은 「영원한 우리의 멘토 김인수」다. 이 책에 김인수 박사에 대한 여러 가지 일화들이 소개되어 있다. 나 역시 그분을 4년간 모시면서 가까이에서 뵈었지만, 내가 미처 경험하지 못한 많은 이야기들이 이 책에 수록되어 있었다. 그래서 이 책에 수록된 김 박사님의 몇 가지 일화를 소개하고자 한다. 아래 인용한 내용은 책을 출판했던 두란노서원 저작권 팀의 허락을 받았음을 알려드린다. 여기에 소개한 분들의 직함이 나오는데 그 직함은 책이 출판된 2005년 당시의 직함이다.

• 성경대로 살았던 믿음의 사람/ 홍정길 목사(남서울 은혜교회 담임목사)

성경대로 사는 삶이 어떠한지 알고 싶으면 김인수 장로님의 삶의 발자국을 따라가면 된다. 그러면 말씀대로 사는 삶이 보인다. 이 땅에 주님의 사랑이 필요한 곳을 향해서는 모든 것을 전폭적으로 주었던 사람, 자기를 위해서는 그처럼 아까워하고 검소하게 살면서도 다른 사람을 향해서는 풍성했던 사람, 바로 성경이 만들어낸 사람, 김인수 장로님이다.[10]

• 이럴 때 장로님이라면 어떻게 하실까?/ 장평훈 (KAIST/한국과학기술대학교 교수)

나는 김인수 장로님에게서 성경을 배우고, 믿음을 배우고, 삶을 배웠다. 그 배움이 나에게 끼쳤던 영향을 발견할 때마다 알베르 까뮈의 '스승은 운명이다'라는 말을 절감한다. 장로님의 생애를 한 문장으로 요약하면 '말씀을 사랑하고 말씀대로 살려고 하며 말씀과 삶으로 양들을 섬기는 목자의 생애'였다.[11]

• 마지막 공직 생활의 아름다운 추억/ 이석희 (인문사회연구회 사무국장)

저명한 학자이시고 국민의정부에서 대담하고 파격적인 행정개혁을 효과적으로 추진한 분이셨다. 그분은 모든 면에서 모범이 되셨다. 공금을 사용하실 때에도 낭비가 없었다. 기관장들이 더욱 책임감 있게 기관을 경영하기를 기대하며 "나도 평가받겠다"고 하면서 자발적으로 원장리더십평가제를 도입하셨다. 학력이나 남녀의 구분, 정규직과 비정규직의 차별을 두지 않으셨다.[12]

• '치우치지 않은 걸음으로' 그 이후/ 전상길 (한양대학교 교수)

당신께서는 늘 검소하게 사시면서도 다른 불우한 이웃과 제자들에 대해서는 오로지 퍼 주시기만 하셨다. 그렇게 일생을 보내신 스승님을 떠올리며 도산 안창호 선생의 반열에 김인수 선생님을 올려놓아야 한다고 평소 주장하시는 손봉호 동덕여대 총장님의 주장에 깊은 동의를 표하는 바이다.[13]

10, 11, 12, 13 김수지 외, 「영원한 우리의 멘토 김인수」 (서울: 두란노서원, 2005), 34.

지금 인용한 책 「영원한 우리의 멘토 김인수」는 절판되었다. 나는 우리 교회 성도들에게 매월 마다 필독서를 선정하는데, 2020년 6월 필독서로 이 책을 선정했다. 절판이 되었으나 감사하게도 온라인 중고서점에 소량이 남아있어서 10여 권을 구입해서 우리 교회 성도들에게 무료로 나누어주어 읽도록 했다.

김인수 박사는 지금은 이 땅에 안 계시지만 그분의 정신은 지금도 많은 사람과 여러 곳에 남아있다. 그가 출석했던 서울 남서울 은혜교회가 세운 장애인 학교, '밀알학교'가 있다. 이 학교가 세워지는데 크게 공헌했던 분이 김인수 박사님이셨다. 밀알학교에는 시원하고 아름다운 큰 광장이 있다. 이 광장의 이름은 김인수 박사님의 이름을 따서 '인수광장'이라고 지어졌다.

그분은 한국의 가정들이 건강해 지는데 앞장섰던 자녀교육 실천가이기도 했다. 두 자녀 수와 인은 김 박사님이 낳았지만 셋째 딸은 입양해서 길렀다. 자녀들 이름도 두 분의 이름을 조합해서 지었다. 큰딸은 김 수, 둘째 아들은 김인, 그리고 막내딸은 김지인이다. 김 박사님의 자녀교육 원칙들을 소개해 본다.

1) 하나님을 경외할 것
2) 사람을 귀히 여길 것
3) 주어진 기회에 최선을 다할 것
4) 철저히 검약할 것
5) 검약한 것으로 열심히 남을 도와줄 것
6) 작은 규칙도 우직스럽게 지킬 것
7) 정직할 것

8) 부모와 어른의 말을 가볍게 여기지 말고 순종할 것

그는 가정을 주제로 강의하고 세미나를 인도하기를 그 어떤 것보다 즐거워하셨다. 내가 OMF 사역을 마무리하고 지금 오산 새로남 교회에 담임목사로 내려온 지 3년 만에 부부생활 세미나를 개최했다. 강사는 김인수, 김수지 박사님 부부셨다. 경기도 광주에 소재한 광림수도원에서 30쌍의 부부들이 1박 2일 동안 부부생활과 자녀교육에 대한 가르침을 받았었다.

김인수 박사님이 그립다. 이 세상을 떠나신 지 벌써 17년이 지났다. 그분은 하나님 앞으로 가셨지만 내게 남기셨던 삶과 가르침은 지금도 내 마음에 깊이 각인이 되어있다. 그리고 가능하면 내가 김인수 박사님을 보고 배운 대로 살려고 무척 애를 쓰고 있다.

"김인수 박사님, 당신은 저의 영원한 멘토이십니다!"

제 5 장

자기계발과
선한 영향력

1

인생 후반전을 위하여

550623-1xxxxxx. 은행에 가서 서류상 처리해야 할 일이 있을 때, 온라인에서 작업을 할 때 가끔 주민번호를 기입하라고 한다. 웬 뜬금없는 주민등록 번호 타령이냐고 할 사람이 있는지 모르겠다. 나는 얼마 전에 만 65세가 되었다. 내 마음과 몸은 아직도 청춘인데 말이다. 나는 몸이 건강한 편이어서 내 나이가 실감이 가지 않는다.

작년(2019년) 설날이었다. 설날이 평일이어서 그 날 새벽기도회를 인도하기 위해서 예배당 앞자리에 앉아있었다. 간단히 준비 기도를 드리고 그날 새벽에 전할 설교문을 다시 보고 있는데 갑자기 내 나이가 뇌리를 스쳐 지나갔다. '65세!' 순간 나는 앞으로 살 날을 생각했다. 90세까지 산다고 하면 앞으로 남은 날은 25년이다. 100세까지 산다고 하면 앞으로 남은 날은 35년이다. 지금까지 살아온 날들보다 앞으로 살 날이 훨씬 적다는 생각에 순간 마음이 울적해지면서 위기의식까지 들었다.

나름대로 인생을 열심히 산다고 했는데, 이루어놓은 것을 보니 약간 불안한 마음까지 들었다. 만 70세가 되면 현재 하고 있는 교회 목회사역을 은퇴해야 한다. 주위의 교회에서 목회사역을 하고 정년이 되어 은퇴를 하게 된 선배 목사님들을 여러분 보았다. 목회하던 교회에서 은퇴를 하게 되면 그 다음 주일부터는 다른 교회에 출석을 하는 것이 일반적인 모습이다. 수십 년을 자기가 목회했던 교회에서 매 주일 설교하며 지내던 목사가 그 다음 주일날 '어디로 가지?' 하며 당황한다는 말을 들었다.

목사는 평생동안 하는 주 업무가 설교 말씀을 전하는 것이다. 그 외에 부수적인 일들도 있지만 주 업무는 설교하는 것이다. 한국교회의 일반적인 목회자는 한 주간 설교의 횟수가 최소한 9회 정도 된다. 주일 오전예배, 주일 오후(또는 저녁)예배, 수요예배, 금요 심야 기도회, 월요일부터 금요일까지 매일 새벽 기도회 설교를 한다. 하지만 은퇴 후에는 규칙적으로 준비해오던 설교 또한 하나도 하지 않게 되니 은퇴하는 목회자들이 더욱 당황해하는 것이다.

미리 미리 은퇴를 대비하여 준비하지 않으면 그렇게 된다. 앞으로 몇 년 후에는 선배 목사님들을 따라 나도 은퇴를 하게 된다. 그러나 나는 은퇴하고 나서 그 다음 주일에 어느 교회를 갈지 몰라 방황하는 그런 사람이 되고 싶지가 않다. 은퇴 후에도 지금처럼 할 일이 있어서 하루하루 의미 있는 날들을 보내고 싶다. 은퇴 후에는 지금보다 활동 범위를 더 넓혀서 전국을 아니, 세계를 가슴에 품고 새로운 일들을 시도하고 싶다. 은퇴 후에는 지금의 목회와 형태는 많이 달라질지 몰라도 더 바쁘게 살아가고 싶다. 그런데 바쁘게 살아야지 하고 마음 먹는다고 바쁘게 살아지는 것이 아니다. 바쁘게 살 콘텐츠가 있어야 한다.

2018.6 에버노트 목회자 세미나 – 오산새로남교회에서

목사라는 업을 내려놓게 되면 그동안 했던 일들을 토대로 무엇을 할수 있을까 생각해봤다. 목회자마다 약간 차이가 있겠지만 2가지가 생각났다. 글 쓰는 일(혹은 책 쓰기), 또 하나는 강의(강연)하기다. 글 쓰는 것은 그렇다 치고, 책을 저술하는 것은 마음만 먹는다고 되는 일이 아니다. 책을 출판하기까지 넘어야 할 산들이 많다. 강의하는 것도 마찬가지다. 강의는 누군가가 나를 강사로 초청해주고 불러줄 때에 할 수가 있는 것이다. 그러므로 나를 필요로 하는 곳이나 사람이 생기도록 나만의 콘텐츠혹은 경쟁력을 갖춰나가야 한다.

그래서 나만의 커리어를 만들어가기로 했다. 은퇴하기 전부터 서서히준비를 해야 한다. 그래서 그동안 손을 놨던 에버노트를 다시 쓰기 시작했다. 에버노트는 스마트워크 툴(도구) 중의 하나다. 또한 2002년부터 쓰다가 도중에 그만두었던 마인드맵(싱크와이즈)도 다시 시작을 했다. 이런 도구들은 강의를 하거나 글을 쓰거나 책을 집필할 때에 아주 요긴하게 사용할 수 있는 도구라는 것을 새삼 느꼈기 때문이다.

철학자이자 연세대학교 명예교수인 김형석 교수에게 기자가 이런 질문을 했다.

"교수님, 지금까지 97년을 넘게 살아오면서 가장 후회스러운 일이 무엇입니까?" 이 질문에 노학자 김 교수는 이렇게 대답했다.

"65세에 교수직을 정년퇴직하고 나서 별다른 계획을 세우지 않은 것이 제일 후회스러워요."

기자는 김 교수님께 왜 별다른 계획을 세우지 않으셨는지 되물었다.

"퇴직 후 얼마 못 살 줄 알았기 때문이었어요. 퇴직하고도 이렇게 30년 넘게 더 살 줄 알았더라면 좀 더 멋진 꿈과 목표를 세웠을 것입니다."

나는 이 말을 듣고 은퇴 후에 하고 싶은 꿈과 목표를 보다 구체적으로 세우고 계속해서 확대 발전시켜 나가게 되었다. 나는 인생 후반전을 정말 보람있게 보내고 싶다. 열정을 가지고 최선의 삶을 살고 싶다. 오늘 하루, 이번 한 주, 올 한 해, 그리고 남은 인생의 날들을 허투루 사용하고 싶지 않다. 치열하게 살고 싶다. 더이상 소비자의 삶이 아닌 생산자의 삶을 살아내고 싶다. 원대한 꿈과 목표를 가지고 하루하루를 의미 있게 살아가고 싶다. 많은 사람들에게 선한 영향력을 끼치는 인플루언서로 살고 싶다.

블로그 쓰기와
SNS

호랑이는 죽어서 가죽을 남기고 사람은 죽어서 이름을 남긴다는 말이
있다. 이제는 사람이 죽으면 SNS에 기록을 남긴다. 블로그, 유튜브, 페
이스북, 인스타그램, 카카오톡, 밴드 등 SNS(소셜네트워크 서비스)의 도구
들이 아주 다양하다. 또한 구글, 네이버, 다음 등의 포털 사이트가 있다.
지금은 디지털이 대세이지만 우리가 어렸을 때에는 디지털은 전무했고,
아날로그 세상이었다. 초대 문화부 장관을 지낸 이어령 박사는 「디지로
그」라는 책을 썼다. '디지로그'라는 말은 디지털과 아날로그의 합성어다.
우리 세대는 디지로그 세대인 것이다. 그러나 나는 내 나이에 비해서 디
지털 환경에 좀 더 쉽게 접근했었던 것 같다. 내가 지금 쓰고있는 SNS는
블로그를 비롯해서 유튜브, 페이스북, 카카오톡 그리고 밴드다.

오늘은 블로그 입문에 대한 이야기를 하고자 한다. 처음 블로그에 도

전해서 글을 썼던 때가 2011년 6월 25일이었다. 4개의 글을 블로그에 올렸는데, 모두 남의 글을 공유한 것이었다. 내 창작물은 하나도 없었다. 그리고 1년 동안 블로그에 글을 하나도 작성하지 않았다.

그 다음으로 블로그에 글을 작성한 때가 2012년 6월 5일이었다. 거의 1년 만에 블로그에 글을 올린 것이다. 하지만 이번에도 5개의 글 모두 남의 글을 공유한 것이었다. 그해 11월, 비로소 처음으로 내 글 1개를 블로그에 올렸다. 지연되고 있는 교회 건축에 속이 타면서 글을 썼다.

2013년부터는 평균 한 달에 한 개나 두 개 정도 블로그 포스팅을 했다. 2014년에 5,8,12월에 모두 1개씩 포스팅을 했다. 2015년에는 1월에 딱 두 개 포스팅을 했다. 2016년과 2017년 2년 동안에는 아예 단 한 개의 블로그 포스팅도 하지 못했다. 그때에는 교회 건축을 끝냈고, 경제적으로도 교회가 많이 힘들었을 때여서 블로그에 글을 쓸 엄두도 내지 못했었다. 그리고 2018년 2월에 딱 한 개의 블로그 포스팅을 했다. 그때 쓴 글은 김민식 MBC PD의 「매일 아침 써봤니?」를 읽고 쓴 독후감이었다. 남에게 보여주고 싶지 않은, 나의 블로그 흑역사였다.

사람마다 다르겠지만 나는 블로그를 처음 쓸 때부터 달력 보기를 해놓았다. 내 블로그가 가장 핫한 때가 2018년 11월이었다. 무려 한 달 동안에 28개의 블로그를 포스팅했다. 거의 매일 한 개씩 글을 올린 셈이다. 이렇게 엄청난 변화가 일어나게 되었던 이유에 대해 이야기를 해 보려 한다.

2018년 11월 2일 금요일, 아침 일찍 내가 살고 있는 경기도 오산에서 서울 강남으로 가는 버스에 몸을 실었다. 블로그 강의를 듣기 위해서였다. 양재에서 내려서 도보로 10분 정도 걸어서 강의 장소에 도착했다. 지인들과 함께하는 단체카톡방의 공지를 통해 이 블로그 강의를 알게 되어 등록을 했다. 강사는 '자유의지'라는 닉네임을 가지고 있는 정혜정 씨였다. 강의장은 60명 정도의 수강생들로 꽉 찼다. 강의 제목은 〈디지털 노마드 블로그/ 원하는 일을 하면서 시간과 장소에 구애받지 않고 살기〉였다. 정혜정씨는 강의할 당시, 블로그를 쓴지 13개월밖에 되지 않았다고 했는데 이미 파워 블로거였다.

나는 블로그를 2011년에 시작했지만 하는 둥 마는 둥 했으니 성과가 없을 수밖에 없었다. 블로그 운영을 13개월 했다는 말이 믿어지지 않을 정도로 블로그에 대한 탁월한 지식으로 전문적인 강의를 진행해 나갔다. 3시간에 걸친 강의를 마쳤다. 그리고 강사님은 한 달 동안 나의 블로그에 접속해서 형식과 컨텐츠들을 살펴보고 영상으로 피드백을 해주었다. 피드백 기간을 거치면서 요령과 지식이 더해져 갔다.

그리고 약 1년이 지난 작년(2019년) 11월 23일에 또 한 번의 블로그 특강을 다른 사람에게서 들었다. '혜자포터' 닉네임을 가진, 현직 회사원이면서 30대 초반의 공학도 출신이었다. 블로그를 작성하는데 그동안 가지지 못했던 정보들과 쓰는 요령들을 더 많이 배울 수 있었다.

블로그 포스팅을 하면서 2%가 아직도 부족함을 느낀다. 그래서 최근에 탈잉(Taling)이라는 학습 사이트에 접속하여 블로그 쓰는 요령에 대해서 3개월 과정으로 온라인코스 학습을 하고 있다.

요즘은 내가 활동하고 있는 단톡방에서 강사의 강의를 듣고 강의 후기를 블로그에 올리면 우수 후기로 많이 뽑히고 있다. 그리고 내 글을 읽은 분들이 블로그 글 내용이 좋다고 칭찬해주신다. 내 블로그는 자기계발에 대한 글들이 제일 많다. 독후감을 쓰고, 독서모임에 나가면서 느꼈던 내용들로 블로그 포스팅을 많이 했다. 지금까지 블로그에 쓴 글은 300개가 올라가 있다. 이 글들을 쭉 보면서 참으로 다양한 주제의 글들을 쓴 것을 보게 된다.

최근에는 코로나 19로 인해서 대면보다는 비대면(언택트/Untact)이 일상이 되었다. 그래서 블로그에 코로나로 인해 변화된 세상 이야기들을 쓰기도 했다. 그 중에 하나가 디지털 트랜스포메이션(Digital Transformation)에 대한 이야기다. 코로나 19 사태로 인해 뚜렷하게 나타나고 있는 것이 바로 디지털 트랜스포메이션 현상이다. 회사도 재택근무 형식으로 점차 확대되어가고 있다. 또한 인터넷 줌(ZOOM)을 통해서 화상으로 소통하고 있다. 학교나 관공서, 회사뿐만 아니라 자기계발 강사들도 줌으로 강의를 진행하고 있다. 그리고 줌을 통해 강의를 수강하고 난 후 블로그에 포스팅을 하고 있다. 블로그는 앞으로 시대가 바뀌어도 점점 더 발전해갈 것이다.

3

스마트워크 툴

땅을 팔 때에 여러 가지 공구를 사용할 수 있다. 가장 원시적인 방법은 손으로 파는 것이다. 너무 힘이 들 뿐 아니라 무모한 짓이다. 그것보다 조금 나은 것은 모종삽으로 파는 것이다. 그보다 좀더 나은 것은 삽으로 파고, 곡갱이로 파는 것이다. 그러나 포크레인으로 파면 훨씬 효과적일 것이다. 이렇게 손, 모종삽, 삽, 곡갱이, 포크레인을 가리켜서 도구(툴/tool)라고 부른다. 땅을 파는 것만이 아니고 우리가 일상생활을 하면서 우리의 일들을 보다 효과적으로 도와주는 도구를 '스마트워크 툴'이라 부를 수 있다. 요즘 같이 인터넷을 활용하는 지식 정보화 시대에는 이 스마트워크 툴이 너무나 필요하고 또 중요하다. 업무를 하거나 글을 쓸 때에도 스마트워크 툴을 사용하면 훨씬 효과적으로 일을 진행할 수가 있다.

내 연배 사람으로 스마트워크 툴을 정말 잘 활용하는 분이 계신다. 서울고등법원 부장판사인 강민구 판사이다. 2017년 1월 11일, 당시 부산지방법원장이셨던 강민구 판사는 〈혁신의 길목에 선 우리의 자세〉라는 유튜브 영상을 올렸다. 일종의 고별강연이었다. 그런데 이 강연이 폭발적인 인기를 끌어서 유튜브 조회수가 무려 134만 회를 기록했다. 그 영상을 처음부터 끝까지 보았다. 그리고 그가 올려놓은 유튜브 영상들을 여러 개 보았다. 그분은 에버노트를 아주 잘 활용하시는 분이었다. 또한 스마트 폰을 자유자재로 사용하고 있었다.

2018년 2월에는 「인생의 밀도」라는 책도 출간해서 그 책을 사서 읽어보았다. 시대를 앞서 나가는 분이었다. 그는 어렸을 때부터 호기심과 상상력이 유별났다고 했다. 그리고 로버트 프로스트의 시처럼 남이 '가지 않는 길'을 즐겼다고 했다. 그는 부산법원장을 마치고 대법원 법원도서관에 관장으로 발령받았다. 우리나라에서 개인용 컴퓨터가 서서히 발전하게 된 1985년 시절부터 전산기술을 두루 익힌 분이다. 그는 지난 15년간 최신 IT 기술을 습득하기 위해 관련 잡지를 구입해서 독파했다. 그리고 그는 법원에서 IT 고수가 되었고 세계적으로 손꼽히는 사법 정보화 시스템을 구축한 핵심 인물이 되었다.

내가 PC를 처음 접한 것은 1987년이었다. 당시 합동신학대학원 3학년에 재학 중이었다. 미국에서 박사학위를 마치고 귀국하여 우리에게 〈미국교회사〉를 강의하던 오덕교 교수께서 8비트 애플 컴퓨터를 강의실에 들고 와서 자랑을 하셨다. 그때 퍼스널 컴퓨터를 처음 보았다. 그로부터 2년 후에 OMF 총무로 재직하면서 사무실에서 XT286 컴퓨터를 처음 쓰기 시작했다. XT286에서 진일보한 것이 AT286이었다. 그때부터 나는 컴퓨터를 사용하였다. 워드프로세서를 컴퓨터로 했다.

요즘은 아래아 한글이 세상을 평정했지만 그때는 보석글이라는 프로그램이 있었다. 그리고 워드스타라는 프로그램이 있어서 먼저 플로피 디스크를 드라이브에 집어넣고 프로그램을 구동했다. 그 다음에 워드프로세서 글쓰기를 했다. 요즘은 자동 저장 기능이 탁월하지만 그때에는 문서 작성을 하다 중간 중간에 저장을 하지 않으면 앞에 썼던 글들이 사라지는 일들이 빈번했었다.

AT286 컴퓨터 사양은 20 메가바이트에서 40 메가바이트였다. 지금은 테라바이트(TB)를 쓰고 있으니 과거 컴퓨터 환경이 얼마나 초라했는지 짐작이 갈 것이다. 그때에는 컴퓨터로 문서편집만 주로 했고 영상작업은 꿈도 꾸지 못했었다. 지금 우리나라의 IT 정보기술은 세계에서 으뜸이다. 단순한 문서편집뿐만 아니라 인터넷과 연결되어서 여러 가지 프로그램들을 매칭하여 사용하고 있다.

이제 내가 쓰고 있는 컴퓨터, 인터넷과 연결되어 사용하고 있는 도구(툴)들을 소개해보겠다. 2002년도에 싱크와이즈를 처음 사용하였다. 토니 부잔이 개발한 마인드맵을 우리나라에서 인터넷과 연결시킨 컴퓨터 마인드맵 프로그램이다. 또한 에버노트(Ever Note)는 2012년 3월부터 쓰기 시작했다. 최근에는 에버노트의 대항마로 노션(Notion)이라는 프로그램이 등장했다. 또한 아주 직관적인 프로그램으로 다이날리스트(Dynalist)라는 프로그램이 있다. 지인의 소개로 이 다이날리스트를 쓰고 있는데 아주 유용하게 잘 쓰고 있다. 에버노트, 노션, 다이날리스트 이 툴들이 좋은 점은 인터넷 환경에서 스마트폰과 테블릿PC(갤럭시탭이나 아이패드)과 개인용 PC(혹은 노트북)에서 서로 동기화가 된다는 이점이 있다. 예를 들면, 내가 미국에 갈 때에 노트북을 들고 가지 않고 스마트폰 하나만 갖고 가서 그곳에서 일을 보면서 스마트폰에 있는 에버노트 앱이나 노션을 통해서 문서작성이나 영상들을 저장하면, 같은 시간대에 한국에 있는 내 노트북에도 함께 공유가 된다는 것이다. 너무 좋은 세상이다.

작년에 일어난 일이다. 장인 장모님 추도예배를 같은 날 산소에서 드리는데, 바쁘게 준비하다 보니 아이패드를 가져가지 못했다. 설교를 아이패드를 보고서 할 생각이었는데, 산소에 와서 보니 아이패드를 집에 놓고 온 것이었다. 순간 당황이 되었으나 정신을 차렸다. 걱정할 필요가 없었던 것이다. 스마트폰의 에버노트 앱을 열면 아이패드에 저장되어 있는 내 설교를 그대로 볼 수가 있었다. 그래서 그날 스마트폰을 보면서 설교를 진행한 경험이 있다.

최근 들어서는 에버노트와 더불어 앞에서 언급한 노션(Notion)을 자주 사용하고 있다. 노션은 에버노트와 또 다른 차별화된 프로그램이라 할 수 있다. 아래아 한글이나 마이크로 소프트사에서 개발한 워드 프로그램은 문서편집을 주로 한다. 그런데 노션은 문서편집을 하다가 그 화면에 음성파일을 불러오면 음성파일을 실행할 수 있는 모양의 그림이 뜬다. 그리고 시작버튼을 클릭하면 음성이나 노래 등을 들을 수 있게 된다. 음성파일만 아니라 심지어는 동영상 파일도 불러올 수 있다. 시작버튼을 누르면 영상이 구동이 된다. 그말그대로 All in one workspace(모든 작업을 하나로) 할 수 있는 프로그램이다. 이 노션도 모두 동기화가 되어 스마트폰과 탭(아이패드 혹은 갤럭시 탭)과 퍼스널 컴퓨터(데스크 탑이나 노트북)에서 동시에 작업이 가능하다. 사용하면 사용할수록 너무 편리함을 느끼게 된다.

이렇게 동기화되는 프로그램은 아주 편리하다. 스마트 폰은 갤럭시 노트를 사용하고 있고, 테블릿 PC는 애플에서 나온 아이패드를 사용하고 있다. 아이패드를 쓰는 이유는 애플에서 개발한 유용한 앱들이 많이 있어서이다. 아이패드에 유료로 사용하고 있는 프로그램들은 굿노트(Good Notes), 노타빌리티(Notability) 그리고 PDF 파일을 자유자재로 요리할 수 있는 리퀴드 텍스트(Liquid Text)를 사용하고 있다. 이 리퀴드 텍스트는 PDF의 여러 페이지들을 두 손가락만 사용해서 두세 줄로 압축할 수 있다. 그 외에도 너무 편리한 기능들이 많이 있다. 노타빌리티는 굿노트에 없는 강사들의 음성을 녹음할 수 있는 기능이 탑재되어 있어서 굿노트와 노타빌리티를 함께 사용하고 있다. 노타빌리티나 굿노트는 에버노트와 달리 문서편집할 때에 여러 가지 도형을 화면에서 직접 그릴 수 있다는 장점이 있다.

또한 요즘은 이북(e-book/전자책)이 아주 효과적이다. 예스24, 교보문고, 밀리의 서재, 리디북스 등등 몇몇 회사에서 전자책을 내놓고 있다. 나는 예스24 이북을 사용하다 지금은 밀리의 서재를 매월 자동결재해서 사용하고 있다. 과거에는 책을 구입할 때에 인터넷 서점에서 새 책을 샀다. 그러나 요즘에는 일단 내가 보기를 원하는 책이 있으면 밀리의 서재에 들어가서 검색을 한다. 그 곳에 전자 책이 있으면 그 책을 사지 않고 밀리의 서재를 통해 이북으로 읽는다. 요즘 이북들은 책을 읽어주는 기능들이 있어서 장거리 운전할 때에 왕복 3~4시간 정도 들으면 250페이지 정도 되는 이북을 모두 읽게 된다. 밀리의 서재에 전자책이 없으면 알라딘이나 예스 24에 들어가 중고책이 있으면 중고책을 구입한다. 밀리의 서재 이북도 없고, 중고책도 없으면 인터넷 서점에 들어가 새 책을 구입한다.

2019년 12월에 코로나 19가 터졌다. 2020년이 지나고 있지만 아직도 전세계적으로 코로나 팬데믹 현상은 가실 줄 모르고 있다. 그래서 지난 4월 경에 교회에서 성도들 신앙교육을 위해 고가의 프로그램을 구매했다. 지인의 소개로 캠타시아(Camtasia)라는 영상제작 프로그램을 구입해서 잘 사용하고 있다. 그리고 유튜브를 본격적으로 하기 위해서 최근에 두들리(Doodly)라는 화이트보드 애니메이션 프로그램을 구입해서 연습을 하고 있다(참고로 내가 운용하고 있는 유튜브 채널 조회수는 1천 명이 넘어 지금은 2,130명이나 되었다. 시청시간도 4천 시간이 훌쩍 넘어서서 수익화할 수 있는 유튜버가 되었다). 유튜브에 이 캠타시아와 두들리를 더 잘 활용하여 양질의 영상 자료들을 업로드하려고 한다.

세상이 참 편리해지고 좋아졌다. 내가 젊었을 때는 상상할 수도 없었는데, 인터넷 환경에서 사용할 수 있는 여러 가지 스마트워크 툴들이 속속들이 개발되고 있고 소개되고 있다. 이런 여러 가지 스마트워크 툴을 잘 활용하면 시간을 엄청 줄일 수 있고, 보다 효과적으로 일들을 진행할 수 있다.

4

책 쓰기 도전

　책 쓰기는 오래전부터 갖고 있던 소원이었다. 주위에서도 여러 사람들이 책을 쓰라고 권하기도 했다. 51세였던 2005년 2월 25일에 책 쓰기와 관련하여 글을 처음으로 썼다. 이날 아내, 딸 현아와 함께 수원역 애경백화점에 있는 북스리브로라는 서점에 들렀다. 그곳에서 고 구본형 씨가 쓴 「나―구본형의 변화 이야기」라는 책을 보게 되었다. 그 책에서 구본형 씨는 "10년마다 자서전을 쓰라"고 했다. 그 날부터 책 쓰기를 해야겠다고 결심을 하고 며칠간 책 쓰기를 했다. 그러나 지속하지 못하고 책 쓰는 것을 중단하게 되었다. 몇 년이 흐른 후, 책 쓰기를 다시 시작했다. 2013년에는 두 분의 책 쓰기 특강을 듣게 되었다. 라온북 출판사 대표인 조영석 대표의 책 쓰기 특강과 봉은희 작가의 책 쓰기 특강이었다. 그때에도 '책을 써야지.' 결심을 했지만, 며칠 쓰다가 또 그만 두었다. 그리고 세월이 흘러갔다.

그러던 차에 2018년 11월부터 매주 토요일 이른 아침, 양재나비 독서모임에 참석하면서 여러 명의 저자들의 특강을 듣게 되었다. 저자들의 특강을 들을 때마다 또 책을 써야겠다는 생각을 갖게 되었다. 늘 마음 한 구석에는 '올해는 책을 써야지'라는 마음을 가지고 있었지만 몇 번 글을 쓰다가 또 그만두기를 반복했다.

2019년, 자기계발 전문강사인 박현근 코치께서 책을 출간하게 되었다. 박현근 코치께서 오산 꿈두레 도서관에서 저자특강을 하였다. 그때에도 다시 책을 써야겠다는 생각을 갖게 되었다.

책 쓰기와 관련해서 뭔가 내게 문제가 있는 것 같은데 그 원인과 이유를 찾을 수 없었다. 그러던 차에 우연하게 2019년 4월에 읽었던 책 한 권의 내용이 떠올랐다. 「최고의 변화는 어디서 시작되는가」라는 책이었다. 책의 부제는 이러하다. '노력만 하는 독종은 모르는 성공의 법칙.' 그리고 책 띠지에는 이렇게 적혀있다. '익숙한 환경에 붙들려 있는 한, 우리는 절대 달라질 수 없다!' 여기서 실마리를 찾을 수 있었다. 나는 그동안 동기부여가 잘못되었다고 생각했다. 또 내 의지가 약해서 중간에 포기했다고 생각했다. 그러나 이 책의 논지는 내 생각과 달랐다. 이 책의 저자는 인간의 의지력(Will Power)보다 더 중요한 것이 환경이라고 했다. 동기부여를 하려면 의지력보다 행동해야 할 이유에 주목하라고 한다. 그리고 실행을 위해서는 목표를 강화해주는 환경을 조성하는 것이 더 중요하다고 했다.[14]

우리는 열정을 중요하게 생각한다. 열정이 있으면 우리가 마음먹은 일들을 끝까지 지속할 수 있을 거라고 생

14 벤저민 하디, 「최고의 변화는 어디서 시작되는가」 (서울: 비즈니스북스, 2018), 7.

224

각한다. 그리고 노력을 아끼지 않아야 한다고 말하기도 한다. 언뜻 들으면 면 맞는 말 같다. 하지만 노력만으로는 안 된다. 끝까지 밀고 나가기가 결코 쉽지 않다는 말이다.

열정, 노력, 의지보다 더 중요한 것은 바로 환경의 변화다. 여기에 비밀이 숨어있다는 것을 최근에서야 알게 된 것이다. 왜 중국의 맹자 어머니가 아들을 제대로 교육시키기 위해서 집을 몇 번씩이나 옮겼을까를 생각해보라. '맹모삼천지교'라는 말이 바로 환경의 중요성을 말하는 것이다. 우리 모든 인간들은 어쩔 수 없이 환경의 지배를 받게 되어있다. 책쓰기 역시 환경과 연관시켜 보면 그 실마리를 찾을 수 있다. 무조건 책쓰기 특강을 들었다고 해서 다 책을 쓰는 것은 아니다.

우리나라에 많은 예비 작가들이 있다. 수많은 예비 작가들이 노트북이나 책상 앞에 앉아 글을 쓴다. 초고까지 쓰려면 기본적으로 40일을 매일 써야 한다. 하루도 거르지 않고 40일을 집중해서 쓰기란 쉽지 않다. 매일 하나의 주제로 글을 쓰는 데 있어서, 몇 자 적고 나면 더 쓸 내용이 떠오르지 않아 발을 동동 구를 때가 있다. 또 일에 쫓기다 보면 진도가 나가지 않고 한 꼭지를 가지고 며칠을 씨름하기도 한다. 그러다가 힘들다 생각하면 책 쓰는 것을 포기할 수도 있다.

'깔딱고개'라는 말을 들어보았는가? 군대에서 10km 완전군장 구보라는 것을 한다. 전투에 대비해서 철모를 쓰고 총을 매고 20kg의 군장을 등에 지고 30여 명의 소대원이 함께 뛰는 것이다. 5km가 반환점이다. 반환점을 돌아서 달리다 보면 중간에 힘들어서 낙오하는 병사들이 가끔 나타난다. 그런데 가장 힘든 마의 구간이 있다. 도착지 앞 2~3 km 되는 지점이다. 그리고 그곳은 오르막길이다. 그래서 그 구간을 깔딱고개라 부른다. 이 깔딱고개를 무사히 지나가기 위해 부대원들이 함께 "웃샤! 웃샤!" 구호를 붙이며 서로 힘을 북돋아준다. 그러면 완주할 수 있는 힘이 생긴다.

책 쓰기도 이와 비슷한 것 같다. 혼자 책을 쓴다는 것은 대단히 외롭고 힘든 작업이다. 그런데 책을 쓸 수 있는 환경을 만들 수 있다면 책 쓰기가 훨씬 수월하지 않겠는가? 나는 다행히 책 쓸 수 있는 환경을 마련했다.

2018년 11월, 양재나비 독서모임에서 저자특강 때 강의했던 분이 이은 대 작가다. 이분의 책 쓰기 과정을 최근에 듣게 되었다. 그리고 40일 동안 매일 하루 한 꼭지씩 쓰기로 하고 그날에 쓴 분량을 이은대 작가가 운영하고 있는 카페에 올린다. 그리고 간혹 피드백을 해준다. 지금까지는 여러 차례 책 쓰기를 시도했다가 중도에 그만두기를 반복했는데, 이번에는 책 쓰기를 완주할 수 있을 것 같았다. 이 글을 쓰고 있는 지금 이 시간이 나에겐 깔딱고개 같다. 초고 완성이 눈앞에 보인다. 나도 이제 작가의 반열에 들어서고 있다. 얼마 후면 교보문고 매장과 예스 24 온라인 몰에 내 책이 게시될 것이다. 그날을 바라보면서 오늘도 책 쓰기는 현재 진행형이다!

5

기록형 인간

'위대한 실패'라고 불리는 소설같은 이야기가 있다. 1914년 영국의 극지탐험가 어니스트 새클턴 대장은 대원 27명과 남극대륙을 횡단하던 중 조난을 당한다. 목적지를 불과 155킬로미터 남겨둔 지점이었다. 칠레 정부가 급파한 군함 덕택에 대원들은 한 명의 낙오자도 없이 구조가 되었다. 이들의 이야기가 세상에 소개될 수 있었던 것은 당시 상황을 생생하게 전하는 사진과 매일 한 자씩 눌러 쓴 대원들의 일기 덕분이다. 기록은 동서고금을 막론하고 인류역사를 일궈왔다. 모든 인생은 기록만큼 성장하고 완성되어 간다. 역사도 기록이 기준이다. 기록 이전의 시대를 선사시대라고 하고, 기록 이후의 시대를 역사시대라고 부른다. 「훈민정음」, 「조선왕조실록」, 「동의보감」, 「승정원일기」, 「난중일기」. 이 기록물들의 공통점은 무엇일까? 2016년 유네스코가 지정한 세계 기록 유산이다.

이순신 장군은 왜적과 싸워 단 한 번도 패한 적이 없었다. 23전 23승. 전 세계에 유례가 없는 기록이다. 그의 승리의 요인은 무엇일까? 이것은 철저한 기록에 있었다. 소설가 김훈의 「칼의 노래」를 읽다보면 이순신 장군의 숨소리를 옆에서 듣는 듯한 착각에 빠진다. 시대를 넘어 장군의 호흡을 느낄 수 있는 것은 작가의 글솜씨 이전에 이순신 장군의 기록 덕이다. 경각이 달린 전장에서도 먹을 갈아 한 자 한 자 눌러 쓴 「난중일기」 말이다. 우리는 남겨진 기록을 통해 역사를 경험할 수 밖에 없다. 세계의 역사는 이렇게 기록하는 자에 의해 주도되어 왔다. 발명왕 에디슨은 3천 권이 넘는 메모수첩이 있었고, "자신이 접하는 모든 정보를 기록하라. 기록한 아이디어를 설명하기 위해 그림, 낙서, 스케치 등으로 보완하라"고 강조했다. 링컨 대통령은 항상 모자 안에 필기구와 종이를 휴대하고 다녔다. 삼성그룹 창업자 이병철 회장은 메모를 통해 삼성의 조직문화를 바꿨다. 이 모두 기록(메모를 포함)의 위대한 힘이다.

3P 자기경영연구소에서 강조하는 것이 있다. BNB이다. 이 말은 바인더(Binder)와 북(Book)을 일컫는 말이다. 3P 자기경영연구소에서 '3P 바인더'라는 것을 계발하여 보급하고 있다. 그리고 매주 토요일 아침에는 3P 자기경영연구소에서 〈양재나비 독서포럼〉이 열린다. 이 두 가지 바인더와 책을 통해 수많은 사람들의 삶이 바뀌어가고 있다. 2018년 12월에 양재나비 독서포럼에 참석한 후, 한 권의 책을 구입했다. 책 제목은 「평범한 사람이 특별해지는 방법」이었다. 책 제목처럼 아주 평범한 한 사람이 바인더와 책(독서)를 통해 놀랍게 변화되는 과정을 그린 책이었다. 저자는 노경섭이란 군인 장교다. 그의 가정환경은 불우했다. 부모님이 이

혼을 했고, 홀어머니 밑에서 성장했다. 그런 그가 군대에 장교로 입대하여 상관으로부터 한 권의 책을 선물받게 되었다. 강규형 대표가 쓴「성공을 바인딩하라」였다. 그 책은 나중에「성과를 지배하는 바인더의 힘」이란 책으로 개정되어 출판되었다. 이렇게 해서 노경섭씨는 바인더와 인연을 맺게 된다. 그로부터 3년이 흘러 대위가 되었다. 그러던 차에 바인더와 관련된 자기경영 강의를 듣게 된다. 성공하려면 어떻게 해야하는지, 성장하기 위해서는 무엇을 해야 하는지, 자기관리는 어떻게 하는지 배울 수 있게 되었다. 노경섭씨는 그의 책에서 이렇게 적고 있다. "인생에 성공하고 싶다면 제대로 된 도구를 지녀야 한다. 어떤 도구가 필요할까? 나는 B&B(Binder and Book)에서 답을 찾았다. 바인더와 책을 만나기 전까지 나는 그저 평범한 사람이었다. 수많은 사람들 중에 한 사람이었다." 그러나 우연하게 알게 된 바인더는 그의 인생을 관리하는 내비게이션이 되었다. 그는 바인더에 그의 존재 이유와 꿈을 적었다. 그리고 꿈을 이루기 위해 올해의 목표, 올해 목표를 이루기 위한 주간 목표와 일일 목표를 정렬시켰다. 그는 바인더와 책을 통해서 성과를 내는 장교로서 수많은 군인들에게 바인더를 통해 생산적인 일을 하고 있다.

나에게 있어서도 이 바인더는 아주 중요한 인생의 도구다. 나 역시 3P 바인더와 첫 만남은 2010년으로 거슬러 올라간다. 이 3P 바인더를 만나기 전에는 2002년부터 그 유명한 스티븐 코비가 개발한 〈프랭클린 플래너〉를 사용해오고 있었다. 2010년에 강교수 비전스쿨에서 함께 훈련을 받던 용현중 씨를 통해 3P 바인더를 소개받아 1년 동안 바인더를 사용했다. 그러나 제대로 사용법을 배우지 않아서 그냥 플래너처럼 사용하다가 1년 쓰고 말았다. 그러다가 2018년 11월 3일 양재나비 저자특강에 갔다가 양재나비와 인연을 맺게 되었다. 그로부터 2주 후인 2018년 11월 17일(토)에 8시간에 걸쳐서 3P Pro과정을 들으면서 바인더와 기록에 대해서 배우게 되었다. 바인더는 단순한 플래너가 아니다. 바인더는 내 삶을 관리해주는 개인 비서와 같다. 경영학의 아버지이자 자기계발의 대부인 피터 드러커는 CEO를 코칭할 때 제일 먼저 하는 일이 비서 한 명을 통해 CEO가 시간을 어떻게 사용하고 있는지 체크한다고 했다. 나 역시 매일 아침 새벽기도를 마치고 하루를 시작하면서 3P 바인더를 열고 하루를 계획한다. 그리고 그 뒷날의 기록을 보며 하루를 피드백을 하는 시간을 갖는다. 그리고 이어서 하루 계획을 세운다. 3P 바인더에 한 주간 계획을 세울 때에 꼭 빼놓지 않고 기록하는 것이 있다. 주간 계획표 맨 우측 상단에 〈Study & Book〉이란 난이 있다. 그 곳에는 어떤 때는 3권의 책을 적어넣는다. 또 다른 때에는 책 두 권과 수강할 강의제목을 적어넣기도 한다. 한 주간의 스케줄을 기록하고 스케줄을 관리하는 사람과 되는대로 사는 사람과는 삶의 결과는 판이하게 다를 수 밖에 없다. 나는 2018년 11월에 3P 자기경영연구소에서 8시간의 3P 프로 과정을 배우고 나서 매주 바인더에 한 주간의 계획을 세우고 시간관리를 하면서 살아가고 있다. 나는 BNB에다 또 하나의 B를 첨가했다. 바로 성경(Bible)이다. 내 삶의 중심은 바로 성경(Bible)이다. 성경적 사고는 나로 하여금 선한 영향력을 발휘하도록 동기를 부여하고 있다. 매일 아침마다 약 10장 정도 성경 본문을 읽고 있다. 그래서 하루 하루를 3P 바인더에 내 삶을 기록하고, 책(Book)을 매일 읽어가면서 '본깨적'을 기록하고 있다. '본깨적'이란 책에서 의미있는 문장들을 바인더와 인터넷 스마트워크 툴인 에

자기계발 강사 박현근 코치와 함께 - 우측이 필자

버노트에 기록을 하고 있다. '본'은 저자의 관점에서 본 것을 기록한다. '깨'는 그 부분을 읽고 내가 새롭게 깨달은 부분을 기록한다. '적'은 보고 깨달은 것을 기초로 해서 어떻게 삶에 적용할 것인가를 기록한다. 이 3B(Binder, Book, Bible)을 매일 활용하면 시간이 지나면서 성장하고 발전하게 될 것이다. 그래서 평범한 삶이 비범한 삶으로 변화되어갈 것이다.

6

인생에 가장 중요한
7인을 만나라(1)

 리웨이원이란 사람을 아는가? 4장 〈우연과 필연〉, 2절 '만남의 축복'에서 언급했던 사람이다. 그는 미국과 중국에서 홍보 및 인간관계 전문가로 활동하고 있는 사람이다. 5만 명 이상의 정치가, 경영자, 직장인들을 만났다. 그리고 내린 결론은 '결국은 관계가 사람의 인생을 바꾼다'는 것을 실감하게 되었다고 한다. 그것을 바탕으로 성공한 사람들을 연구한 끝에 집필한 책이 바로 「인생에 가장 중요한 7인을 만나라」이다.

 우리는 평생을 살아가면서 다양한 사람들을 만난다. 그리고 그들로부터 영향을 받으면서 살아간다. 가깝게는 나를 낳아주신 부모님, 형제자매, 친구, 배우자, 학교와 사회에서 만나는 다양한 사람들 등등. 심지어는 직접 만나지 못했으나 책과 다양한 루트를 통해서 멘토나 정신적 롤모델로 삼는 사람까지 수많은 사람들로부터 영향을 받는다. 나를 낳아주신 부모님은 내가 선택할 수 없다. 그러나 친구나 배우자 그 외 많은 사람들은 나의 선택으로 인해 인연이 될 수 있다.

우리가 주변 사람들로부터 자주 듣는 말이 있다. '사회에서 성공을 하려면 인맥을 중시해야 한다'고 말이다. 인생의 각 단계마다 내가 어떤 사람과 함께 하느냐에 따라 나의 미래의 모습이 크게 달라질 수 있다. 리웨이원은 복잡한 인간관계를 단순화시켜 우리가 살아가는데 가장 중요한 일곱 사람을 선택하라고 권한다. 그리고 이 일곱 명이 그 사람의 인생을 결정짓는다고 주장한다. 그가 말하는 일곱 사람들은 어떤 사람들일까? 어린 시절의 소꿉친구, 대학교 때 만나는 멘토, 직장 동료, 직속 상사, 사업 파트너, 평생지기, 배우자. 이렇게 7명을 선정했다.

그러나 나는 리웨이원이 말하는 구분이 아니라 내 편의대로 인생의 7인을 정해보았다. 사실 7명만 정한다는 것이 쉽지가 않았다(내 인생에 영향을 준 사람은 앞으로 내가 언급하게 될 일곱 명 외에도 훨씬 많기 때문이다). 이제 내 인생에 결정적인 영향을 준 7명의 사람을 간략하게 소개하고자 한다. 부모님과 배우자는 넣지 않았다. 1부에서는 3명, 2부에서는 나머지 4명을 이야기하겠다.

첫 번째는 이윤호 목사다. 이분에 대해서는 앞에서도 몇 차례 언급했기에 더 자세하게 말하지는 않겠다. 나는 대학에 들어가면서 신앙훈련을 아주 고되게 시키는 네비게이토 선교회를 만나리라 다짐했다. 하나님의 섭리하심으로 당시 네비게이토 서강대 팀리더인 이윤호 목사(당시는 경제학과 대학원 재학중, 조교)를 만나게 되었다. 그리고 그분으로부터 체계적인 신앙훈련을 받았다. 그와는 나이 차가 3년밖에 나지 않았지만 나는 지금도 그분을 영적인 멘토로 생각한다. 그분은 단순히 성경적인 지식만 가르쳐주지 않았다. 삶으로 진리를 보여주었다. 성경대로 살아가려고 애쓰시는 모습이 아주 귀감이 되는 인물이었다. 그분의 가르침이 지금 나의 뼈 속에도 새겨져 있다.

두 번째는 김인수 박사다. 김인수 박사에 대해서도 이미 앞에서 자세하게 언급을 했으니 여기서는 간략하게 언급하고 지나가겠다. 김인수 박사는 나뿐만 아니라 한국 사회와 대학교, 수많은 교회와 선교단체, 그리고 개인들에게 이르기까지 선한 영향력을 크게 끼쳤던, 이 시대에 몇 안 되는 인물 중의 한 분이다. 김인수 박사를 내가 몸담고 일하던 해외선교회(OMF) 이사장님으로 4년간 모실 수 있었던 것은 큰 복이었다. 4년 동안 가까이에서 그분의 살아가시는 모습을 지켜보면서 충격을 받았다. 다정다감한 형님이자 삼촌과도 같은 분이셨다. 김인수 박사는 아낌없이 주는 나무의 삶을 살아가셨다. 아마 모르긴 몰라도 천국에 가서도 많은 상급을 받으셨을 것이다.

세 번째는 박희천 목사다. 박희천 목사는 내 모교회(母教會)의 담임목사님이시다. 모교회는 서울 세종문화회관 근처에 있는 내수동 교회다. 나의 아름다운 과거가 고스란히 묻어있는 곳이다. 나는 1970년 5월 10일부터 내수동 교회를 출석했다. 내가 고등학교 3학년이 되었을 때에 박희천 목사님께서 담임목사로 부임해오셨다. 대학에 들어가서 1학기를 마치고 군입대를 했다. 군 복무 33개월 동안(요즘은 복무기간이 16개월) 군대에서 인정을 받아 포상 휴가를 여러 차례 받았다. 휴가를 나오게 되면 맨 먼저

나의 멘토 이윤호 목사 - 오산새로남교회 입당예배에서 축사하는 모습

간 곳이 우리 교회(내수동 교회)였다. 그리고 박희천 담임목사님께 "목사님. 계중이, 휴가 나왔습니다!"하고 인사를 꼭 드렸다. 박 목사님은 이런 나를 눈여겨보셨다. 1979년 5월에 전역을 앞두고 마지막 휴가를 나왔을 먼저 교회를 찾아 목사님께 인사를 드렸다. 그 날 목사님께서 내게 이렇게 이야기하셨다.

"계중아, 너는 이제 전역하면 대학부에서 리더로 봉사하지 말고, 중고등부 전도사로 일을 하거라. 짧은 1주일 휴가 기간이지만 내가 돈을 줄 테니 두 분 목사님을 찾아뵈어라." 그러면서 부산의 박제수 목사님과 수원의 김성길 목사님을 찾아뵙고 그들이 전도사 시절에 초등부와 중고등부를 어떻게 부흥시켰는가를 가서 배워오라고 하셨다. 요즘 말로 하면 벤치마킹하라는 것이다.

짧은 한 주간의 휴가에 부산과 수원을 다녀왔다. 질문을 미리 준비해서 두 분 목사님을 뵙고 여러 가지 대화를 나누었다. 부산에서는 박제수 목사님 사택에서 일박을 하면서 여러 시간 대화를 나누었다. 휴가를 마치고 복귀했다. 그 후 군대 전역을 하자마자 25세의 약관의 나이였음에도 박 목사님께서 믿어주고 신뢰해주셔서 중고등부 전담 사역을 맡게 되었다. 박 목사님께서 이렇게 말씀하셨다.

"계중아, 장로님들이 네가 중고등부 사역 책임을 맡는 것을 처음에는 반대하셨단다. 그러나 내가 설득을 해서 너를 중고등부 사역책임자가 되게 했단다. 계중아, 이제 너는 나와 한 배를 탔어!" 하셨다. 장로님들께서 반대하신 것은 특별한 문제가 있어서가 아니었다. 사역을 하기에는 내가 아직 젊다고 생각하셨던 모양이다. 신학교에도 가지 않았고, 이제 일반 대학 1학년 2학기에 복학하는 젊은이인 나에게 목사님께서 엄청난 일을 맡기셨다. 또한, 나의 가정형편을 생각하시면서 내가 대학 졸업할 때까지 장학금을 주고 싶어서 그런 배려를 해 주신 것이었다. 나는 그 은혜를 평생 잊을 수 없다. 가난한 대학생을 물질로 도우시려고 물심양면으로 도움을 주셨던 박희천 목사님이 나의 세 번째 멘토이시다.

7

인생에 가장 중요한
7인을 만나라(2)

앞 장에서는 내 인생에서 가장 중요한 7인 중에서 세 명을 소개했다. 이번 장에서는 나머지 네 명을 소개하고자 한다.

네 번째는 강규형 대표이다. 강 대표는 대학을 졸업하고 취직한 곳이 이랜드였다. 공채 5기 입사 동기들 352명 중에 거의 꼴찌로 입사했다. 그런데 그는 이랜드에 취업하고서 인생이 달라졌다. 이랜드의 독특한 문화와 가치, 교육을 통해 엄청난 삶의 변화를 체험한 것이다. 회사의 교육과 훈련을 통해 그의 삶이 크게 달라졌다.

그 결과, 입사 동기 중에서 가장 빨리 본부장에 올랐다. 이랜드 계열 회사인 푸마 본부장(일반 회사의 사장)이 된 것이다. 그는 한 곳에 안주하지 않았다. 그 좋은 직장을 박차고 새로운 일에 도전을 했다. 그래서 간 곳이 푸르덴셜 생명보험회사였다. 지난 달까지 사장 월급을 받았던 그가 영업사원이 되었고, 첫 월급은 120만원이었다. 한 회사의 경영자 신분에서 전혀 새로운 분야인 보험 영업을 밑바닥부터 시작한다는 것은 결코 쉬운 일이 아니다.

그로부터 10개월 동안 높은 성과를 내는 사원들을 따라다니면서 비법을 배웠다. 이번에도 입사 10개월 만에 억대 연봉자가 되는 기염을 토했다. 3년 6개월 근속기간 동안 평균 3억 원의 연봉을 받았다. 그렇게 성과가 높은 삶을 살 수 있도록 도와준 도구는 바로 20년간 꾸준히 해 왔던 '바인더'였다. 그는 이후에 푸르덴셜에서 퇴사했고, 여러 우여곡절 끝에 2001년 2월에 지금의 〈3P 자기경영연구소〉를 세우게 되었다.

2010년도에 한 지인의 소개로 3P 바인더를 구입해서 사용을 했다. 그 전까지는 스티븐 코비가 만든 프랭클린 플래너를 사용을 해왔었다. 그러나 3P 바인더를 제대로 쓰는 법을 몰랐기에 1년만 쓰다 그만두었다. 그러다가 2018년 11월 3일 양재나비에서 주최하는 저자특강을 서울 송파구 청소년회관 강당에서 진행했다. 이른 새벽에 집을 나와서 이 모임에 참석했다.

마지막 시간에 강규형 대표께서 '디지로그'라는 말을 꺼냈다. 디지털 도구와 더불어 아날로그 도구인 바인더를 겸해서 사용하라고 했다. 그것이 계기가 되어 그 다음 주 토요일부터 약 1년간 꾸준히 토요일 양재나비 독서모임에 참석하게 되었다. 그리고 2018년 11월 24일 토요일, 〈3P 자기경영연구소〉에서 진행하는 '3P 바인더 프로' 과정에 참석을 하였다. 강규형 대표가 절반 정도 강의를 진행했다. 그러면서 강규형 대표를 더 알아가게 되었다. 그 후로도 몇 차례 그룹으로 인터뷰도 하고 그분이 인도하는 독서모임 베스(BES) 강의도 여러 차례 들었다.

자연스레 강 대표의 사상과 삶의 모습을 바라보게 되었다. 나름대로 나도 독서를 한다고 했는데 강 대표 앞에서는 독서를 했다고 말하기 어려울 정도로 다방면으로 방대한 독서량과 독서력을 갖고 있었다. 강 대표를 본받고 싶었다. 그리고 지난해(2019년) 12월에는 우리 교회 청년들을 중심으로 〈오산 새로남 나비〉 독서모임을 시작할 수 있게 되었다. 강 대표는 나뿐만 아니라 많은 분들의 멘토로 선한 영향력을 끼치고 있다.

다섯 째는 박현근 코치이다. 박 코치를 알게 된 것은 유튜브의 그의 강의를 통해서였다. 에버노트를 2012년부터 썼지만 제대로 쓰지 못했다. 유튜트에 접속하여 에버노트 사용법에 대한 강의를 시청하면서 박현근 코치를 알게 되었다. 그의 〈에버노트 왕기초〉라는 영상을 보게 되었다. 그러다가 그가 한 다른 강의를 구매해서 들었다. 그의 강의들을 몇 가지 보고 들으면서 2019년 초, 박현근 코치가 운영하는 평생 회원에 등록을 하게 되었다.

그는 고등학교 3학년 중퇴의 학력으로 자기계발 분야에서 우뚝 선 입지전적인 인물이다. 그리고 2019년 11월에 책 한 권을 출간했다. 「고교 중퇴 배달부 연봉 1억 메신저 되다」라는 책이다. 순식간에 베스트셀러가 되었다. 그는 고등학교 중퇴자로서 연봉 1억의 메신저가 되기까지 숱한 어려움을 겪었지만 이제는 스마트워크 툴의 대가다. 그가 잘 다루고 있는 것들은 3P 바인더, 싱크와이즈, 에버노트, 구글 앱스다. 이에 대한 사용법 강의를 하고 있고, 게다가 실용독서법 강의와 SNS 마케팅 교육 등 다양한 컨텐츠를 가지고 많은 이들에게 배워서 남 주는 삶을 살고 있다.

동네 중국집 배달, 새벽 우유배달, 피자, 도시락, 퀵서비스 등 닥치는 대로 배달을 했다. 그러면서 내면에는 강사가 되고자 하는 꿈이 있었다. 그래서 배달하면서 이어폰을 꽂고 다니면서 많은 강의를 들었다. 시간을 내어서 다양한 세미나를 찾아다녔다. 그리고 없는 시간을 쪼개어 틈틈이 책을 읽고 또 읽었다. 읽고 끝난 것이 아니고 메모를 하고 실천했다.

박현근 코치는 브렌든 버처드가 쓴 「백만장자 메신저」란 책을 갖고 마케팅 강의를 인도한다. 그는 그 책을 무려 수십 번을 읽었다고 했다. 책은 너덜너덜해 있었다. 그뿐만 아니다. 강규형 대표가 쓴 「성과를 지배하는 바인더의 힘」이란 책도 수십 번을 읽었다고 했다. 그러다 보니 그가 인도하는 3P 프로과정도 어떤 강사보다 잘 인도한다.

박 코치는 사람들의 학력의 유무와 상관없이 모두에게 좋은 롤 모델이 되고 있다. 그리고 많은 사람들에게 선한 영향력을 끼치고 있다. 그는 끊임없이 배우는 삶을 살고 있다. 작년(2019년)과 올해 두 번에 걸쳐서 미국의 브렌든 버처드가 인도하는 세미나를 다녀오기도 했다. 그에게는 새로운 꿈이 하나 더 생겼다. 그것은 영어로 해외에서 강의를 하는 것이다.

그가 고등학교를 중퇴한 이유는 영어선생님의 질책 때문이었다. 영어선생님으로부터 쓰레기 취급을 받은 그는 너무 분해서 학교를 그만두었다. 그 날 이후로 영어에 대한 심한 콤플렉스를 갖고 살아왔는데, 지금은 상당한 영어 실력을 갖춘 사람이 되었다.

코로나 19로 인해서 오프라인 강의가 줄줄이 취소되었다. 그는 이 위기를 영어 공부(훈련)에 몰입하는 기회로 삼고 주말을 제외한 매일 하루 종일 영어훈련에 매달리고 있다. 그의 영어실력이 일취월장하고 있는 모습을 보았다. 그는 단순히 돈을 버는 강사가 아니다. 사람들을 세울 줄 아는 겸손한 자기 계발 강사다. 그는 대학을 나오지 않았으나 대학교수의 초청을 받아 대학생들 앞에서 강의를 하는 사람이 되었다. 그는 이런 말을 한다. 자기는 유튜브 대학을 나왔다고 말한다. 관심 있는 주제를 유튜브에 접속하여 필기를 하면서 강의를 들었다. 또한 그는 독서광이다. 지금까지 읽은 자기 계발서만 무려 2,000여 권이 된다고 한다. 수많은 책들을 읽으면서 깨달은 점은 성공한 사람들은 메모, 독서, 운동 그리고 시간 관리의 대가들이라는 것을 알게 되었다고 한다.

박 코치 주위에는 사람들이 많이 몰린다. 그만큼 허물이 없고 친근한 사람이라는 말이다. 그는 다른 사람의 성공을 돕는 코치가 되고 싶다고 말한다. 다른 사람의 성공을 돕기 위해 더 부단히 노력하고 잠도 줄이고 시간 관리도 하면서 애쓰고 있다. 그는 말한다. 세상에서 가장 효과적인 투자는 자기 자신에게 투자하는 것이라고. 그래서 그는 2017년 한 해만 자기계발비용으로 1,000만 원 이상을 사용했고 2019년 상반기에 500만 원 이상을 자기를 위해 투자했다고 했다.

그는 자기 확언(자기 긍정문/Self Affirmation)을 말로 하고 글로 쓰라고 강조한다. 그가 쓰는 긍정문 일부를 소개하겠다. "나는 항상 최고를 기대한다. 나는 나를 인정하고 칭찬한다. 나는 날마다 모든 면에서 점점 더 좋아지고 있다. 나는 천재다. 나는 최고다."

올해 6월에 박 코치로부터 연락이 왔다. "목사님, 평생회원들 대상으로 특강을 한 번 해주세요. 목사님이 살아오신 이야기를 해주셔서도 좋아요." 하는 것이었다. 나는 흔쾌히 허락을 했다. 7월 18일 토요일 오후 9시에 한 시간 동안 평생회원들을 대상으로 줌(Zoom) 화상강의를 하기로 했다. 최근에 읽었던 책들 중, 내게 큰 도움이 되었던 책 내용을 토대로

3P 프로과정 강규형 대표와 함께

북 멘토링을 해야겠다고 생각을 했다.

드디어 강의할 날이 돌아왔다. 내 강의를 100명 정도가 줌을 통해서 듣게 되었다. 강의에 대한 참여자들의 반응이 너무 좋았다. 박 코치께서 내게 이렇게 이야기했다. "목사님, 이제 유료 강의로 전환해도 되겠어요!" 이렇게 해서 자연스럽게 자기계발 강사로 데뷔를 하게 되었다. 박 코치께 감사를 드린다. 나이로 따지면 박 코치는 내 조카 내지는 아들 벌이 되는 사람이다. 그러나 나는 그를 나의 멘토로 인정하기에 주저함이 없다.

여섯 째는 김형환 교수다. 나는 성년이 되어서 2년 동안 고등학교 교사라는 직업을 가진 것 외에는 줄곧 지금까지 30여 년 동안 목사로 살아왔다. 그래서 내가 활동했던 주된 곳은 교회나 교회와 관련된 단체들이다. 지금으로부터 4년 전 쯤 일로 기억된다. 안산에서 목회하고 있는 절친 목사로부터 이런 말을 들었다.

"진 목사, 은퇴 준비는 하고 있니?"

나는 "아니, 벌써? 아직 은퇴하려면 10년이나 남았는데 무슨 은퇴 준비?"라고 말했다. 그랬더니 그 친구는 지금부터 은퇴준비를 해야 한다는 것이다. 그 말이 도화선이 되어서 2018년 중반부터 은퇴 준비를 시작했다. 앞으로 교회 사역을 그만두고 은퇴 후에는 어떤 형태의 삶을 살 것인가 고민하기 시작했다. 자기계발에 대한 책도 보고, 은퇴 후에 수입원을 마련할 수 있는 일들을 찾아보기도 했다.

그러다가 만난 분이 바로 김형환 교수다. 박현근 코치로부터 직간접적으로 김형환 교수에 대한 이야기를 여러 번 들으면서 언젠가 그분에게 배워야겠다고 생각을 하게 되었다. 그러던 중 작년(2019년) 9월, 〈3P 자기경영연구소〉에서 실시한 〈독서 기본과정〉 세미나에 참여하게 되었다. 쉬는 시간에 몇몇 분들과 대화하다가 김형환 교수에 대한 이야기가 나왔다. 한 분이 자기가 김형환 교수에게 〈1인 기업 CEO 컨설팅〉 과정을 배웠다면서 내게도 그 과정을 적극 추천했다. 그러면서 김 교수와 직접 통화할 수 있도록 중간 역할을 해주었다. 그것이 계기가 되어 김형환 교수와 전화로 상담을 받게 되었다.

그리고 2019년 9월에 시작되는 5주 과정의 〈1인 기업 CEO 컨설팅〉을 듣게 되었다. 이 과정을 배우면서 직업, 특히 1인 기업 CEO에 대해서 새로운 이해를 갖게 되었다. 특히 3주차에는 멘토를 인터뷰하는 과제가 있었다. 이 과정을 수료한 선배들 리스트를 주시면서 그룹으로 가서

원하는 선배 1인 기업 CEO를 만나서 인터뷰를 하라고 하셨다. 최소 5명을 만나서 멘토 인터뷰를 해야 했다. 이 과정을 통해서 훌륭한 1인 기업 CEO들을 많이 알게 되었다. 김형환 교수는 교수법도 아주 쉽고 재미있었다. 그리고 많은 사람들을 네트워킹하는 면에서 탁월하신 분이셨다. 김 교수와의 만남은 아주 오래되지는 않았지만, 은퇴 후에 내가 해야 할 것들을 깨닫고 준비할 수 있도록 도움을 주신 귀한 멘토 중의 한분이시다.

마지막 일곱 번째로 내 인생에서 중요한 사람은 〈아이디어 셀러〉 대표인 백건필 대표다. 백 대표는 아주 우연하게 알게 되었다. 작년(2019년)에 한 단체 카톡방에 '아이디어 셀러 백건필 대표'에 대한 블로그 글이 올라왔다. 그 글을 보고 〈아이디어 셀러〉 사이트를 방문하게 되었다. '탁월함에 이르는 가장 빠른 길, 아이디어셀러.' 사이트 대문에 큼직하게 써 있었던 글귀다.

사이트에 접속하여 백건필 대표의 소개 영상을 보았다. 그리고 온라인 코스 강의 내용들을 둘러보았다. 한 주제마다 100개의 강의, 총 일곱 개의 주제로 되어있었다. 마케팅 심리학(100개 강의), 생각 큐레이션(100개 강의), 스피치 프레젠테이션(100개 강의), 온라인코스 마스터 클래스(100개 강의), 창의적 문제해결(100개 강의), 글쓰기와 책 쓰기(100개 강의), 스마트워크 툴 사용법(100개 강의)들이었다.

혀를 둘렀다. 이 엄청난 콘텐츠를 보면서 더 망설일 필요가 없었다. 당장에 거금을 주고 평생회원에 등록을 했다. 그리고 그 안의 강의들을 하나하나씩 들으면서 새로운 세계를 경험하게 되었다. 특히 '스마트워크 툴 강의'는 내게 적지 않은 충격을 주었다. 나도 나름대로 얼리 어탭터라고 여겨왔는데, 이 강의들을 접하는 순간 나는 너무 미약하다는 것을 깨달았다. 평생회원에 가입하고 얼마 지나지 않아서 직접 백 대표를 개인적으로 만나 점심을 먹으면서 교제하는 시간을 갖게 되었다. 지금은 매주 목요일마다 밤 10시부터 2시간 동안 아이디어 셀러 단톡방에 있는 회원들 100여명이 백건필 대표의 강의를 듣기 위해 PC(노트북) 앞으로 모이고 있다. 40대 중반의 나이지만 그는 멘사 회원이고, 여러 가지 방면에서 탁월한 지식을 갖고 있는 고수임을 알게 되었다. 그는 요즘말로 하면 N잡러이고, 다능인이다. 책을 쓴 작가, 강사, 작곡가, 작사자, 트롯트 가수, 카피라이터 그리고 최근에 주식회사를 설립한 〈주식회사 백건필〉 1인 기업가가 되었다.

그의 강의를 들으면서 내 사고의 지평이 넓어지고 있음을 깨닫는다. 그는 보통 사람들이 접하지 못한 아주 좋은 책들을 선정해서 '시크릿 독서단'을 운영하고 있는데, 이 독서단에도 가입을 해서 많은 유익을 얻고 있다. 특히 앞으로 은퇴 후의 1인 기업 CEO로 준비하는데 실제적인 도움을 받고 있다.

8

1인 기업 CEO

　지금은 1인 기업가 시대다. 20세기 후반의 전통적인 성공로드맵은 소위 명문대학교에 들어가 좋은 교육을 받고, 삼성이나 LG, SK, 포스코와 같은 일류 기업에 취직하는 것이었다. 그래서 자기 사업을 하는 것은 대부분 위험한 생각으로 여겨졌다. 그러나 오늘날은 어떠한가? 이제는 예전과는 반대로, 회사에 취직하는 것이 위험하다. 자기 사업을 하는 것이 훨씬 더 합리적인 시대가 되었다. 더구나 최근에 몰아닥친 코로나 19로 인해 회사에 목매는 것이 훨씬 위험해졌다. 조기 퇴직한다는 이야기가 우리 주변에서 심심찮게 들려오고 있다. 코로나 19로 인해 일반 직장에서도 재택근무 비율이 높아져가고 있다. 뿐만 아니라, 재택 사업도 날이 갈수록 늘어나는 실정이다. 이것은 전 세계적인 현상으로 미국의 경우, 여덟 가구 중에 한 가구 이상이 재택 사업을 하고 있다고 한다.

1인 기업가 혹은 1인 기업 CEO란 말을 처음 사용한 사람이 누구였을까? 내가 알고 있기로는 지금은 세상을 떠난 고 구본형 소장이다. 또 한 사람이 있는데 공병호 대표다. 두 분은 우리나라에서 1인 기업가로 살았을 뿐만 아니라 많은 이들에게 새로운 활로를 열어주었다. 구본형 소장은 변화경영전문가로 세간에 알려져 있다. 직장인의 자기혁명 비전을 제시한 「익숙한 것과의 결별」과 「그대, 스스로를 고용하라」는 대량실업 시대에 각 개인과 기업에게 절실한 변화와 방향을 제시한 책들이다.

요즘은 1인 기업을 한다는 사람들을 많이 만난다. 1인 기업가는 아주 다양한 직업군을 형성한다. 그리고 1인 기업가가 우리나라에서 폭발적으로 늘어날 수 있었던 요인 중의 하나는 인터넷과 스마트폰의 진화라고 할 수 있다. 중국도 1인 기업가가 아주 많다는 말을 들었다. 그런데 중국의 많은 1인 기업가들은 스마트 폰 한 대만 가지고 사업을 한다고 한다. 인터넷의 인프라는 우리나라가 훨씬 나은데도 중국의 사업가에게 뒤지고 있는 것은 깊이 생각해봐야 한다.

에버노트와 관련된 책들을 여러 권 집필한 홍순성 사장은 2017년에 「나는 1인 기업가다」라는 책을 펴냈다. 평균 수명은 늘어나고 평생 직장은 사라지는 요즘 '1인 기업가'는 피할 수 없는 선택일지도 모른다. 예스 24 인터넷 서점 사이트에서 '1인 기업가'를 검색하니 무려 77권의 책이 검색되었다. 이 시대에 1인 기업은 대세라는 말이다.

나도 1인 기업가를 꿈꾸고 있다. 이 글을 읽는 분들 중 몇 분은 "목사

1인 기업가 멘토 김형환 교수님과 함께

님이 1인 기업가를 꿈꾼다고?"라고 생각할지 모르겠다. 이제 내가 왜 1인 기업가를 꿈꾸는지 그 이유를 이야기하겠다. 교단에 따라 약간의 차이가 있지만 우리나라 대부분의 교단에서는 목회자는 만 70세에 은퇴를 하도록 법으로 규정하고 있다. 나는 2020년 12월이 지나면 은퇴하기까지 5년이라는 시간이 남아 있다. 은퇴를 앞두고 은퇴 후를 어떻게 살 것인가 하고 여러 가지 실험을 하고 있다. 그중에 하나는 지금까지 한 번도 생각해 보지 않은 새로운 길, 새로운 직업을 갖는 것이다. 바로 '1인 기업 CEO' 다! 한국 교회의 경우, 목사로 평생 목회하다가 은퇴하면 은퇴 목사로 남은 생애를 살다 삶을 마감한다(아주 특별한 경우에는 목사이면서도 사업을 하는 사람이 있다). 인생 이모작이라는 말이 있다. 나는 단순히 은퇴 목사로 여생을 마감하고 싶지 않다. 사업가가 되고 싶다. 월급을 받는 사람이 아닌

1인 기업을 통해서 돈을 벌고 싶은 것이다. 내가 1인 기업가의 꿈을 갖게 된 데는 나름 이유가 있다.

지금부터 2,3년 전이라 생각된다. 앞으로 은퇴를 생각하면서 이런 저런 계획을 세워 보았다. 그러면서 내 주변의 선배 목회자들이 한 분, 두 분 현역에서 물러나 은퇴를 하기 시작했다. 그런데 중형 교회나 대형 교회에서 목회하셨던 목사님들은 은퇴 후 대부분 독립을 해서 연구소를 설립하여 현역과 비슷한 일들을 하는 것을 봤다. 그러나 한국 교회 대부분의 은퇴 목회자들은 은퇴하는 순간부터 삶의 질이 확 떨어지는 것을 목격하게 되었다. 특히 경제적으로 아주 어려워지는 것을 목격하게 된 것이다. 이런 모습을 바라보는 내 마음이 쓰리고 아팠다. 왜냐하면, 나 역시 중대형 교회의 목회자가 아니기에 이분들의 모습이 곧 5년 후 나의 모습으로 비춰졌기 때문이다.

정신이 바짝 들었다. 그리고 은퇴 준비를 위해 기도하고 기도했다. 세미나를 찾아다니면서 강의를 들었고 여러 가지 책을 구입해서 읽기도 했다. 다양한 것들을 배우고 경험했다. 그러면서 내 마음 속에 떠오르는 생각이 있었다. 이것은 하나님께서 내게 개인적으로 주신 마음이라 생각한다. 은퇴 후에는 그동안 내가 준비하고 연구하고 배웠던 것들을 연계해서 사업을 해보라는 것이었다.

지금은 인터넷과 관련된 신생 사업들이 속속들이 등장하고 있다. 그래서 인터넷과 연관된 사업들을 계획 하게 되었다. 내가 사업을 해서 돈을 벌고자 하는 목적은 두 가지다. 하나는 우리 가족의 생계를 위함이다. 그리고 또 하나 중요한 것은 주변의 은퇴하신 목회자들 가운데 경제적으로 어려운 분들에게 경제적으로 지원을 하기 위함이다. 은퇴하신 목회자

1인 기업가 백건필 대표

가정 뿐 아니라 내 주변에 있는 미자립 교회를 섬기고 있는 여러 후배 목
회자들도 돕고 싶다. 또한 나처럼 은퇴를 앞두고 미래를 염려하고 있는
수많은 목회자들을 대상으로 내가 먼저 경험한 것들을 책을 통해서 또는
세미나를 개최해서 나누고 싶다. 하나님께서 내게 이런 비전을 주셨기
에 내게 필요한 재정도 공급해주실 것을 믿는다.

9

인생 이모작

지금은 작고했지만 20세기 경영학의 아버지, 경영 구루로 불리웠던 피터 드러커는 그의 책 「Next Society」에서 미래사회는 "고령 인구의 급속한 증가와 젊은 인구의 급속한 감소"로 인해 지금 까지 어느 누구도 상상조차 할 수 없을 만큼 엄청나게 다른 사회가 될 것이라고 예견했다. 이름하여 '고령사회' 또는 '초고령사회'를 말한다. 우리나라는 2000년에 이미 65세 이상 노령인구가 전체 인구의 7%를 넘는 고령화사회에 도달했다. 통계청의 발표에 따르면, 올해(2020년) 65세 이상 노령 인구는 전체 인구의 15.7%에 달하고, 앞으로 5년 후인 2025년에는 20.3%까지 치솟아 명실공히 '초고령사회'가 될 것이라고 발표했다. 이 수치는 젊은이 4명이 노인 1명을 책임져야한다는 말이다. 우리 나라는 세계적으로 장수국가 반열에 올라가 있다. 세계에서 가장 오래 장수하는 국가는 모나코다. 2위는 일본, 우리 나라는 3위에 링크되어 있다. 우리나라 남녀 평균은 83.01

세, 남자는 80.50세, 여자는 85.74세에 달한다. 한편 독일의 대표적 시사
주간지인 「슈피겔」의 실리콘벨리 지사 편집장인 토마스 슐츠가 2018년에
「200세 시대가 온다」라는 책을 출간했고, 우리나라에서 2019년 9월에 이
책이 번역 출간되었다. 이 책에 따르면 "지금은 모든 것이 달라졌다. 이
제 의학뿐만 아니라 삶의 모든 영역에서 엄청난 변화가 나타나고 있다"
고 했다. 이런 엄청난 수명의 변화가 일고 있는데 반해 우리의 직업 환경
은 너무나 열악하다. 1997년 IMF(구제금융) 위기 이후로 우리 나라는 이
제 평생 직장이란 말이 사라졌다. 그리고 날이 갈수록 일반 직장에서 퇴
직하는 연령이 낮아지고 있다. 과거에는 평생 직장이 있었고, 평생 직장
에서 은퇴하고 나서 몇 년을 더 살다가 이 땅을 떠나갔다. 그러나 지금
은 사정이 완전히 달라졌다. 직장에서 은퇴하고 나서도 너무나 긴 인생
후반을 보내야 한다. 이화여대 석좌교수인 최재천 박사는 2005년에 「당
신의 인생을 이모작하라」는 책을 썼다. 상당히 미래를 예견하고 쓴 책이
라 할 수 있다. 이 책 가운데 〈인생 두 번 살자〉라는 챕터에서 우리는 모
두 인생을 두 번 살게 된다고 했다. 번식기와 번식후기로 구분했다. 앞으
로는 번식후기가 더 길어질 수도 있다고 했다. 이제 번식후기는 더 이상
단순한 잉여시기가 아니다. 그동안 대개 60세를 전후하여 현직에서 물러
나 조용히 남은 인생을 정리해왔다. 그러나 이제는 은퇴를 하고 살아야
할 기간이 견디기 어려울 정도로 길어졌고 평생 건강을 잘 관리한 이들
은 은퇴 후에도 웬만한 젊은이 못지 않은 체력을 유지하게 되었다.

나 역시 인생 이모작을 성공적으로 살아내기 위해서 나름 준비하고 있
다. 앞장 〈인생 후반전을 위하여〉에서도 약간 언급을 했지만, 은퇴 5년

스타트업 메카 용산전자상가에서

을 앞두고 있는 지금 인생 이모작을 보다 생산적인 삶으로 연결시키기 위해 몇 가지 것들을 준비하고 있다. 나는 지금 사역하고 있는 오산새로 남교회에 1992년 1월에 담임목사로 부임을 해왔다. 햇수로 29년 째 목회를 하고 있다. 신학교에 입학해서 지금까지 매주마다 한 것이 설교다. 설교를 준비하기 위해 두 가지를 끊임없이 해왔다. 글쓰기와 말하기, 그리고 책을 읽는 것이다. 이 세 가지는 은퇴 후에도 조금 방향은 다를지라도 계속 이어질 것이다. 그래서 나는 인생 이모작을 보다 효율적으로 하기 위해서 나름대로 몇 가지를 실행하고자 한다.

첫 번째는 글쓰기와 책쓰기 작업이다. 지금 쓰고있는 책이 내 인생의 첫 번째 책이다. 이 책이 출간되고 나서 최소한 1년에 한 권씩은 책을 계속 집필하고 출판할 것이다. 은퇴 후에는 시간을 잘 활용하면 1년에 두 권의 책을 출간할 수도 있을 것 같다. 책의 주제는 다양하게 쓸 것이다. 두 번째로 실행할 것은 인터넷을 활용한 작업이다. 목사로서 평생 가르치는 일을 해왔다. 그것을 연결하여 자기계발 강사로 남은 생애를 보내고 싶다. 그래서 요즘처럼 코로나로 인해서 오프라인 강의가 거의 전무가 되는 것에 대비해서 인터넷 온라인 강의를 준비하고 있다. 몇 달 전부터 줌(zoom) 강의를 실시하고 있다. 지금은 코로나로 인해 모든 오프라인 시장이 된서리를 맞고있지만 언젠가 코로나가 종식이 된다면 오프라인 강의도 다시 부상하게 될 것이다. 그래서 온라인 강의 뿐 아니라 오프라인 강의를 위해서도 꾸준하게 콘텐츠를 준비하고 쌓아갈 예정이다. 또하나는 전자책을 출판하는 것이다. 요즘은 전자책(PDF) 출판이 아주 왕성하게 이루어지고 있다. 나도 여러 가지 주제의 글들을 다양한 형태의 전자책으로 만들어서 재능 공유 플랫폼 중 규모가 가장 큰 크몽(www. kmong.com)을 비롯해서 프립(www.frip.com), 탈잉(www.taling.me), 퍼블리(www.publy.co), 아웃스탠딩(www.outstanding.kr)등에 연결하여 수익을 낼 것이다. PDF 전자책 비즈니스가 매력적인 이유는 무엇보다도 리스크가 전혀 없다는 점이다. 전자책을 썼다가 팔리지 않아도 딱히 손해 보는 게 없다. 재고가 없으니까. 게다가 포장, 배송도 할 필요가 없다. 그 다음으로 수익을 낼 수 있는 머니 파이프라인이 바로 온라인 강의를 개설하는 것이다. 언택드(Untact/비대면) 시대에 최고의 머니 파이프라인이 이 온라인 강의라 할 수 있다. 온라인 강의는 한 번 만들어놓으면 크게 손보지 않아도 되기 때문에 막강한 머니 파이프라인이 될 수 있다. 온라인 강의는 앞으로 점점 더 수요가 증가할 것이다.

또 하나는 요즘 핫한 유튜버로 살아가는 것이다. 나는 올해 4월에 수익을 낼 수 있는 유튜버가 되었다. 이것은 순전히 하나님의 은혜다. 유튜버가 수익을 낼 수 있기 위해서는 두 가지 조건을 통과해야 한다. 하나는 내가 만든 유튜브가 조회수가 1천명이 넘어서야 하고, 시청시간이 4천 시간이 넘어야 구글에 수익을 낼 수 있는 유튜버로 신청할 수 있다. 지난 4월 코로나가 온 나라에서 맹위를 떨치고 있을 무렵에 내가 편집해서 올린 〈메뚜기 떼의 재앙〉 영상이 엄청나게 반응을 일으켜서 순식간에 구독자 1천명을 넘어서게 되었다. 물론 시청시간 4천 시간도 훌쩍 넘어버렸다. 지금은 구독자 수가 무려 2,130명이나 되었다. 요즘은 시간을 낼 수가 없어서 유튜브 영상을 업로드를 하지 않는데도 그 영상 하나가 효자 노릇을 하고 있는 것이다. 앞으로 시간을 확보해서 유튜브에 영상을 제작하여 올리고자 한다.

그런데 내가 인생후반전에 이 여러 가지 파이프라인을 연결하여 수익화를 내려고 하는데 이유가 있다. 미자립교회와 목회자 가정들, 그리고 경제적으로 어려운 은퇴 목회자 부부들을 재정적으로 지원하기 위해서이다. 하나님께서 내게 그런 소원을 주셨다. 앞으로 계속 그 비전을 잘 가꾸어서 여러 미자립 교회 목회자들과 은퇴하는 목사님들에게 힘을 넣어드리고 싶다. 그래서 성공적인 인생 이모작의 삶을 살아가고 싶다.

10

건강주권을
회복하라

올해 들어서 건강에 무척 신경을 쓰고 있다. 나는 병원에 잘 가지 않는다. 그만큼 건강하다는 말이겠다. 주변을 살펴보면 내 나이(올해 66세) 또래들이 여러 가지 질병으로 고생하는 것을 보게 된다. 그들에 비하면 나는 무척 건강한 편이다. 그러나 "정말 건강하냐?"라고 물어본다면 "아니요!"라고 대답할 수 밖에 없다. 이 글을 쓰고 있는 이 순간에도 목에 가래가 차있다는 걸 느끼고있다. 목에 가래가 낀다는 것은 환경상의 문제(공기오염 등)도 있겠지만 내 몸에 이상 특히 호흡기나 폐가 아주 건강하지 않다는 반증일 수 있다. 2018년 11월 3일(토)에 「환자혁명」이란 책을 쓴 조한경 박사 강의에 참석한 적이 있다. 그는 현재 미국에 거주하고 있는 의사다. 캘리포니아 오렌지카운티에서 열정적으로 환자들을 돌보고 있다. 환자들을 향해 '병원에 오라'고 외치는 대신, '자기 병에 더 큰 관심을 가지라'고 잔소리하는 독특한 의사다. 조한경 박사가 추구하는 진료는 환자들의 질병을 관리해주는 차원이 아니라, '진정한 건강'을 찾도록 도와주는 것이다. 이를 가능하게 하는 유일한 방법은 '환자교육'과 '영양'뿐이라고 그는 굳게 믿고 있다. 그날 입추의 여지 없이 350여명의 사람들이 모인 강의장에서 한 그의 말을 지금도 잊을 수가 없다. "여러분, 의사와 병원을 너무 믿지 마세요! 여러분이 건강과 의학적인 지식이 없으니 의사의 말을 맹신하게 되는 겁니다!" 나는 이 말을 들으니 망치로 머리를 맞은 기분이었다. 나 역시 병원 의사의 말을 하나님의 말씀처럼 믿었기 때문이다. 그런데 의사 말을 모두 믿지말라는 말이 충격일 수 밖에 없었다. 사실 지금도 많은 이들이 의사의 말을 엄청 잘 듣는다. 물론 그렇지 않고 자기 고집을 피우는 사람들도 있다. 이런 경우는 자기가 의학적인 상식이 있어서 의사의 말을 듣지 않는 것이 아니라 일종의 오기로 안 듣는 것이다. 대부분은 의사의 지시나 처방을 따를려고 애를 쓴다. 그러나 아는가? 매년마다 일어나는 의료사고의 상당수가 의사의 오진으로 인하다는 것을. 심지어는 너무 어처구니 없는 의사들의 실수로 애매하게 환자들이 피해를 보기도한다. 예를 들어 환자의 오른쪽 다리를 절단해야 하는데, 왼쪽을 절단하는 사례도 발생한다. 그리고 또 한 가지 언급한 말은 현대의학이 갖고있는 폐해다. 예를 들어 암환자에게 실시하는 방사선 치료의 경우를 예로 들어보겠다. 방사선을 통해 암을 죽인다고 하지만 암을 처치하다 보면 전혀 문제가 없는 세포나 장기에도 엄청난 피해를 준다. 또 방사선 치료하다보면 부수적으로 나타나는 현상들이 따른다. 머리카락이 빠지는 것은 기본이고, 음식을 먹기가 힘이 들고 먹으면 구토하는 등의 역효과도 생긴다. 그래서 어떤 엄마는 딸이 어렸을 때에 혈액암이 걸렸는데, 항암치료 받다보니 음식을 거부하니까 그 엄마가

매를 옆에 두고서 강제로 밥을 먹였다는 이야기도 들었다. 이 모든 것들이 의료의 부작용들이다. 결국 이 땅에 의사가 처방해주는 대부분의 약들은 화학약품들이다. 화학약품의 기초원료는 석유에서 추출한 것들이다. 이런 의약품이 우리 몸에 투여될 때에 병을 치료하기도 하나 전혀 다른 신체 부위에 크고 작은 부작용을 일으키게 만든다.

우리 교회에 올해 삼수를 해서 의대를 합격한 청년이 있다. 이 청년은 공부를 아주 잘하는 청년이다. 그러나 강직성 척추염으로 인해서 어릴 때부터 무척 고생을 했고 병원신세도 많이 졌다. 그 청년은 몸이 약해서 중학교는 부모가 가정에서 홈스쿨을 했다. 그런데도 공부를 잘해 고등학교 입학할 때 수석으로 입학을 했고, 고등학교 3년 내내 전교 상위권을 차지했다. 그리고 자기 몸이 힘들면서 의대를 가서 의사가 되겠다 하여 재수, 삼수만에 충북대 의대에 합격을 했다. 그 과정에서 그 엄마로부터 직접 들은 말이다. 자기 아들의 병을 고칠려고 인터넷을 뒤져보고 백방으로 알아보면서 아들에게 맞는 건강식품 영양제를 알아냈다. 그 영양제는 값이 고가임에도 아들을 살려야겠다는 일념으로 그 약을 계속 복용해서 지금은 몸이 상당히 건강해졌다. 만일 이 아이를 병원 의사에게만 맡겼다면 어찌되었을까 생각했다.

건강에 관심을 갖다 보니 뜻이 있는 곳에 길이 있다고, 오프라인과 온라인 상에서 건강에 대한 강의들을 많이 듣게 되었다. 하루는 한 오프라인 강의장에서 대사증후군이란 주제를 가지고 강의하는 강의를 수강하게 되었다. 강의를 들으면서 탄수화물이 얼마나 우리 몸에 해로운가(?)하

건강서적 - 내 서재에 있는 건강에 대한 책들

는 이야기를 듣게 되었다. 그때 강사가 한 권의 책을 소개했다. 「건강의 비결_NO!_탄수화물」이란 일본 의사가 쓴 책이다. 강사는 이 책의 내용의 일부를 인용하면서 탄수화물을 너무 많이 섭취하는 것이 오히려 몸에 해롭다 하며 대사증후군에 대한 강의를 이어갔다. 나는 이 일련의 강의를 듣고 또 영상과 기타 자료들을 접하면서 실행에 옮기기로 마음을 먹었다. 일차적으로 식생활 개선에 들어갔다. 우선 일 단계로 아내에게 부탁을 했다. "여보, 앞으로 밥은 1/2로 줄여서 주세요!" 그리고 가능하면 빵이나 국수, 라면 등 밀가루 음식도 멀리하고 있다. 밥을 포함한 빵, 떡, 국수, 라면 등이 대표적인 탄수화물 음식들이다. 나는 밀가루 음식을 너무너무 좋아한다. 아주 오래 전 일이지만 라면을 1주일 동안 하루 3끼니를 먹었던 적도 있었다. 그 정도로 나는 밀가루 음식 애호가 중의 애호가였다. 그런 내가 지금은 흰쌀밥을 보면 무척 경계를 하는 사람이 되었고, 실제로 밥을 과감하게 적게 먹고있다. 그 좋아하는 라면을 올 상반기 동안에 단 한 차례도 먹지 않았다. 그리고 올해 들어서 그렇게 좋아하는 믹스 커피도 딱 끊어버렸다. 당분을 제한하기 위함이었다. 설탕류가 들어가 있는 음료수도 일체 마시지 않았다. 과거에는 식당에서 가서 고기를 먹을 때는 의례히 콜라와 사이다를 섞어서 마셨는데, 지금은 이것도 금하고 있다. 건강에 좋다고 시중에서 시판하는 강장제의 드링크제도 일절 마시지 않는다. 내가 봐도 신기할 정도로 음식과 음료수를 잘 절제하고 있다. 이 작은 실천만으로도 내 몸에 작은 변화가 찾아왔다. 그동안 다이어트를 열심히 해도 몸무게가 줄지 않았다. 또한 장기 금식기도를 할 때는 몸무게가 줄었다가 어느 일정한 시간이 지나면 다시 요요현상으로 원위치가 되곤 했다. 그런데 이번에는 이 짧은 기간 동안에 그저 탄수화물만 줄이고 신경을 썼는데 몸무게가 올해 들어서 8kg이나 줄어들었다. 그간 뱃살이 나와서 늘 아내로부터 잔소리를 들었는데, 이제는 그럴 필요가 없어졌다. 허리 둘레 사이즈도 확 줄었다. 6개월 전만 하더라도 지금 입고있는 바지 허리가 꽉 끼어서 불편했는데, 지금은 모든 바지가 헐렁해졌다. 아래 뱃살도 현저하게 줄었다. 몸무게는 지금은 완전 기준치에 해당된다. 건강은 건강할 때 지켜야 한다는 말이 정말 맞는 말이다. 우리 속담에 소 잃고 외양간 고친다는 말이 있다. 건강도 마찬가지다. 건강을 잃고 나서 잃어버린 건강을 되찾으려고 하면 너무너무 어렵고 힘들다. 돈도 많이 들어가고, 몸도 지치고 득은 없고 실만 가득한 것이다. 그래서 현대 의학에서는 치료보다 예방을 더 중시하는 것도 이런 이유 때문인 것이다.

11
금융 문맹

요즘 유튜브에나 방송사에 연예인 못지 않게 자주 등장하는 금융인이 있다. 메리츠 자산운용 대표이사를 맡고있는 존리(John Lee)이다. 그는 아주 엄청나게 바쁘게 전국을 종횡무진하면서 금융교육을 시키고 있다. 그가 쓴 책으로는 「왜 주식인가?」, 「엄마, 주식 사주세요」, 「존리의 부자 되기 습관」이 있고, 최신간으로 얼마 전에 또 한 권의 책을 출간했다. 「존리의 금융문맹 탈출」이 바로 그 책이다. 이 분이 매스컴이나 SNS와 오프라인 강의에서 주장하는 것이 차를 소유하지 말고, 사교육에 목을 매지 말라고 강조한다. 심지어는 집을 사기 보다는 사글세로 살고 그 돈으로 주식에 투자하라고 외친다. 그동안 우리 나라에서 일반인들이 갖고있는 주식에 대한 지식은 '주식하면 망한다'라는 생각이 지배적이었다. 나도 예외가 아니다. 그러나 이분의 유튜브를 비롯한 여러 강의를 듣고 책을 보면서 생각을 바꾸었다. 그는 말한다. 주식을 투기로 하니까 문제가 된다는 것이다. 사고 팔고 단타로 하지 말고, 주식을 구매했으면 투자의 수단으로 오래 갖고있으라는 것이다. 상당히 일리가 있고 설득력이 있는 말이다. 그래서 요즘 젊은이들이들도 존리 대표의 강의를 듣고 그대로 실행하는 젊은이들이 늘고있다고 한다. 고무적인 일이다.

　존리의 책 「존리의 부자되기 습관」에서 존리는 이렇게 말한다. "독자 여러분, 부자되기 습관을 통해 돈을 귀하게 여기고, 돈을 슬기롭게 소비하고, 돈을 현명하게 투자해서 꼭 경제 독립을 이루시기 바랍니다." 맞는 말이다. 우리 나라가 금융강국이 되는 길은 결국 국민들의 손에 달려 있다. 존리 대표가 한 이 말대로 실천하는데 달려있다고 본다. 우리나라는 대부분의 부모들이 자녀들의 교육에 목을 맨다. 학생들이 하루 공부에 투입하는 시간은 세계에서 단연 1위일 것이다. 그러나 그 효과는 그렇지 못하다. 지금은 세상을 떠났지만 미래학자 엘빈 토플러가 한 말이 생각이 난다. 그는 한국교육에 대해 이렇게 일침을 가하는 말을 남겼다. "한국의 학생들은 하루 15시간 동안 학교와 학원에서 미래에 필요하지도 않은 지식과 존재하지도 않을 직업을 위해 시간을 낭비하고 있다." 정말 그의 말대로 우리 나라 교육과 학생들의 공부의 방향이 잘못되어 있음을 우리 모두가 공감할 것이다. 나는 초등, 중고등, 대학교, 대학원을 거치면서 공부하는데 수 많은 시간을 보냈지만, 금융에 대한 교육을 받은 적이 없다. 기껏해야 사회과목 시간에 경제에 대한 지식 정도가 모두였다. 실질적인 경제교육, 금융교육은 받지 않았다. 그런데 지금도 마찬가지다. 정작 학생들이 졸업하고 나서 사회에서 살아가는데 필요한, 아니 학생때부터 배워서 실천해야할 금융에 대해서 아무런 공부도 하지 않고 졸업을 하고 있다. 각자가 알아서 금융정보와 지식을 배우고 있는 형편이다. 교육부는 그 어떤 것보다 경제교육, 금융교육을 체계적으로 어린 초등학교 아니 유치원 시절부터 삶으로 배우고 머리로 배워 금융문맹에서 벗어나도록 해야할 것이다. 우리는 '노동이 신성한 것'이란 가르침만 신봉하며 살아왔다. 그러다보니 패시브 인컴(passive income)에 대해서는 거의 모든 국민들이 외면한 채 살아왔다. '패시브 인컴'의 사전적 정의는 '불로소득 또는 수동소득'이다. 우리는 수동소득이라는 의미보다 부정적인 의미인 불로소득이란 말에 더 친숙하다. 그러나 이 패시브 인컴은 내가 노동을 하지 않아도 벌어들이는 소득이라는 수동소득에 더 방점을 두었으면 한다. 우리는 그동안 열심히 일해서 저축하는 것 만이 미덕이라 여기고 살아왔다. 그러나 기억하라. 돈을 위해 내가 일하는 것은 한계가 있다. 나이가 들어서 퇴직하거나, 사고로 인해서 더 이상 직장이나 하고 있는 일을 그만두게 되면 그때부터는 모든 수입이 끊어지게 된다. 그러나 세상은 바뀌었다. 그리고 우리의 생각에도 전환이 필요하다. 이 패시브 인컴을 보다 더 잘 활용할 줄 알아야하는 것이다. 즉, 돈을 위해 내가 일할 것이 아니라, 돈이 나를 위해 일하게끔 만들어야 한다. 내가 잠을 자는 동안에도 내 통장에 돈이 들어오는 구조를 만들어야 한다.

최근에 회자되고 있는 말 중에 N잡러라는 말이 있다. 여러분, N잡러라는 말을 들어본 적이 있는가? N잡러라는 말은 여럿을 뜻하는 알파벳 N과 직업을 뜻하는 말 잡(Job)과 그 직업(혹은 일)을 하는 사람을 가리켜서 'N잡러'라고 부른다. 생계유지를 위해 투잡을 가지는 사람을 뛰어넘어서 자기 취미생활을 이어가면서도 그 취미에서 수입을 얻을 수 있고, 본직업 외에도 보조 수단으로 몇 가지 일들을 하는 사람을 뜻한다. 패시브

재정부흥회 강사 김미진 간사와 오산새로남교회 이기하 장로님과 함께

인컴을 내가 벌어들이기 위해서는 N잡러로 살아야 한다. 예를 들면, 회사원으로 메인 직업을 가지고 있으면서 퇴근 후에 나름대로 인터넷을 통해서 여러 가지 일들을 할 수도 있다. 또 주말을 이용해서 여러 가지 일들을 통해 수입을 올릴 수도 있다. 아니 앞에서 말한 것과 같이 내가 잠을 자는 동안에도 돈이 일할 수 있는 생산, 수입 구조를 만들 수도 있는 것이다. 인터넷이 바로 이런 것들을 가능하게 하고 있다. 우리 나라는 인터넷 초강국이다. 그런데도 아직 인터넷을 통해 N잡러의 일들을 하는 사람들이 그렇게 많지 않는 것이 현실이다. 그 이유는 간단하다. 아직 그런 정보와 지식을 모르고 있기 때문이다. 우리나라는 2025년이 되면 초고령사회가 된다. 이렇게 되면 4명의 젊은이들이 한 명의 노인들을 책임을 져야한다. 그런데 이 한 명의 노인들이 4명의 젊은이들에게 부담을

지우지 않게 하는 길이 있다. 바로 은퇴 전부터, 노인(만 65세)이 되기 전부터 이런 금융교육을 실시하여 N잡러의 길들을 모색하도록 도와주는 것이다. 우리는 그간 돈에 대해 너무 부정적인 이미지를 가지고 있다. 이 생각부터 바꾸어야 한다. 돈의 속성을 제대로 파악할 줄 알아야한다. 그리고 재정관리에 대해 교육을 받아야 한다. 재정관리, 금융교육의 가장 기본적인 원칙은 수입보다 지출이 많아서는 안된다. 즉, 버는 돈보다 쓰는 돈이 많아지면 안된다.

이 글을 마무리하면서 세 분의 이야기를 언급하고자 한다. 첫 번째 사람은 미국에서 외식사업을 하고 있는 김승호 회장이다. 김승호 회장은 최근에 「돈의 속성」이라는 책을 써냈다. 많은 사람들이 이 책을 구매해서 읽고 있다. 그는 노동자 아버지 밑에서 태어나 겨우 굶지 않을 정도의 어린 시절을 보냈다. 그러나 지금은 미국 정부와 한국 정부에 1년에 수백억의 세금을 내는 사람이 되었다. 그는 이 책에서 부자가 되기 위해 필요한 네 가지 능력으로 '돈을 버는 능력, 모으는 능력, 유지하는 능력, 쓰는 능력'을 다루었다.

두 번째로 소개할 분은 「왕의 재정」이란 책을 출간한 김미진 대표(간사)다. 아마도 이분의 유튜브 영상만큼 개인으로 유튜브 조회수를 많이 기록한 사람도 드물 것이다. 이분은 탁월한 사업가이면서 동시에 신실한 그리스도인 리더이다. 지난 수 년 동안에 국내외 수많은 교회들을 돌아다니면서 재정부흥회(재정 교육)를 인도했다. 내가 목회하고 있는 오산새로남교회에도 2019년 3월에 오셔서 귀한 말씀을 전해주셨다. 그의 강의를 통해서 수많은 사람들이 부채에서 벗어나는 행운을 얻고 있다. 그는 몇 가지 원칙이 있다. 첫째, 재물의 노예가 되지 않고 재물을 노예로 다루는 삶을 산다. 둘째, 재물을 보물처럼 소유하지 않고 재물을 관리하는 삶을 산다. 셋째, 재물을 다루면서도 장막생활을 하는 삶을 산다. 이 말은 돈이 많다고 해서 막 함부로 쓰지 말고 검소한 삶을 살라는 말이다. 다른 말로 해서 단순한 삶을 살라는 의미다.

세 번 째로 소개하고 싶은 분은 「부자 아빠 없다면 금융공부부터 해라」의 저자인 천규승씨다. 천규승씨는 금융감독원 금융감독 자문위원이고, 기획재정부 특별물가정책 심의위원으로 활동 중이다. 이 분은 금융을 모르고 부자를 꿈꾸지 말라고 한다. 대한민국 성인 셋 중 둘은 금융문맹이라는 충격적인 말을 하고 있다. 이 책 프롤로그에서 미국 연방준비제도이사회(FRB) 의장을 네 번에 걸쳐 연임하며 세계경제를 호령했던 앨런 그리스펀의 한 말을 인용했다. "문맹은 생활을 불편하게 하지만, 금융문맹은 생존을 불가능하게 만들기 때문에 문맹보다 더 무섭다." 금융 문제는 저절로 해결되는 것이 아니다. 학습하고 실천하고 습관화하는 과정을 통해서 이루어질 것이다. 나중에 기회가 된다면 존 리 대표까지 네 분이 쓴 책들을 모두 구매해서 읽어보기를 권한다.

12

하루는 22시간이다

그리스어에는 시간을 의미하는 단어가 두 개 있다. 하나는 '크로노스'이고 다른 하나는 '카이로스'이다. 크로노스는 물리적인 시간을 말한다. 우리가 흔히 말하는 시간이다. 1분, 1시간, 하루와 같은 시계로 환산할 수 있는 시간을 말한다. 반면에 카이로스는 특별히 의미 있는 시간이나 기회를 말한다. 똑같은 5분이라 할지라도 지하철이나 기차를 출발시각에 늦지 않게 타기 위해 서둘러야 한다면, 그 때 5분은 '카이로스'의 의미를 갖게 되는 것이다.

오래 전 부산에서 세미나가 있어, 아내와 함께 부산행 기차를 타기 위해서 수원역으로 향했다. 월요일 아침이어서 그런지 교통이 아주 혼잡했다. 어느 정도 예상을 하고 여유 있게 집에서 나와 택시를 탄 것이었는데, 이렇게 가다가는 기차를 놓칠 것 같았다. 수원역까지 300미터가 남아 있는 거리였지만 택시에서 내릴 수밖에 없었다. 아내와 나는 각각 캐

리어를 끌고 수원역을 향해 뛰다시피 했다. 땀을 뻘뻘 흘리면서 기차를 타는 승강장까지 갔다. 1분 정도 있었을까? 기차가 역으로 들어왔다. 그때 1분의 시간은 나에게 '카이로스'였다.

하루는 22시간이다! 독자들은 "어, 이상하다? 하루는 24시간이지 왜 22시간이야?"하고 의문을 가질 수 밖에 없을 것이다. "하루는 22 시간이다"라는 말은 내가 한 말이 아니다. 지금은 작고한 변화경영 전문가였던 고 구본형 소장이 한 말이다. 1인 기업에 대한 관심을 가지면서 구본형 선생의 책들을 모아 읽기 시작했다.

그는 1954년에 태어나서 59세의 젊은 나이로 2013년 4월 13일, 이 땅을 떠나갔다. 나와 같은 또래이고 내가 나온 서강대 출신이다. 나는 영문학을 전공했으나 그는 사학과를 전공했다. 아마도 학창시절에 교내에서 얼굴을 봤음직도 하다.

그의 유고집이라 할 수 있는 「나는 이렇게 될 것이다」에서 그는 43세부터 본격적으로 글을 쓰기 시작했다고 했다. 그래서 매년 한 종 이상 꾸준히 책이 출간되었는데, 모두가 새벽에 썼다고 했다. 대단한 성과다. 그의 대표적인 책 중의 하나인 「그대, 스스로를 고용하라」를 보면, 제 5장 〈하루는 22시간이다〉라는 제목의 글이 있다. 이제 "하루는 22 시간이다"라는 비밀의 베일을 벗겨보겠다. 구본형 선생의 또 다른 책인 「구본형의 필살기」에 이에 대한 자세한 소개가 있다. 〈하루 두 시간으로 10년 후 내가 달라진다〉라는 챕터를 보면 이런 이야기가 나온다.

1997년 여름 이후, 나는 매일 새벽 두세 시간은 글을 써왔다. 한 해에 글만 쓰는데, 대략 1,000시간 내외를 투입하고 있다. 최근 10년 동안은 열다섯 권의 책을 냈다. 모두 새벽에 투자한 시간 덕분이다. 나는 하루의 어느 시간보다도 이 새벽시간을 신성하게 생각한다. 이 시간은 모든 시간에 우선한다. 늘 나의 하루는 22 시간이라고 말하곤 한다. 언제나 이 시간을 먼저 떼어 놓고 하루를 시작하기 때문이다. 하루 두 시간. 평범한 사람이고, 가난한 사람이었고, 20년간 직장인이었던 나에게 마흔이 넘어 갑자기 주어진 엄청난 유산은 바로 하루 두 시간의 새로운 습관이었다. 이것은 돈으로 환산할 수 없는 것이다. 나는 내가 살고 싶은 사자의 인생을 발견했고, 매일 그렇게 살고 있다. 이것이 나의 최선의 삶이라는 믿음을 가지고 있다.[15]

15 구본형, 「구본형의 필살기」(서울:다산북스, 2010), 174.

그는 짧은 인생을 살다 갔지만 그의 이름으로 된 책이 21권이나 된다. 그런데 그 많은 책을 1997년 여름부터 2013년까지 불과 16년 동안에 썼으니 엄청난 성과가 아닐 수 없다. 1년 365일 중에서 360일을 거의 매일 하루 2시간씩 책을 쓰는데 집중했던 결과다. 어느 해에는 2권의 책을 출간하기도 했다. 그는 주업이 글 쓰는 작가가 아니다. 오롯이 혼자일 수 있었던 새벽 4시부터 하루 2시간씩을 할애했더니 16년이 지나자 21권의 책이 세상에 나오게 된 것이다.

구본형 선생의 모습에 도전을 받았다. 그래서 때늦은 감은 있지만 지금 쓰고 있는 내 자서전을 선두로 최소한 1년에 책 한 권씩을 출간하겠다고 나와 약속을 했다. 구본형 선생의 집중력과 몰입을 본받아, 새벽기

내 서재에 있는 구본형 소장과 관계된 책, 42권

도회를 인도한 후에 매일 2시간씩 글을 쓰는 것이다. 새벽 2시간 동안은 전화도 받지 않고 오로지 책을 쓰는데 집중하고 몰입하기로 했다.

　전문가는 태어나는 것이 아니라 만들어지는 것이다. 그리고 많은 시간과 에너지가 들어간다. 글을 쓰는 작가도 하루아침에 되지 않는다. 운동하는 선수 가운데 프로 선수들도 한 순간에 나타나는 것이 아니다. 하루하루가 쌓여서 어느 날 임계점에 도달했을 때 탁월한 선수가 되는 것이고, 훌륭한 예술가가 되는 것이다. 모든 일에 집중과 몰입이 필요하다. 나도 하루를 24시간으로 살지 않고, 22시간으로 살 것이다. 최우선 순위로 이른 아침, 방해 받지 않은 두 시간을 확보해서 나의 성장을 도모해나가겠다.

　나의 하루는 24 시간이 아니고 22시간이다.

13

선한 영향력으로
더 좋은 세상을 만들라

    우리가 자주 쓰는 말 중에 '경쟁력'이란 말이 있다. 직장인들이나 기업인들, 심지어는 공부하는 학생들도 자주 사용한다. 나도 이 단어를 자주 사용했다. "삶의 경쟁력"이나 "경쟁력 있는 삶"이니 하면서 말이다. 경쟁력이라는 말과 연관 있는 말이 '레드오션'이다. 우리가 일하고 있는 분야가 레드오션이라면 서로 경쟁하는 관계가 형성된다. 그리고 상대방을 눌러야 내가 진급할 수 있고 성공할 수 있다. 삶의 경쟁력을 말하다 보니 우리의 삶이 각박하다. 우리는 간혹 이런 말을 잘 쓴다.

    "이곳은 전쟁터이고 나는 날마다 싸워 이겨야해!" 경쟁력과 싸움, 경쟁력과 전쟁터는 유사어다. 전쟁은 상대방을 죽이거나 상대방에게 이겨야 내가 살 수 있다. 상대방을 죽여야 하고, 상대방을 짓눌러야 생존할 수 있는 사회는 너무 각박할 수밖에 없다. 우리의 무의식에는 경쟁과 승리가 자리 잡고 있다. 어려서부터 우리는 부모로부터, 학교 교사로부터 경쟁에 대한 말을 무수히 들으면서 자랐다. 그러니 학교에 가서도 늘 경쟁하며 살아간다.

2000년도에 '아름다운 세상을 위하여'라는 제목의 영화가 제작되었다. 미국의 여류 소설가가 직접 경험한 것을 바탕으로 쓴 소설 「트레버」를 영화로 만든 것이다. 아카데미상 수상 경력이 있는 연기파 배우 케빈 스페이시와 '식스 센스'(The Sixth Sense)에서 인상적인 연기를 펼친 아역배우 할리 조엘 오스먼트가 출연한 영화다. 원제목은 〈Pay it forward〉이다. '페이백(Pay back)'이란 '되돌려주다, 빚을 갚다'는 의미로 쓰인다. Pay it forward는 back(뒤로, 다시)이 아닌 forward(앞)를 쓰면서 '도움주기'란 말로 사용하는 것이다.

이 영화는 루벤이라는 교사가 학교에 전근을 오면서 시작된다. 루벤은 자신이 맡은 7학년 학생들에게 수업 첫날 숙제를 내준다. '세상을 변화시킬 수 있는 아이디어 한 가지를 생각해 보고 그것을 실천할 것.' 생각이 깊은 12세 소년 트레버 맥킨니는 이런 생각을 해냈다. 자신이 세 사람에게 선행을 베푼다. 그 다음, 선행을 받은 세 사람 역시 각각의 다른 세 사람에게 친절을 베풀도록 하는 것이다. 이처럼, 친절의 끈을 계속 이어 나간다면 세상은 어떻게 될까? 이것이 바로 트레버가 제안한 세상을 변화시킬 아이디어였다. 물리학의 카오스 이론에서 유래된 '나비효과'란 말이 있다. 기상학자 에드워드 로렌츠는 우연하게 이 세상 어느 한 지역의 대기에서 일어난 아주 작은 움직임이 몇 달 후 다른 지역의 기상 상태를 크게 변화시킬 수 있다는 사실을 알게 되었다. 그는 그것을 '나비 효과'(Butterfly Effect)라 불렀다. 작은 나비 한 마리가 계절풍을 일으킬 수 있다

272

면 만물의 영장인 우리 사람은 얼마나 큰일을 할 수 있겠는가?

경쟁하는 사회에서 선한 영향력을 끼치는 사회로 변화되면 얼마나 좋을까? 앞에서 언급한 트레버 이야기가 바로 선한 영향력을 끼친 대표적인 이야기다. 우리 사회에는 이 선한 영향력을 미치는 많은 사람들이 있고, 선한 기업들도 많이 있다. 요즘 정부에서 시도하고 있는 것 중에 '사회적 기업'이라는 것이 있다. 이것도 역시 선한 영향력을 사회에 끼치기 위한 시도라고 생각한다.

지금은 은퇴한 높은 뜻 숭의 교회 김동호 목사께서 목회하실 때에 사회적 기업을 운영하셨다. 교회분들과 한 마음이 되어 어렵게 생활하는 탈북민들을 고용하고, 가난에 허덕이는 사람들에게 일자리를 제공해줄 뿐만 아니라 나중에는 조그마한 가게를 운영할 수 있도록 도와주셨다. 나는 그 이야기를 들으면서 감동을 했다. 이것도 선한 영향력이다. 작은 불꽃이 큰 불을 일으킨다.

내가 청년이었을 당시, 1970년대에 교회 청년들이 즐겨 부르던 복음송이 있었다. 원제는 〈Pass it on〉인데 우리말로는 〈전하세〉라는 말로 번역을 했다. 1절 가사를 인용해본다. "작은 불꽃 하나가 큰 불을 일으키어 곧 주의 사람들 그 불에 몸 녹이듯이 주님의 사랑 이같이 한번 경험하면 그의 사랑 모두에게 전하고 싶으리." 우리는 작은 불꽃이 될 수 있다. 그러나 이 작은 불꽃이 모이면 큰 불이 되고, 이 큰 불은 엄청난 에너지를 불러온다. 선한 영향력이 바로 그와 같은 것이다.

나는 이제 5년이 지나면 현재 목회하고 있는 오산 새로남 교회에서 은퇴하게 된다. 지금까지 우리 교회에서 29년째 목회를 해오고 있다. 참으로 감사한 일이다. 29년 동안 내 설교를 들었던 초창기 교인들에게 감사를 전하고 싶다. 그들은 지난 주일 예배 때에도 내 설교에 은혜를 받았다며 아멘을 했다. 아니, 어쩌면 반복된 설교말씀을 들었어도 인내로써 참아주지 않았나 한다. 그저 그들이 고마울 뿐이다.

우리는 지금까지 한 번도 경험해보지 못했던 코로나 19 시대를 살고 있다. 코로나 팬데믹은 사그라질 기세가 안 보인다. 올해 5월 어느 날 선배 목사님으로부터 카톡 하나를 받았다. 나는 그 카톡 내용을 읽으면서 하염없이 울었다. 후배 목사님들 가운데 몇몇 분이 코로나 19로 인해서 목회사역이 위기에 처했다는 이야기였다. 그 카톡 내용을 여기에 공개해보고 싶다.

"코로나 19로 인해 작은 규모의 미자립 교회들이 어렵다는 소식이 여기저기서 들려오기 시작했다. 얼마나 어려운지 궁금해, 야간에 대리 운전하는 후배 목사에게 전화를 걸어 알아보니 승객이 없어 수입이 없단다. 다른 두 후배 목사도 마찬가지였다. 다음날, 합동 신학대학원 대학교 전 S총장께 국내외 후배들이 처한 형편을 설명했더니, 우선 격려 차원에서 대리 운전하는 세 분 목사에게 돈을 보내겠다고 말씀했다(이 분의 손길은 결국 '마중물'이 되었다). 세 목사는 하나같이 더 어려운 사람이 많은데 우리만 받아 송구하다 말했다. 이 중 한 목사는 동기생 네 사람과 10만 원 씩 나누었단다. 그의 아내는 하루 두세 시간 식당에서 설거지 알바를 하는데 그마저 일하지 못하게 된 형편이다. ⋯ 이 기막힌 사연을 동기생 '합신

1회' 단톡방에 올렸다. 4명의 은퇴목사들이 후배들을 돕겠다고 나섰다. … 중략 …

몇 시간 후, 카톡 소리가 경쟁하듯 울리기 시작했다. 후배들이 보낸 '하나님이 함께 하시는 손길을 경험했고 위로와 힘을 얻었다'는 문자들이 가슴을 먹먹하게 적셨다. 어느 후배는 이런 고백을 적었다. '혹 돈이 입금되지 않았나 싶어 하루에도 몇 번 통장을 확인했었는데, 입금된 것을 확인하고 아내에게 말했더니 아내가 엉엉 울었습니다'.

지금 후배들이 당하는 고통은 경제적 어려움이 전부가 아닐 것이다. 심리적 고통과 정신적 압박은 얼마나 더 할지 상상이 되지 않는다. 목사와 사모가 대리운전을 하고, 학원 차 기사, 택시기사, 건설현장 노동자, 파출부, 커피장사, 네일아트, 미용사, 식당 알바, 학원 강사, 에어컨 기사, 난방기 청소부 등의 일을 하고 있다. '합신 1회' 선배로서 후배들에게 정중하게 고한다. 후배님들! 매우 죄송합니다.

2020. 4. 21. 부끄러운 선배 김 아무개 목사"

나는 이 카톡을 보낸 선배 목사님에게 답신을 보내드렸다. "김 목사님, 지금 설교를 준비하다가 이 글을 열어보았습니다. 가슴이 먹먹하네요! 특히 한 목사님께서 통장을 확인하고 사모님에게 입금이 확인되었다는 말을 하자 사모님께서 엉엉 우셨다는 대목에서 저도 울어버렸네요. 지금 이 글을 쓰는데도 눈물이 앞을 가립니다! 저도 지난 한 주간 기도하면서 우리 시찰회의 어려운 교회들과 오산시의 어려운 교회 몇 군데에

조금이라도 마음과 물질을 나누어야 겠다는 생각을 하고 있었는데, 생각으로 그치지 않고 실행에 옮기겠습니다! 실행할 수 있도록 자극을 주신 김 목사님, 감사합니다!"

이 카톡이 계기가 되어 그 주일예배에 '나눔'을 주제로 설교를 했다. 설교 제목은 '나눔의 축복'이었다. 설교하면서 교인들에게 부탁을 했다. 우리의 작은 희생이 어렵게 목회하고 있는 주변의 미자립 교회와 목회자들에게 위로와 격려가 되었으면 좋겠다고, 그래서 한 주간 21끼니 식사 중에 한 끼니만 밥을 먹지 말고 금식을 하고 그 밥값을 다음 주일예배 시간에 헌금하자고 호소했다. 한 번만 하지 말고 당분간 계속하자고 권했다. 그랬더니 성도들이 자발적으로 많게는 30만원을, 적게는 5천원을 헌금하고 있다. 매주 마다 구제헌금을 계속하고 있다. 지난 주간에는 어렵게 목회하고 있는 미자립 교회 네 분 목회자들에게 20만원씩을 보내드렸다. 그분들이 내게 전화를 걸어 너무 감사하다고 했다. 우리 교회의 작은 헌신과 희생이 선한 영향력으로 나타나서 주변의 어려운 교회와 가난한 자들에게 도움을 주고 있는 게 너무 감사하다. 당분간 구제헌금을 계속 하려고 한다. 선한 영향력은 우리 모두를 살맛나게 한다. 선한 영향력은 우리가 살고 있는 이 세상을 더 살기 좋은 세상으로 변화시킬 수가 있다.

마치는 글

53일 간의 집필 활동 후, 드디어 마치는 글을 쓰고 있다. 큰 숙제를 마친 기분이다.

천재 소설가 조정래 작가는 한국 현대사 3부작을 집필했다. 「태백산맥」은 7년, 「아리랑」과 「한강」을 집필하는 데에는 각각 6년이 걸렸다고 한다. 세 작품을 쓰는 데만 19년이 걸린 것이다. 세 작품의 총 원고지 분량은 51,500장이라 한다. 3부작을 다 합하면 모두 32권이다.

그가 처음부터 대하소설 32권을 쓰겠다고 달려들었다면 아마 다 쓰지 못했을 것이다. 하지만 매일 매일 꾸준히 하다보니 어느새 한 권씩 한 권씩 더해져서 19년 만에 대작을 완수할 수 있었다. 계산해보면 매일 하루도 거르지 않고 원고지 7매를 썼다는 결론이다. 우직함, 끈기가 없이는 결코 대사를 이룰 수 없었을 것이다.

내가 쓴 책은 대하소설 32권, 한국 현대사 3부작에 비할 수 없을 정도로 작은 분량이지만, 나 역시 하루 하루 정해진 분량을 성실하게 쓰다 보니 여기까지 올 수 있었던 것 같다. '우보천리'라는 말이 있다. 소걸음으로 천리를 간다는 뜻이다. 소걸음을 시속 2킬로미터라고 가정하고, 천 리(400㎞)를 가려면 쉬지 않고 200시간을 가야 한다. 하지만 포기하지 않고 우직하게 가다 보면 어느덧 목표지점에 다다를 수 있다. 소의 우직함과 같은 끈기가 없이는 책 쓰기를 마무리하는 지금 이 시간을 맞이할 수 없었을 것이다.

66년의 인생을 글로 정리하면서 많은 생각을 하게 되었다. 들어가는 글에서도 언급했거니와 만남의 축복이 얼마나 소중한지 모르겠다. 듣지 못하고 말하지 못하고 보지 못했던 어린 소녀 헬렌 켈러가 앤 설리번 선생님을 만나지 못했다면 그녀의 인생은 어떠했을까? 헬렌 켈러에게 설리번 선생님과의 만남은 축복 그 자체였다. 만남은 한 사람의 생애를 완전히 바꿔 놓을 수 있다.

또한, 이 세상은 나 혼자 살아갈 수 없다. 수많은 '우리'가 세상에서 만나고 어우러져서 여기까지 내가 오게 된 것이다. 내 인생에 큰 영향을 미쳤던 멘토 7분이 계시지 않았다면 나는 지금의 모습으로 여기에 존재하지 못했을 것이다. 인생은 만남이고 관계다. 우리는 만남과 관계를 통해 변화되고 성장한다. 그러나 나는 또 다른 인생의 멘토들을 계속 만나기를 원한다. 그리고 그들로부터 더 큰 도전과 선한 영향을 받기를 소망한다. 나 또한 다른 사람에게 선한 영향력을 끼치는 훌륭한 멘토가 되기를 바란다.

부족한 한 사람의 이야기이지만, 독자 가운데 단 한 사람만이라도 내가 쓴 책을 읽고 인생의 변화와 성장을 꿈꾸게 된다면, 이 책은 본분을 다했다고 믿는다. 이 책이 나올 수 있도록 격려와 코치를 해주었던 자이언트 북 컨설팅 대표, 이은대 작가님께 다시 한번 고마운 뜻을 전하고 싶다.

2020년 12월 10일 목양실에서 진계중 목사

60대! 변화와 성장에 미쳐라

초판인쇄	2020년 12월 16일
초판발행	2020년 12월 22일
지은이	진계중
발행인	조현수
펴낸곳	도서출판 프로방스
마케팅	최관호 신성웅
편집	권 표
디자인	호기심고양이
주소	경기도 고양시 일산동구 백석2동 1301-2
	넥스빌오피스텔 704호
전화	031-925-5366~7
팩스	031-925-5368
이메일	provence70@naver.com
등록번호	제2016-000126호
등록	2016년 06월 23일

정가 15,000원
ISBN 979-11-6480-096-4 03810